動物好きに捧げる殺人読本

人間のみなさまへ——
ここに収められた13の短編には，象，駱駝，犬，猫，豚，鼠等々，種族こそ違え，いずれも日ごろ口数の少ないわたくしども動物の喜怒哀楽が赤裸々にえがかれております。あなたがた同様，わたくしどもも怨恨，正義，痴情，物欲等，いろいろな動機から人間を殺します。殺人の手段も多種多様で，たとえば……いや，それはいまは申しますまい。これをお読みになって，わたくしどもにご同情くださるか，はたまた，あすはわが身と恐怖におののかれるか，いつかご感想をお聞かせいただきとう存じます。　　敬　白

動物好きに捧げる殺人読本

パトリシア・ハイスミス
中村・吉野・大村・榊 訳

創元推理文庫

THE ANIMAL-LOVER'S BOOK OF
BEASTLY MURDER

by

Patricia Highsmith

目次

動物好きに捧げる殺人読本

コーラス・ガールのさよなら公演

Chorus Girl's Absolutely Final Performance

わたしはコーラス・ガールと呼ばれています——立って左の足を振り、つぎには右足、そのつぎは、というふうに続けてゆくと「コーラス・ガール」と歓声があがるのです。でも、それ以前、たぶん十年か二十年前は「ジャンボ・ジュニア」で、たいていは「ジャンボ」と呼ばれていました。いまではすっかり「コーラス・ガール」に落ち着いています。わたしの檻《おり》の前の木の札には名前が書いてあり、アフリカと書きそえてあるにちがいありません。人々はしげしげと木の札を見て「アフリカ」と言い、それから「コーラス・ガール！——ヘイ、コーラス・ガール」と呼びはじめるのです。そして、わたしが足を振ってみせると小さな喝采《かっさい》がおこります。

わたしは一人で住んでいます。ほかはともかく、ここではわたしのような動物にあったことはありません。それでも、小さいころはどこへでも母親について歩いたことを覚えているし、体はずっと大きいけれど、わたしのような動物がたくさんいて、小さいのも少しはいたことを覚えています。母親のあとについて傾斜した板をのぼって船に乗り、船はやや不安定だったことを覚えています。母親は連れていかれ、棒でつつかれながら同じ板をおりていき、わたしは船に残りました。母親はわたしについてくるようにと、鼻を高くあげ咆哮《ほうこう》しました。母親にロープがかけられ、十人か二十人の男が総がかりで彼女をひきとめていました。だれかが母親に向けて銃を撃ちました。あれは命をうばう銃でしょうか？　それとも麻酔銃でしょうか？　わたしには永久にわかりません。わたしはただ母親がちょっと間をおいてくずれおちたことだけを知っていたのです。においには違和感がありましたが、その日、風は逆のほうに吹いていました。わたしは甲板にいて赤ん坊のように泣きさけびました。それからわたしは麻酔銃を撃たれました。やがて船は動きだし、その後の長い時間のほとんどを、わたしは薄暗い箱の中で眠ったり食べたりして過ごして、その後、別の陸地についたのですが、そこには森も草もありませんでした。わたしは別の箱にはいり、さらに移動していった先は、足元はコンクリート、どこもかしこも堅い石造り、横木、いやなにおいの人間たち、という所でした。なによりつらいのは、ひとりぼっちだということでした。同年配の小さい動物がいません。母親も、やさしい祖父も、父親もいません。遊ぶこともありません。泥水の川の水浴びもないのです。あるものは横木とコンクリートだけ。

それでも食べものは良かったし、量もたっぷりありました。それに、スティーヴという名前の、良い人が世話をしてくれました。いつもパイプを口にしていましたが火をつけることはほとんどなく、ただ歯のあいだでくわえているだけでした。彼はパイプをくわえたままでわたしに話しかけることができたし、まもなくわたしも彼の言葉を理解できるようになりました。いえ、少なくとも、だいたいの意味はわかるようになったのです。

「膝《ひざ》をついて、ジャンボ！」つまり、膝をかるくこづかれれば、それは膝を折って坐れという意味でした。わたしが鼻をたかくあげると、スティーヴは手をひとつたたいて褒《ほ》め、ピーナッツとか小さなリンゴを口の中にほうりこんでくれました。

彼がわたしの背中にまたがると、わたしは立ちあがり、そうして二人で檻のまわりを歩くのがわたしは好きでした。それを見ている人々、とくに子供たちが手をたたいてくれました。

夏になるとスティーヴはわたしの頭のまわりに紐《ひも》でフリンジをたらし、ハエよけをつくってくれました。そして床の陰になった所に水をまいてくれるので、わたしは横になって涼むのでした。また、わたしの身体《からだ》にもホースで水をあびせてくれました。わたしが大きくなるとスティーヴを鼻に乗せて空中に高々とさしあげたものでしたが、彼はわたしの鼻の先につかまっているだけなので、ひっくり返らないように、わたしは気をつけていました。スティーヴは冬にも特別に気をつかってくれました。充分に藁《わら》があるよう気をくばり、ときどき、ひどく寒い日には毛布を用意してくれることもありました。格別に寒さのきびしかったある冬には、暖かい空気が吹きつける、紐のついた小さな箱をもってきてくれました。風邪をひいて具合が悪かったときにはずっと看病してくれました。

ここの人々は大きな帽子をかぶっています。また、男の中にはベルトに短銃をつけている者がいるのです。ときおり、わたしか、それとも、わたしにも横木ごしにみえる隣のガゼルたちを脅かすつもりなのでしょうか、銃をぬいて空に向かって撃つ人があります。ガゼルは激しく反応し、空中にとびあがると、檻のいちばん奥のすみにかたまってしまうのです。気の毒な光景でした。スティーヴかほかの係員が駈けつけたときには撃った男は銃をベルトにおさめて、ほかの——だれが撃ったとも言わずに笑っている人々と同じように見えるのです。

そういえば、とても愉快なことがあったのも思いだします。五年ほど前のことですが、二度でしたか三度でしたか、日曜日にやってきては空に向けて銃を撃ち、大きな音をさせる赤ら顔のふとった男がいました。わたしはいらいらしましたが、いらだちを見せるなど夢にも考えられないことでした。それでも、三度目か四度目の日曜日に、ほかでもないその男が銃を撃ったとき、わたしは、しずかに鼻いっぱいに水を吸いあげると、横木のあいだから思いきりその男に浴びせてやりました。胸をめがけて吹きつけたので、男はブーツを宙におよがせ、あおのけざまにひっくり返りました。集まっていた人々のほとんどは笑いました。中には驚いたり、怒ったりした人もありました。何人かの人がわたしに石を投げつけました——でも、べつに痛くはなく、まったくあたらないのもありましたし、横木にあたって別の方向にはね返るのもありました。そのうちにスティーヴが小走りにやってきて、彼は(銃声を聞いていたので)事の次第を正確に知っているのだとわたしにはわかりました。スティーヴは笑っていましたが、それでもびしょ濡れの男の肩をたたいてなだめました。男はたぶん発砲したことを否定したのでしょう。でもスティーヴはこちらに向かってうなずいたので、わたしを咎《とが》めてはいないことがわかりました。ガゼルたちはおずおずと前に出てきて、群がった人や、それからわたしを横木ごしに見つめていました。ガゼルたちはわたしがやったことを喜んでいると思うと、その日、わたしは自分を誇らしく思いました。それればかりか、ずぶ濡れの男や、その同類の男をつかまえて、やわらかい体を死ぬまでしめつけ、この足で踏みつけてやることさえ夢みたものでした。

三十年間くらいでしょうが、スティーヴと過ごした日々に、わたしたちはときおり公園を散歩し、子供たちを、ときには一度に三人ずつ背中に乗せたものでした。少なくとも、これは楽しかったし、良い気分転換になりました。でもやはり公園は森とは違います。どちらかといえば堅い、乾いた土から僅かばかりの木がはえているだけでした。土はほとんど潤うということがなかったのです。草は短く刈られ、べつに強いてそうしたいというわけではありませんが、草をひきぬくことは許されませんでした。スティーヴはすべてを取りしきり、わたしを取りしきっていたのですが、革で編んだ棒を持ち、それでわたしをつついて向きをかえさせ、ひざまずかせ、立ちあがらせ、そして演技の最後には後足で立たせるのでした（すると、いちだんと喝采が激しくなります）。スティーヴはべつに棒など必要ではなかったのですが、わたしが最後に後足で立ってみせる前に二度ほど回転してみせるという馬鹿馬鹿しい演技と同じで、それもショウの一部だったのです。スティーヴがそうしろと言えば、前足で逆立ちもしました。思いだしても、そのころはわたしの性格もおだやかで、背中に子供を乗せて歩くときは、スティーヴに言われなくても子供たちが木の枝にはたき落とされないように気をつけたものでした。かりにいま、子供を乗せるようなことがあっても、もうあれほど気をくばることはないにちがいありません。それにしても、スティーヴは別として、人間はいったいわたしになにをしてくれたでしょう？ 足元に草さえ与えてくれませんでした。ともに過ごす同類の仲間さえあたえてくれませんでした。

いま、わたしは齢をとり、足は重く、気は短くなって、子供たちを背中に乗せて歩くこともなくなったのに、夏の日曜の午後にはいまも楽団が「野球につれていって」や、ちかごろでは「ハロー、ドーリー！」を演奏しています。もう一度スティーヴと、もう一度公園を散歩したい、もう一度若くなりたい、と無性に思うことがあります。でも、若くなれたとしても、それが何になるでしょう？　ここで、さらに何年も過ごしたとして、それが何に？　いまでは立っているより横になっているときのほうが多くなりました。日射しの中で横になっていても昔ほど暑くはないように感じられます。人々の服装も少し変わって、銃やブーツはそれほど多くはなくなりましたが、あのつばの広い帽子はいまも男や、ときには女もかぶっています。ピーナッツは相変わらず投げられ、殻《から》をむいた粒のこともありますが、若くて食欲があったころは一所懸命に横木のあいだから鼻を突きだして受けとめたものです。ポップコーンも甘いクラッカージャックもいまだに投げられます。土曜日と日曜日には、おっくうで立ちあがらないこともあります。それが新しく来た若い係のクリフをかんかんに怒らせます。彼は昔のように芸をさせようとするのです。芸ができないほど年老いて疲れているわけではなく、わたしは彼が好きではないのです。

クリフは赤い髪をした背の高い若者です。わたしに向かって長い鞭《むち》をならしたりして、はったりをきかせてみせます。つついたり、命じたりすることで、わたしを思いどおりに動かせると考えているのです。彼がもっている棒の先には尖った金属がついていて、皮膚が破れるということはまったくないのですが、それでもいやなものです。スティーヴは、わたしが彼の期待にそうものときめてかからずに、わたしの気心を知り、生きもの同士として接してくれたものでした。それだから、わたしたちはうまくやっていけたのです。クリフはわたしのことなぞほんとうは気にかけておらず、だから、たとえば夏のハエにしても、なにもしてくれはしないのです。

スティーヴが引退しても、もちろん、わたしは土曜日と日曜日に子供を背中に乗せ、ときどきは大人も乗せる行事を続けました。ある日曜日、ある男（これもハッタリ屋です）がわたしに拍車をくいこませたので、そこでわたしもその気になって、ほんの少しだけスピードを速め、身体をかがめずにわざと低い枝の下を駈けぬけてやりました。枝は男がくぐりぬけるには低過ぎ、みごとにわたしの背中からなぎはらわれて膝を打ち、痛がってわめいていました。このあとが大騒ぎで、男はしばらく唸《うな》っており、クリフは男の味方をし、いや、男をなだめるつもりだったのかもしれませんが、怒声をあげて尖った棒でわたしを突くのです。わたしも怒って鼻あらしをふきました――そして、見物の群衆がわたしを恐れてあとへさがるのを見て満足でした。いくらそうしたいと思ったところで、人々を襲うつもりはなく、クリフが棒で突いたことへのお返しはしたので、わたしはさっさと自分の檻に向かいました。クリフはわたしになにか小言を言っていました。わたしは力いっぱいに水を吸いこみ、クリフはそれを見ました。クリフは逃げだしました。ところが、夜になり、公園の門がしまると彼は戻ってきて、わたしを鞭でうち、説教をたれました。鞭でうたれてもこたえはしなかったのですが、クリフのほうはまいったのでしょう、終わったときには彼はよろめいていました。

つぎの日、スティーヴが車椅子に乗って現われました。髪が白くなっていました。たぶん四年か五年は会っていなかったでしょうが、パイプを口にくわえ、同じやさしい声を出し、同じ微笑《ほほえ》みをうかべて、まったく変わっていませんでした。わたしは嬉《うれ》しくて檻の中で足を振りするとスティーヴは笑い声をあげ、なにか楽しいことを言ってくれました。彼は小さな赤いリンゴをいくつか持ってきていて、わたしにくれました。そして、車椅子で檻にはいってきました。早朝のことだったので、まだお客さんはだれも公園にはいませんでした。スティーヴはクリフになにか言い、尖った棒を指さしていましたので、その棒をやめるべきだと言っているのだとわかりました。

それから、スティーヴはわたしに合図しました。「もちあげて！　おれをもちあげるんだよ、コーラス・ガール！」

わたしにはその意味がわかりました。わたしはひざまずくと、スティーヴの車椅子の席の所に横から鼻をさしこみました。そうすれば、彼は右手でわたしの鼻の先をつかみ、もう一方の手をわたしの頭についてバランスを取ることができるからです。スティーヴの椅子がひっくりかえるのではないかと恐ろしく、立ちあがりはしませんでしたが、床からかなり高いところにさしあげました。スティーヴは笑い声をあげました。わたしはそっと椅子をおろしました。

スティーヴが来たのも、もう何年も昔のことです。でも、それが最後の訪問ではありませんでした。その後も車椅子に乗って二度か三度か来てくれましたが、人の多い土曜日と日曜日にはけっして来ませんでした。もうかれこれ三年ほどもスティーヴに会っていません。亡くなったのでしょうか？　その可能性を思うと、いつもわたしは悲しくなるのです。でも、まだ静かな朝、ぽつり、ぽつりとはいってくる見物客の中にスティーヴを期待し、切望しながら、やはり彼がいないと知るときには、同じような悲しい思いを味わうのでした。ときおり、彼が来ない無念と失望に、鼻をさしのばして叫びをあげることがあります。昔、港でわたしの所に来られないと知った母親も咆哮《ほうこう》しました——同じわたしの咆哮は人々を喜ばせているようです。クリフは何の関心もみせず、ただ、たまたま近くにいたときなど、手で耳にふたをすることがありますが、それだけです。

それで思いだしましたが、話は現在のことです。ついきのうの日曜日、いつものように、いえ、いつにもまして大勢の人が来ていました。白いひげをはやし、赤い服を着た男が、手にもった鈴をならしながらだれかれとなく、とくに子供たちに話しかけていました。この男はときどき見かけます。人々はピーナッツやポプコーンをもっていて、横木ごしにくれます。いつものように、わたしは横木のあいだから鼻をのばし、また、正確にねらいをつけて口にほうりこんでくる人もいるので、口も開けていました。だれかが丸いものをわたしの口にほうりこみ、わたしは赤いリンゴだとばかり思っていましたが、嚙《か》んでみると、口の中が恐ろしく痛みだしました。わたしはすぐに鼻で水を吸いあげ、口をゆすいで吐きだしました。ひとかけらも呑《の》みこみはしなかったのですが、口の中全体が燃えるようでした。さらに水でゆすぎましたが、ほとんど効果はありませんでした。足をふみかえて痛みに耐えていましたが、そのうちに、あまりの苦痛に檻《おり》の中をぐるぐると走りはじめました。人々はそれを指さして笑いました。わたしは腹が立ち、煮えくりかえる思いでした。わたしは思いきり水を吸いあげ、何気ない様子で檻の前にすすみました。そして、全員に浴びせられるように横木のちょっと手前に立ち、あらんかぎりの力で鼻の水を吹きつけたのです。

だれも倒れはしませんでしたが、二十人以上の人がよろめいたり、人に突きあたったりし、また、しばらくのあいだむせたり、目がくらんだりしていました。人々のほうでもすっかり吹きつけてしまうと、また水を吸いこみましたが、ちょうど間にあいました。人々のほうでも武器を用意したのです。石ころや棒、クラッカージャックの空箱にいたるまで、あらゆるものが飛んできました。わたしはいちばんの大男をねらい、その男を倒すと、残った水はまた全員にあびせました。女が悲鳴をあげて助けを呼んでいました。ほかの人々はあとにさがりました。一人の男が銃をぬいてわたしを撃ちましたが、あたりませんでした。最初に銃を撃った男には、すぐさま他の男がとびかかりましたが、別の男が銃をぬきました。弾はわたしの肩にあたり、でも表面をかすっただけで中にまではいりませんでした。二度目の弾は右の牙の先をはじきとばしました。わたしは鼻に残っている最後の水で、まっすぐその男の胸をねらって吹きつけました。骨が砕けても不思議はなかったのです。いずれにせよ、男は後ろざまにふっとび、女の人を突きとばして倒れました。口の中は焼けるように痛んでいても、喧嘩《けんか》には勝ったような気分でしたが、それでも用心して銃弾は通らない寝室（ここもコンクリート造り）にひっこみました。さらに三発の銃声がして、がらんとした室内にこだましました。なににあたったのかはわかりませんが、わたしにはあたりませんでした。

肩からは血が匂います。怒りはまだおさまらず、鼻息を荒らげて呼吸し、自分でもちょっと驚いたのですが、気がつくと、室内に並べて置いてある乾草の梱包《こんぽう》で寝室の入口にバリケードを築いていました。壁ぞいに積みあげてある乾草をひきずりおろし、押したり蹴《け》ったり、それに鼻をつかったりして、八個か九個ほどの梱包をつぎつぎに押しあげ、上のほうに僅かな隙間《すきま》を残して入口をふさいだのです。まあ、これでも弾丸よけにはなります。でも弾はやんでいました。そして、外でクリフが群衆に叫んでいるのが聞こえました。

「落ち着くんだ、コーラス・ガール！」クリフの声が言っています。

この言葉はおなじみですが、でもいままではふるえるような恐怖の影をクリフの声に聞いたことはありませんでした。むろん、人々はクリフを注視しています。クリフとしては自分の威力、わたしをコントロールできることを見せねばならないところです。それを思うと、クリフを好きでないことも手伝って、わたしはまたもやなにかをせずにはいられなくなり、自分でつくったバリケードに頭をうちあてました。ちょうどいちばんてっぺんの梱包をひっぱっていたクリフの上にバリケード全体がくずれ落ちました。

人々は驚いて叫び、悲鳴をあげました。

梱包の山の下でもがいている、クリフの黒いブーツの足が見えました。

一発の銃声がひびき、今度は左のわき腹をやられました。クリフは銃を手に持っていましたが、弾はその銃から発砲されたのではありません。クリフはもう動いていません。わたしも動きませんでした。群衆から、群衆の中のだれかから、もう一発飛んでくるものと思っていたのです。

群衆はただわたしを見つめているだけでした。わたしは口を少し開け、人々をにらみつけていました。口の中はまだ燃えるようでした。

制服を着た公園の係員が二人、横手の扉から檻にはいってきました。長い銃を持っています。二人はとりのぼせて興奮しており、わたしが怒りのしるしでも見せようものなら、恐怖のあまりただちにわたしを撃ったことでしょう。わたしは自制心を取り戻していました。それに、クリフは死んだはずだと思うと、それが心楽しくもありました。

ところが、彼は死んではいませんでした。男の一人がかがみこんで乾草の梱包を取りのけると、クリフの赤い髪が動くのが見えました。もう一人の男が銃の先で乱暴に突き、わたしを寝室に行かせようとしました。彼はなにか怒鳴っていました。わたしは向きをかえ、急がずにぶらぶらと、乾草や乾草の梱包がちらばったコンクリートの部屋にはいりました。とつぜん、わたしは気分が悪くなり、それに口もまだ痛んでいました。男がわたしに銃を向けて戸口に立っていました。わたしは静かに彼を見つめていました。クリフが立ちあがるのが見えました。もう一人の男は怒ったような口調でクリフに話しかけていました。クリフは話しながら手を振っていましたが、いつもの彼とはまったく違ってみえました。おぼつかなげに立っており、しじゅう頭にさわっていました。

やがて、スティーヴほど白くはないけれど、白髪になりかかった男が、バッグをかかえたもう一人の男と扉の所にやってきました。二人は檻に招じ入れられました。二人ともわたしのすぐそばまで来て、わたしを見ました。左のわき腹から出る血がコンクリートにしたたり落ちています。そして、白髪の男が怒ったようにクリフに話していましたが、クリフがさえぎり――それから二人でなにか言いつづけていました。白髪の男は檻の扉を指さし、出ていくようにとクリフに合図しました。つぎの瞬間、カバンを持った男がわたしの鼻に布をかぶせてしっかりと縛りつけ、わたしはぼんやりしてしまいました。それから彼は針をうちこみました。そのうちに、大きな話し声を聞きながら、わたしはへたりこんでしまいました。布は冷やっこくていやなにおいがし、わたしは不安な眠りに落ちていったのですが、その中では巨大な猫族がはねまわり、わたしや、わたしの母や、わたしの家族に襲いかかるのでした。わたしは再び緑の木木や丈《たけ》の高い草にめぐり逢いました。けれど、自分は死んでいくのだと感じました。

目がさめるとあたりは暗く、口の中には油のようなものが塗ってありました。口はもう痛まず、わき腹の痛みもうすれていました。これが死なのでしょうか？　でも自分の寝室の乾草のにおいがします。立ちあがると胸がむかむかしました。そして、少し吐きました。

やがてだれかが横手の扉を閉める音が聞こえました。ブーツをはいた足音をしのばせてもクリフとわかります。この小さな寝室はドアがひとつある以外に出口はなく、罠《わな》のようなものですから、ここから出ようかとも考えたのですが、まだ眠くて動けませんでした。それでも、先ほど、男がかかえていたようなカバンをもって、クリフがかがみこむのははっきり見えました。そして、あの男が鼻にあてがったのと同じ甘ったるい匂いがかすかにしました。クリフも荒く息をしながら顔をそむけ、それから一気にわたしに駈けよると、鼻のまわりに布をかぶせて、すぐにぴったりとロープで縛りつけました。わたしは鼻を振り、クリフの腰を一撃すると彼は倒れました。わたしは鼻でその倒れた体をたたきましたが、体をよじり、うめいている彼を痛めつけようというよりは、布をはずすつもりでそうしたのです。ロープがゆるみ、もう一振りして布をはらい落とすことができました。クリフの胸から足にかけて落ちた布は――いかがわしいにおいを放ち、邪悪で、危険でした。わたしは檻の清浄な空気の中に出てゆきました。

クリフはあえぎながら立ちあがろうとしていました。そして彼も空気をもとめていったんは外に出てきましたが、すぐにぶつぶつ言いながらあわてて戻り、布をつかむと、再びわたしに向かってきたのです。わたしはちょっと後足で立ちあがり、それをかわしました。彼はころびそうになりました。わたしは軽く鼻で彼を打ち、すると彼はひっくり返りました。コンクリートの上にながながとのびています。いまやわたしは怒っていました。クリフはまだあの邪悪なにおいを放つ布を手に持っており、これはわたしたちの闘いでした。クリフは膝《ひざ》をついて起きあがろうとしていました。

わたしは左足でクリフを蹴《け》りましたが、ほんの小手調べというほどです。それは彼のわき腹にあたり、木の枝が折れるような音がしました。それからはもうクリフは動きませんでした。甘ったるい、おぞましいにおいにまじって、むかつくような血のにおいがたちこめていました。わたしは檻の前に行き、布からはできるだけ離れて横になり、少しでも新鮮な空気の中で元気を取り戻そうとしました。寒くはありましたが、それはたいしたことではありません。少しずつ気分がおさまってきました。再び呼吸ができるようになりました。ひとつだけ、クリフを踏みつけたいという欲望を感じましたが、その元気がありません。わたしは激怒していたのです。そのうちに怒りも少しずつ消えてゆきました。それでも気がたっていて眠れはしませんでした。わたしはコンクリートの上で夜明けを待ちました。

そしていま、わたしは長い長い年月を過ごしたコンクリートと鉄の檻のすみによこたわっています。ゆっくりと明かるくなってきます。最初に、ジャコウウシに餌《えさ》をやる老人の見なれた姿が現われます。彼は車を押し、角のある動物がもっとたくさんいる、もうひとつの檻を開けます。やがて、わたしの檻の前を通り、二度わたしを見やり、わたしがその場所に横たわっていることに驚いてなにか言うのですが「コーラス・ガール」という言葉が聞きとれます。それから老人はクリフの体を見つけます。

「クリフ？――おい、クリフ！　どうしたんだね？」

檻には錠がおろしてなかったらしく、老人はすぐにはいってきて、クリフの上にかがみこみ、なにか言いながら鼻をおさえると、大きな白い布を檻の外へひきずりだします。そして叫びながら駈けだしていきます。わたしは立ちあがります。檻の扉が僅かに開いています。わたしはクリフの体のそばを通り、扉をこづいてひろげ、外へと踏みだします。

公園には人っ子一人いません。ずいぶん昔、お客さんを乗せて歩く週末の行事をとめられてからは土を踏むこともなかったので、爽快《そうかい》です。乾いた土さえ柔らかく感じます。わたしは立ちどまって鼻をさしあげ、木の枝から緑の葉を少しむしって食べます。葉っぱは堅くてとげとげしていますが、少なくとも新鮮です。円形の噴水があり、週末の行事では立ちどまることも、水を飲むことも許されませんでした。いま、わたしは冷たい水をたっぷりと一気に吸いあげます。

後ろのほうで興奮した声がします。声は間違いなくわたしの檻のあたりでするのですが、わたしは振り返ってもみません。わたしは自由を楽しんでいるのです。頭上にはすばらしい青空、空っぽの世界がはてしなくひろがっています。

木陰のいちばん濃い所にはいっていくと、密にはえている木がわたしの両わきをこすります。でも木はろくに植わってないので、たちまち通りぬけてしまい、コンクリートの通路に出ると檻の中の猿たちが目をまるくしてわたしの散歩を見つめ、しゃべりたてます。毛の長い小さな猿が二匹、檻《おり》の奥に身をよせあっています。灰色のサルがこちらにキーキーとわめきたて、檻の奥に逃げます。でも、猿たちの中にも、わたしの背中に乗りたいと思っているものがいるのではないでしょうか？　遠い記憶のどこかで、ふとそんな気がするのです。わたしは花を少しちぎり、ほんの楽しみでそれを食べます。手の長い黒い猿が歯を出し、声をたてて笑い、横木をつかんで上下にゆすり、音をたてています。

わたしが近づくと、猿たちは少しおびえていましたが、それよりも好奇心のほうが強く、わたしは鼻を二本の横木にからめて引き寄せます。それから、もう一本ひっぱると、その隙間《すきま》から黒い猿たちがころがるようにとびだしてきます。

猿たちは金切声をあげ、くすくす笑いながら地面をはねまわったり、逆立ちをしたりしています。一匹がわたしの尻尾をひっぱっていたずらします。大喜びで木に跳びつく二匹もいます。

ところがその時、駈け足の足音と叫び声がします。

「いたぞ！　猿の所だ！」

わたしはそちらを向きました。猿が一匹、わたしの尻尾をつたって背中に駈けのぼります。そして肩をたたいて歩けとせがみます。猿の体重などまったく感じません。長い銃をもったきのうと同じ男が二人、わたしのほうに走ってきて、つんのめるようにして急に止まり、銃をかまえます。鼻をあげて敵意のないしるしを示すひまもなく、ひざまずくひまさえなく、三発の銃弾が発砲されます。

「猿を撃つなよ！」

でも、彼らはわたしを撃つのです。

バン！

太陽が顔を出し、木々のてっぺんが緑色をおびています。すべての木が裸になってしまうわけではありません。わたしの目は上へ上へとのぼり、体は沈んでいきます。発砲におびえた猿がわたしの背中からすばやく地面に跳びおり、一目散に逃げるのがわかります。ふいに、体がひどく重くなり、ちょうど眠りにひきこまれるような感じです。膝《ひざ》をついて横になるつもりでしたが、体がゆれて、横ざまにコンクリートに倒れてしまいます。もう一発、頭に撃ちこまれます。目と目のあいだでしたが、両眼ともまだ開いています。

男たちは先ほどの猿のようにわたしのまわりを跳ねまわって、わたしを跳《け》ったり、怒鳴りあったりしています。森のなかではねる大きな猫がまた現われ、そして、いま、わたしにとびかかります。やがて、ぼんやりした男たちの姿の向こうに、はっきりとスティーヴが見え、といっても、それは若いころのスティーヴで——歯にパイプをくわえて、微笑みながらわたしに話しかけます。スティーヴはゆったりとした優雅な身のこなしで動いています。でも、スティーヴは死んだのですから、そう、わたしも死にかけているのです。スティーヴはほかの男たちよりもよほど本物らしく見えます。彼のまわりには森があります。スティーヴはいまも友達です。大きな猫はいません。いるのはただスティーヴ、わが友。

（中村凪子訳）

駱駝《らくだ》の復讐

Djemal's Revenge

ジェマルはアラビアの砂漠のはるか奥地に主人のマハメットと住んでいた。安上がりなので、彼らは夜も砂漠で眠った。昼間は、もよりのエル－バナの町にとぼとぼと歩いていって（マハメットはジェマルに乗って）サマードレスを着てキャーキャーと騒ぐ女や半ズボン姿の男たちの観光客を乗せるのだった。マハメットが歩くのはそのときだけだった。

ジェマルは、ほかのアラブ人たちがマハメットに好意をもっていないことに気づいていた。彼とマハメットがほかの駱駝《らくだ》引きたちに近寄ると、ぶつぶつと言うかすかなざわめきが起こるのだった。マハメットとほかの駱駝引きとのあいだでは、よく値段《ディナール》をめぐってもめごとが起こり、彼らはすぐにもマハメットになぐりかかってきそうな勢いだった。手を振りまわし、狂ったように声が高くなる。しかしディナールのやりとりがおこなわれることはなく、ただ口で争われるだけだった。やがてマハメットはジェマルをひいて観光客のグループの所へ行き、ジェマルをかるくたたいて、膝《ひざ》をつけとどなるのだった。

ジェマルの膝の毛は前足のも後足のも、すっかりすりきれていて、膚《はだ》が古びた皮のようになっていた。そのほかのところはふさふさとした茶色の毛におおわれており、ところどころに毛のかたまりと、虫でも食ってはげたような部分があった。だが、大きな茶色の目は澄んでおり、寛大で聡明そうな唇はいつも微笑《ほほえ》んでいるようで、楽しげに見えたが、事実は大違いだった。それはともかく、彼はまだ十七歳で人生の最盛期にあり、なみはずれて大柄な体を持ち、強かった。いまは夏なので、毛がぬける季節だった。

「オ――！　キャ――！」ジェマルがひときわ高い背いっぱいに立ちあがると、小ぶとりの婦人は左へ右へとゆれながら金切声をあげた。「地面が何マイルも遠くにあるみたい！」

「落ちるなよ！　つかまっていなさい！　砂はみかけほど柔らかくはないのだからね！」イギリス人が心配そうに声をかけた。

ほこりだらけの服をまとった、きたない小男のマハメットはジェマルの手綱をとって歩きだし、ジェマルは青空にそびえる円《まる》いドームや音をたてて走る自動車、道路沿いの黄色いレモン畑、人を乗せたり、おろしたり、歩いたりしているほかの駱駝などを気ままに眺めながら、広い足の裏を砂にたたきつけて歩いた。人間はどれでもそうだが、しじゅう運ばされるレモンやオレンジの大袋や、しっくいの袋にくらべれば、いや、それどころか、ときどき砂漠の遠い奥地へ運ぶ若木の束にくらべてさえ、この女の人の重さなぞ、まったくないも同然だった。

ときおり、観光客のあいだでも、ためらいがちな、不審そうな声でマハメットについて議論がかわされることがあった。値段についての議論。あらゆることに値段があった。あらゆることが結局はディナールの問題になるのだった。ディナール、紙幣と硬貨は男たちに剣をぬかせ、さもなければ拳《こぶし》を振りあげて顔をなぐりあう。

ターバンをまき、爪先がそり返った靴をはき、古ぼけた民族衣裳のジェラバをひるがえすマハメットは絵にかいたようなアラブ人の姿をしていた。彼自身、観光客の目をひき、良い被写体になるように心がけていて（モデル代として少々の金を要求した）、片方の耳に金の輪をつけ、やつれて日焼けした顔はもじゃもじゃの眉《まゆ》とのび放題のひげにおおわれて、ほとんどかくれていた。唇はひげにうまってほとんど見えなかった。目は小さくて黒い。ほかの駱駝引きが彼を嫌うのは、彼が協定値段をまもらないためだった。協定をまもる約束はするのだが、そのうちに、たまたま近づいてきた観光客が値切るという嘆かわしい試みをはじめると（そうするようにと彼らは教えられていることをマハメットは知っていた）マハメットはほんの少し値をさげて仕事にありつき、客のほうは値切ることに成功したというわけで気をよくして、駱駝乗りが終わったときには値切った分より多いチップをはずむのだった。ところが、一方で商売が繁盛していると、相手が承知するとみれば値をつりあげ――ときとして、これがほかの仲間の耳にはいるのだった。ほかの駱駝引きが正直者の手本というわけではなかったが、彼らには暗黙の了解があり、だいたいのところ、それには従っていた。マハメットの不正のゆえにジェマルは尻に石を投げつけられることがあるが、それはマハメットに向けられたものだった。

観光客でにぎわう日は、ほとんど暗くなるまで稼ぐことが多いのだが、日が暮れると、マハメットは町中のヤシの木にジェマルをつなぎ、自分は、小屋がけながらテラスがあり、鸚鵡《おうむ》が声をはりあげているレストランでクスクスの夕食をおごるのだった。マハメットは自分の必要を満たすほうが先で、そのあいだジェマルは水さえも飲めないことがあり、とどくところにあるだけの木の葉をかじって過ごすのだった。ほかの駱駝引きたちは同じテーブルをかこんで賑やかにやっていたが、マハメットは一人離れたテーブルで食べた。駱駝引きの一人が食事のあいまに弦楽器をひいた。マハメットは黙々と羊の骨をしゃぶり、服で指をぬぐった。彼はチップを置かなかった。

それからマハメットはジェマルを公共の井戸に連れていったのか、いかなかったのか、ともかく、ジェマルはマハメットを乗せて砂漠にはいり、毎晩野宿をする木立へと進んだ。ジェマルは暗闇で目がきくわけではなかったが、マハメットの服の包みや、巻きあげたテントや、皮の水袋などにはマハメットの汗くさいきついにおいがしみついているので、嗅覚《きゅうかく》がそこへ導いてくれた。

暑い夏の盛りの時期には、いつも早朝にレモン運びをした。アラーの神のお恵みで、とマハメットは思うのだが、政府は観光客相手の「駱駝乗り」を午前十時から十二時と夜の六時から九時とさだめたので、駱駝引きたちは観光客相手の仕事はこの時間に集中しておこない、午後は自由に稼ぐのだった。

さて、大きなオレンジ色の太陽が砂漠の地平線に沈み、マハメットとジェマルは、エル－バナで祈禱のときを告げる僧の声がとどかない所にいた。そのうえマハメットは肩にのせたトランジスター・ラジオをつけていた。握りこぶしよりいくらも大きくないこのちっぽけな機械はジェラバのひだのあいだに、うまくおさまっていた。ラジオからはかん高い声でうたう男の歌がはてしもなく続いていた。マハメットは砂の上に破れた敷物をひろげ、その上にボロ布を何枚か敷きながら鼻歌をうたっていた。これが彼のベッドだった。

「ジェマル！――ここに来い！」マハメットはしつらえた寝床にあたる風の方向を指さして言った。ジェマルは砂まじりの微風をさえぎるだけでなく、かなりの体温を発散する。

ジェマルは何ヤードか離れた所で乾いた藪《やぶ》の葉を食べつづけていた。マハメットがやってきて、編み皮の鞭《むち》でぴしゃりと打った。これは一種の儀式のようなもので、しばらくは知らぬ顔で打たれていたが、やっとジェマルは黒ずんだ緑の藪からしぶしぶ離れた。ありがたいことに、その夜、彼は喉《のど》が渇いていなかった。

「オー、ヤァ、ヤァ……」トランジスターは言った。

ジェマルは、マハメットの願いに少しだけさからって、軽い風がほとんどまっすぐに尻尾にあたる方向にうずくまった。砂が鼻にはいるのはごめんだった。長い首をのばし、頭をさげ、鼻孔はほとんど閉じて、目はぴったりとつぶっていた。しばらくすると、マハメットが体にまきつけた古い赤毛布をひき寄せ、サンダルばきの踵《かかと》を砂にうめて自分の左側に寄りかかるのをジェマルは感じた。マハメットは、休息をとるときのような、ほとんど坐ったままの姿勢で眠った。

ときどきマハメットはぶつぶつとコーランの言葉を読みあげることがあった。字はまったく読めないのだが、コーランの言葉なら子供のときからたくさん覚えていた。いまでもそうだが、彼の学校は教室の床いっぱいに子供たちが坐っていて、その頭の上をジェラバ姿の背の高い男の先生が大またで歩きながらコーランの言葉を読みあげ、子供たちがそれをくり返すのだった。

こうした神の言葉はマハメットにとっては詩のようなもので——朗唱するには美しいが、日々の生活には役に立たない。その晩、マハメットのコーラン——ページがめくれ、印刷も消えかかった、ずんぐりした本——は、ねばねばしたナツメヤシや古いパンのかたまりといっしょに織物のずた袋の中にしまいこまれていた。マハメットはまぢかにせまった全国駱駝レースのことを考えていたのだ。彼は左腕の下あたりの蚤《のみ》をさぐった。駱駝のレースはあすの夕方にはじまり、一週間続く。エル‐バナから、この国の主要都市のひとつ、大きな港のあるカーサまでのコースで、カーサにはさらに多くの観光客が訪れる。参加者は、むろん夜は野宿し、食物と水は各自で用意することになっているが、途中でスーク・マンデラに立ち寄り駱駝に水を飲ませて、そしてまたレースを続ける。だが、マハメットは別の計画をめぐらせていた。スーク・マンデラに立ち寄らないことがそのひとつ。そのために、いま、ジェマルに喉を渇かせておくのだ。あすの夕方、レースがはじまる直前にたっぷり水を飲ませておけば、あとの七日間は水なしでもつだろうとマハメットは考え、いずれにしても、できれば六日で到着するつもりだった。

エル‐バナ、カーサ間のこのレースは、最後にはくり返し鞭《むち》がはいるほどの激戦になるのが伝統だった。賞金は三百ディナールで、これは充分に関心をそそる額だった。

マハメットは赤い毛布を頭からかぶると、安心感と充足感にみたされた。妻はなく、家族さえなく——いや、遠い町に家族はあるのだが、彼を嫌っていたし、彼のほうでも嫌っていて、ついぞ家族のことなど考えもしなかった。彼は少年のころに盗みをして、たびたびおまわりがやってきては彼や家族をおびやかすので、十三の齢に家を出た。それからは首都で靴みがきをしたり、しばらくはボーイをして、現金箱から金を盗んでつかまったり、博物館やモスクでスリをはたらいたり、カーサの売春宿でポンビキの助手をつとめたりして放浪生活をおくっていたが、盗品の売買の手先になっていたとき、警官に撃たれ、銃弾をふくらはぎに受けて、足を引きずるようになった。年齢は三十七か三十八、それとも四十歳になるのか、彼にもはっきりしなかった。彼は全国駱駝レースの賞金を手に入れたら、エル－バナにある小さな家を即金で買うつもりだった。水道とちっぽけな暖炉のついた、二部屋の白い家を見つけてあったのだ。その家は持ち主が自分のベッドで殺されて、住み手がないために、安い値で売りに出されていた。

翌日の仕事は意外に軽かったので、ジェマルは驚いた。彼とマハメットはエル－バナ周辺のレモン山をまわり、日が沈むまでに背中にのせた二つの大きなレモンの袋を四度積んだり降ろしたりしたが、それくらいは楽なものだった。いつもならば、追いたてられて、ずっと速足で歩くのだ。

「オーイ！　ジェマル！」だれかが叫んだ。

「……マハメット！……ピーッ！」

興奮した雰囲気だった。ジェマルはわけがわからなかった。男たちは手をたたいた。喝采《かっさい》なのだろうか？　それとも非難なのだろうか？　だれ一人、主人に好意をもっていないことをジェマルは知っていたし、その悪感情、したがって矛先《ほこさき》が自分に向けられることもわかっていた。

真意はマハメットにあるとはいえ、とりあえずは彼にたいして不意の一撃をくわえられたり、なにかを投げつけられたりすることに油断はしていなかった。何十頭もの駱駝によって集められたレモンを大きなトラックが運んでいった。駱駝引きたちは駱駝の腹によりかかったり、しゃがみこんだりして休息していた。ジェマルが集荷場から出ようとしたときに、一頭の駱駝が首をのばして理由もなくジェマルの尻に嚙みついた。

ジェマルはすばやく振り向き、つきだした下唇をひらいて長い力強い前歯をむきだし、相手の鼻先に喰《く》いつくふりをしてみせた。相手の駱駝が体をひいた拍子に、背中の駱駝引きはあやうく投げだされそうになり、マハメットを口ぎたなくののしった。

「……！」マハメットも精いっぱいのお返しをした。

ジェマルはすでにたっぷり水を飲んでいたが、マハメットは再び町の水飲場につれていった。ジェマルはほんの少しの水をゆっくりと飲み、頭をあげてそよ風を嗅《か》いだ。遠い観光客の香水のにおいがした。それから騒々しい音楽が聞こえた。一日じゅうあちこちでトランジスターの音楽が鳴っているのには慣れていたが、この音楽はそれよりもずっと大きくて、しっかりしていた。ジェマルの左の後足がむずむずしてきた。マハメットはめずらしく手綱をひいて彼の前を歩いていた。

そこには旗や観客席や観光客や、音楽が流れるふたつのラウドスピーカーがあった。こうしたものは砂漠のはずれにしつらえてあった。そして、駱駝がずらりと並んでいた。一人の男がスピーチをしており、その声は不自然に大きかった。駱駝たちはこざっぱりしていた。レースなのだろうか？　ジェマルはマハメットを乗せてレースに出場したことがあり、ほかの駱駝より速く走ったことを彼は思いだした。あれは去年のことで、そのころマハメットはジェマルを手にいれたのだった。彼を調教した最初の主人の記憶はもううすれていた。その人は背が高く、やさしくて、やや年をとっていた。その人はマハメットと、たぶんディナールのことだろうが口争いをしていたが、マハメットが勝った。ジェマルにはそう見えた。そして、マハメットはジェマルを連れ去った。

気がつくとジェマルはほかの駱駝といっしょに並んでいた。笛が鳴った。マハメットが鞭《むち》をいれ、ジェマルは先頭をきって走りだし、一、二分後にはふだんの調子に乗った。そして、沈む太陽に向かってひたすらに走った。彼が先頭だった。べつに難しいことではない。呼吸も平静になってきた。必要ならば長い距離でも維持できるほどに速度を落としてもいい。だが、どこに行くのだろう？　葉のにおいも水のにおいもせず、ジェマルはこのあたりの土地にはなじみがなかった。

カッパカパ、カッパカパ……ほかの駱駝たちの蹄《ひづめ》の音はジェマルの背後に消えていった。彼は少し足どりをゆるめた。マハメットは鞭をつかわない。マハメットがくすくすと小さく笑うのをジェマルは聞いた。月がのぼり、彼らは進みつづけたが、ジェマルはもう歩いていた。少し疲れを感じた。彼らは止まり、マハメットは水袋の水を飲んでなにか食べ、いつものようにジェマルの脇腹にもたれて毛布にくるまった。だが、あたりに木はなく、その夜、彼らはおおうものもない野天で寝た。大地は平らで広かった。

た。彼はトランジスター・ラジオのスイッチをいれ、トランジスターは、ジェマルの肩に乗せた曲がった足に置いてあった。あとには一頭の駱駝も見えなかった。それでもマハメットはかなりの速度でジェマルを急がせた。マハメットが背にしたジェマルの堅いこぶからすると、四日か五日間は衰弱のしるしもみせずに元気でいけそうだった。それでも、マハメットは木立なり繁みなり、どんなものでも太陽をさえぎるものはないかと、左へ右へ目をくばっていた。正午にはもう進めなくなった。太陽の熱気がマハメットのターバンにもはいりこみ、汗が眉《まゆ》に流れ落ちた。このときはじめてマハメットはジェマルの頭に布をかぶせて太陽をさえぎり、午後の四時近くまで休息を取った。マハメットは時計をもっていなかったが、時間は太陽によってほぼ正確にわかるのだった。

翌日もやはり――いくらかの木は見つかったが、水はなかった。このあたりの土地について、だいたいのところをマハメットは知っていた。だが、何年か前に来たような気もし、だれかから話して聞かされたような気もして、はっきりとは思いだせないのだった。レースの参加者が寄ることになっているスーク・マンデラ以外に、このあたりには水はなかった。しかし、それでは直線コースからはずれて遠まわりになるので、マハメットは行かないつもりだった。そのかわりに、ジェマルには日中に特別に長い休息をあたえ、そのぶん夜になって距離を稼ぐのが最善の策だと考えた。そして、彼らはいま、その計画で動いていた。マハメットは星によってもいくらかは方向がわかる。ほどほどの荷と速度であれば、ジェマルは水なしで五日間は立派にもちこたえられるのだが、この旅ではときどき駈け足で走った。六日目の昼休みには、ジェマルはどうにもならない疲労を感じていた。マハメットはコーランをとなえた。風が吹いており、マハメットのコーヒー沸かしの火が二度も消えた。ジェマルは尻尾をまともに風に向け、鼻孔はやっと呼吸できるだけ開けて休息した。

自分たちは嵐の周辺にいて、まだ本物の嵐にまきこまれているわけではない、とマハメットはみた。彼はジェマルの頭をちょっとたたいた。暗い雲はスーク・マンデラから北の方角にかけてひろがっており、ほかの駱駝と駱駝乗りたちは嵐の最悪の場面にまきこまれているだろう、とマハメットは思いをめぐらせた。そして、彼らがそろって決定的に遅れてくれそうなものだと考えた。

七日目になってわかったのだが、マハメットは間違っていた。その日はレースが終わるはずの日だった。夜明け、まきあがる砂の中を、彼はコーヒーも沸かさずに出発した。そのかわりにコーヒーの豆をいくつぶか嚙んだ。彼は、嵐はむしろ自分のほうに向かってきたのではないかと思いはじめていた。嵐がまっすぐにカーサに向かう自分に向かってきたということは、ほかの駱駝乗りたちは嵐のただ中にいたわけではなく北の端にいたことになり、そうすると、スーク・マンデラに水の補給に立ち寄り、それからあらためてカハサへの道を取ったことは、さほどの失敗にはなっていない。

砂をよけるために鼻孔を半ば閉じたままのジェマルは呼吸がうまくできず、あまり速くは進めなかった。彼の肩のあたりにまたがり、首に体を伏せているマハメットは、いらだって何度も鞭をふるった。ジェマルはマハメットの怯《おび》えを感じとった。駱駝のジェマルにも行く手が見えず、においも嗅《か》ぎつけられないというのに、どうしてマハメットにわかろう？　水がつきたのだろうか？　そうかもしれない。マハメットの鞭でジェマルの右肩がうずきだし、やがて血が出はじめた。右肩はとくに痛みがこたえるので、そのためにマハメットはもう一方の肩に鞭をあてようとしないのだ、とジェマルは思った。いまではジェマルもマハメットのことがよくわかるようになっていた。自分がはらった努力の見返りは、どんな形にしろ手にいれなくてはすまさないのがマハメットで、さもなければ、このような辛苦に身をおくわけはないのだった。ジェマルはまた、エル－バナで会った駱駝たちと競争していることを漠然と承知していた。これまでもマハメットが見つけた半マイル先の観光客グループをめざして、ほかの駱駝よりはやく駈けつけるという形の「レース」をさせられていたからだ。

「ハイヤ！　ハイヤ！」上下にゆれ、鞭をふるいながらマハメットは叫んだ。

それでも、嵐からはぬけでようとしていた。ときおり地平線の上にぼんやりとした姿をあらわす太陽はまだ高かった。ジェマルがつまずいて倒れ、マハメットは投げだされた。ジェマルは思わず口いっぱいに砂をくわえこんでしまい、元気がでるまでしばらく横になっていたかったのだが、マハメットは怒鳴りつけ、びしびしと鞭でうった。

マハメットはトランジスターをなくして、砂の中をころげまわって探した。やっと見つけた彼はわけもなくジェマルの尻をいやというほど蹴りつけ、またジェマルが倒れたので、今度は情容赦もなく肛門を蹴《け》った。

マハメットはののしった。

ジェマルもお返しに息を荒《あら》らげ、恐ろしげな二本の前歯をむきだして、それから、ぎりぎりの威厳を見せながらゆっくりと体をひきずりおこした。熱暑と渇きに朦朧《もうろう》とした目にマハメットの姿がぼやけてうつり、疲労のはてに弱りきっているのでなければ、怒りにかられて襲いかかるところだった。マハメットは鞭《むち》をふるい、膝《ひざ》をつくようにと命令した。ジェマルは膝をつき、マハメットはその背にまたがった。

彼らは再び進みはじめた。ジェマルの足はさらに重くなり、砂の中をひきずって歩いた。だが、いまはもう人々のにおいがする。そして水のにおいが。やがて、音楽が聞こえた。いつもの叫ぶようなアラブの音楽だが、馬鹿に音が大きくて、いくつものトランジスターを一度に鳴らしているようだった。マハメットはジェマルを叱咤《しった》しながら、これでもか、これでもかと肩に鞭をふるった。ゴールが目前にあるいま、ジェマルには力をふりしぼらねばならない理由がなかったが、そうすればマハメットの鞭がゆるむことを願って懸命に足をはやめた。

「イーヤァ!」歓声が高くなった。

いまはもうジェマルは喝ききった口を開けていた。群衆まであとひと息というところで目がくらんだ。続いて足の筋肉。つぎに膝がやられ、そして脇腹が砂にぶつかった。背中のこぶは口や胃袋と同様に空っぽになり、かしいで垂れさがっていた。

そして、マハメットはわめきながら鞭をうちおろしていた。

人々はうめき声をあげ、叫んだ。ジェマルはもうどうでもよかった。死にかけていることを感じていたのだ。なぜだれも水を持ってきてくれないのだろう？　マハメットはいまマッチをつけ、ジェマルの踵《かかと》の下をあぶっていた。ジェマルはぴくりと動いただけだった。マハメットの首に嚙みつければ、うれしいが、その力がなかった。ジェマルは意識をうしなった。

ゴールを踏む一頭の駱駝とその乗り手を、マハメットは怒りと恨みをこめて見た。やがて、つぎの一組。駱駝たちは疲れてはいるようだが、ジェマルのような疲労の極限にあるようにはみえなかった。マハメットの心に哀れみの余地はなかった。ジェマルが彼を敗北させたのだ。きわめて屈強なはずのジェマルが。

二人の駱駝乗りがマハメットを嘲《あざけ》り、駱駝に水を飲ませなかったこと——明らかな事実——について手ひどい意見をのべると、マハメットは口汚い言葉を返した。彼はジェマルの頭にバケツ一杯の水をあびせ、ジェマルは意識を取り戻した。そしてマハメットは小切手の賞金を受け取るレースの勝者（エル－バナでいつもマハメットに意地悪をするでぶのじじい）を歯ぎしりしながら見ていた。人ごみで盗まれるおそれがあるため、当然ながら政府は賞金を現金ではわたさないのだった。

その晩、ジェマルは水を飲み、少し食べた。マハメットは食べるものを与えなかったが、夜を過ごした場所には灌木のしげみや木があったのだ。彼らはカーサの町のはずれに野宿していた。翌日、マハメットは手持ちのもの——パン、ナツメヤシ、水、ドライソーセージ二個——を食べると再びジェマルとともに砂漠越えに出発した。ジェマルはまだ少し疲れが残っており、体のためにはもう一日休みたいところだった。今度は水の補給のためにどこかに寄るだろうか？　ジェマルとしてはそう願いたかった。少なくとも、レースではないのだから。
昼近くになると日陰で休むほかなく、マハメットがおりるためにジェマルが膝をついている
とき、右の前足ががくりとくずれた。マハメットは砂にころげ落ち、とびあがるなり鞭の柄で
ジェマルの頭を二度ほどどうちすえた。
「馬鹿！」マハメットはアラブの言葉でどなりつけた。
ジェマルは鞭に食いつき、離さなかった。マハメットが鞭をひったくると、今度は手首に嚙
みついた。
マハメットは悲鳴をあげた。
ジェマルは奮いたち、さらに攻撃をかけようと立ちあがった。「主人」などと僭称《せんしょう》するこの
悪臭ふんぷんのチビを、彼はどんなに憎悪していたことか！
「こらっ！　とまれ！　坐れ！」マハメットは後ろにさがりながら鞭を振りまわし、わめいた。
ジェマルは歯をむき、怒りに血走った目を大きく開いて、一歩一歩マハメットにつめ寄った。
マハメットは駈けだし、曲がったナツメヤシの木の後ろにかくれた。ジェマルはその木のまわ
りをぐるぐるとまわった。マハメットの恐怖のにおいが鼻をついた。
マハメットは古ぼけたジェラバをむしりとった。ターバンもぬいで、二枚の布をジェマルに
向かって振りまわした。
驚いたジェマルは悪臭のする布に嚙みついて頭を振っており、まるで歯をうずめているのは
マハメットの首で、死ぬまで振りまわすつもりのようだった。ジェマルはいまではほどけて長

い布になったターバンに、鼻息を荒らげて襲いかかった。彼は布の一部を食べ、残りを大きな前足で踏みつけた。

木の後ろにかくれているマハメットはやっと呼吸がおさまってきた。駱駝が、嫌悪する人間の衣服に怒りをぶちまけ、それで気がすむことをマハメットは知っていた。そして彼はそうであることを願っていた。カーサまで歩いてひき返すのはありがたくなかった。それに、エル－バナを「故郷《ホーム》」と思っていたし、エル－バナに戻りたかった。

やがて、とうとうジェマルは横になった。疲れはてて、ナツメヤシの木の下のまばらな木陰に行くことさえ面倒なほど疲れていた。彼は眠った。

マハメットは用心深くつついてジェマルを起こした。太陽は沈みかけていた。ジェマルは彼に嚙みつこうとしたが、しくじった。このことは見逃すほうが賢明だとマハメットは考えた。

「起きろ、ジェマル！　起きろ！　行くぞ！」マハメットは言った。

ジェマルはとぼとぼと歩いた。砂漠のかすかな道を、目よりは勘にたよって、とぼとぼと夜の中へと足をはこんだ。夜は涼しかった。

三日目、彼らは小さいけれど活気のある市場の町、スーク・マンデラに着いた。マハメットはここでジェマルを売る決心をしていた。そこで、彼は、真鍮《しんちゅう》製品、敷物、宝飾品、駱駝の鞍《くら》、鍋類、ヘアーピンなどあらゆるものが売りに出され、地面に並べてある野外市場に行った。片隅に駱駝の売場もあった。ジェマルが嚙みつかないように充分に間をとり、先に立って歩くマハメットは、用心深く肩ごしに振り返りながらジェマルをひいていった。

「安くしとくよ」マハメットは仲買人に言った。「六百ディナール。いい駱駝だぜ、見りゃわかるだろう。エル－バナ、カーサのレースに勝ったばかりさ！」

「へえ、そうかね？　そういうふうには聞かなかったがね！」聞いていたターバン姿の駱駝引きが言い、ほかの二人が笑った。「ぶっ倒れたんだろ！」

「そうだ、水の補給をしなかったっていうじゃないか、この老いぼれめ！」別の者が言った。

「それだって――」マハメットは言いさし、近づいてきたジェマルの歯をよけた。

「ハ！　ハ！　当人の駱駝までこいつを嫌ってるぜ！」年配の荒くれ男が言った。

「三百ディナール！」マハメットは悲鳴のような声で言った。「鞍《くら》つきだ！」

一人の男がジェマルの鞭《むち》で打たれた肩を指さして、二百五十ディナールの値をつけた。肩の傷はまだ血にまみれて蠅《はえ》がたかっており、とても元どおりにはならない重傷のように見えた。

マハメットは承知した。だが現金で。男は現金を取りに家に帰らねばならなかった。日陰で待つマハメットは、仲買人ともう一人の男が市場の水飲場にジェマルをひいていくのを不機嫌に眺めていた。いい駱駝をうしなったが――金を損したことはさらに痛恨事だ――ジェマルから逃げだせたのが彼は嬉《うれ》しかった。つまるところ、金よりは命のほうが大切だ。

その日の午後、マハメットはエル－バナ行きのがたがたのバスに乗りこんだ。彼は空《から》の水袋、アルコールランプ、鍋、毛布などの七つ道具をかかえていた。

その夜はよくクスクスを食べたレストランの裏の露地で死んだように眠った。翌朝、わが身の不運が身にしみ、この国でも指おりの駱駝に支払われた安値を思う悲痛な気持ちをいだいて、マハメットは観光客の車から盗みをはたらいた。格子柄の毛布とその下にあったおまけ――カメラ――、それにグローヴコンパートメントから銀のフラスコと、一見して市場で買ってきたばかりと思われる小さな敷物をくるんだ茶色の紙の包みが獲物だった。車はロックされておらず、この盗みは一分とかからなかった。車は小汚いバーの前に停めてあって、砂にすえられたテーブルには十五、六のはだしの少年二人がいたが、マハメットの盗みを見ながら、ただ笑っているだけだった。

昼までには獲物を七十ディナール（カメラはドイツ製の高級品だった）で売りはらい、彼は少し気分がよくなった。持ち歩いている手持ちの現金といっしょに毛布の折目にぬいこみ、これで五百ディナールに近い金ができた。四百ディナールしたジェマルほどではなくても、手ごろな駱駝を買うことができる。そして、欲しかった家の手付金にたりるぐらいは残るだろう。いまは観光シーズンで、駱駝を引くことしか知らないマハメットなので、金を稼ぐためには駱駝が必要だった。

一方、ジェマルは良い人の手にひきとられた。貧しいが心のやさしいチャックというその人は彼を三頭の駱駝の仲間にくわえた。チャックは駱駝たちと、おもにレモンやオレンジ運びやその他の運送をしていたが、観光シーズンには駱駝乗りの仕事もするのだった。チャックはジェマルが行儀の良いこと、観光客に素直なことをよろこんだ。それというのも、ジェマルは背が高く、「景色」を眺めたい客にえらばれることがしばしばだったからだ。

傷ついた肩ももうきれいになおり、良い食べものを与えられ、ほどほどの労働をして、ジェマルは新しい主人と生活にすっかり満足していた。ひとつには出会わないこともあって、マハメットの記憶はどんどんうすれていった。エル－バナに出入りする道はいくつもあった。ジェマルもよく仕事で遠方まで行ったし、チャックの家は町から二、三マイル離れた所にあった。ジェチャックが家族と住む家のそばに小屋があり、その屋根の下でジェマルは仲間の駱駝と眠るのだった。

いくらか涼しくなり、観光客もほとんど去った初秋のある日、ジェマルはマハメットのにおいを嗅《か》いだ。ジェマルは重いグレープフルーツの荷を背負って、ちょうどエル－バナの大きな果物市場にはいってきたところだった。大型のトラックにナツメやパイナップルの箱が積みこまれ、人々がしゃべり、どなり、いたるところでてんでに違う番組をがなりたてているトランジスターの音で、あたりは騒々しかった。マハメットの姿は見えなかったが、ジェマルはどこからともなく一撃がとんでくるような気がして首筋の毛が少し逆立った。彼はチャックに命じられて膝《ひざ》をつき、荷が両脇にすべり落ちた。

そのとき、駱駝一頭分ぐらい先にマハメットの姿を見つけた。ジェマルは立ちあがった。マハメットもジェマルに気づき、とびあがって後ろにさがった。彼は何枚かのディナール紙幣をジェラバのどこかにおしこんだ。

「なるほど――昔なじみの駱駝ってわけかい、え？」ほかの駱駝引きが親指を立てて、ぐいとジェマルを指してみせた。「まだ怖いのか、マハメット？」

「怖がったことなぞあるもんか！」マハメットはもとの場所に戻った。

「ハッハッハ！」

駱駝引きが二人ばかり話の仲間にはいった。マハメットは話しながらずっと体をひきつらせたり、肩をすくめたりしているのをジェマルは見た。マハメットのにおいをまぢかに嗅いで、あらためて憎悪がわきあがってきた。ジェマルはマハメットのほうに進んだ。

「ハッ！　ハッ！　気をつけろよ、マハメット！」ワインを少々きこしめしたターバン姿の駱駝引きが笑った。

マハメットは後退した。

それを追って、ジェマルはチャックの呼ぶ声を聞きながしながら歩きだした。マハメットの姿がトラックの陰に消えると、ジェマルは駈け足になった。彼がトラックの所まで行くと、マハメットは市場の駱駝引きたちが使う小屋のような小さな家に向かって走った。

あいにく小屋の戸には鍵がかかっており、怯《おび》えた彼は小屋の後ろにまわった。

ジェマルは彼に襲いかかり、ジェラバと背骨の一部を歯でとらえた。マハメットは倒れ、ジェマルはその体を踏みつけ、それから頭を踏みつけた。

「見ろよ！　喧嘩だぞ！」

「あいつには似合いの報いさ！」だれかが叫んだ。

十人、二十人と見物に集まってきた人々は笑いながらも最初は仲裁しろとお互いにすすめあっていたが――だれも止めにははいらなかった。それどころか、だれかが赤いワインの水差しを持ってきて、まわし飲みをしていた。

マハメットは悲鳴をあげた。ジェマルはいま、片足を彼の背中のまんなかにすえていた。そして、すべてが終わった。いや、いずれにしても、マハメットは動かなくなった。ジェマルは事の仕上げに、むきだしになっているマハメットの左のふくらはぎに深々と噛みついた。

野次馬はどよめいた。駱駝が彼らを襲ってくる気遣いはなく、彼らは安全であり、襲われたのはケチで、そのうえ骨の髄まで不正直者の、友達と思わせておいて裏切るような、嫌われ者のマハメットなのだ。

「何とすげえ駱駝だ！　名前は何というのだ？」

「ジェマルさ！　ハッハッハ！」

「もとはマハメットの駱駝だったんだ！」集まった人々のだれも知らない事実のようにくり返す者がいた。

ようやく人をかきわけてチャックがあらわれた。「ジェマル！　こら！　やめろ、ジェマル！」

「敵討《かたきう》ちをさせてやれよ！」だれかがどなった。

「恐ろしいことだ！」チャックは叫んだ。

人々はチャックを取りかこんで、べつに恐ろしいことではないと言い、死体はどこかに片づけるから、と言った。ノー、ノー、ノー、警察を呼ぶ必要はない。とんでもない！　まあ、ワインでもやれよ、チャック！　トラックの運転手までが幾人も仲間にはいって、小屋の後ろでおこなわれた邪悪な娯楽をにやにやと笑って見ていた。

いまや頭を高くあげているジェマルの興奮がおさまってきた。マハメットの不快なにおいとともに血が匂う。勝ちほこった彼は、慎重に片足ずつ持ちあげて犠牲者の体を踏みこえ、主人のチャックのもとに行った。チャックの神経はまだ高ぶっていた。

「だめだ、だめだ」チャックは言いつづけた。少し酔っぱらった男たちがジェマルに七百ディナールかそれ以上の値をつけたのだ。この出来事にチャックは気が転倒していたが、同時にジェマルに誇りを感じ、いまは千ディナールと言われても手放す気にはなれなかった。

ジェマルは微笑んでいた。長いまつげの曇りない目を地平線に向けていた。男たちは彼の脇腹をたたき、肩をたたいた。マハメットは死んだのだ。毒のような怒りも、もう彼の血から消えていた。手綱もとらずに歩きだしたチャックが振り返って呼び、ジェマルはついていった。

（中村凪子訳）

バブシーと老犬バロン

There I Was, Stuck with Bubsy

そう、彼はバブシーに取りつかれて、そこにいた。どんな動物にとってもこれは不当な運命だ。もう十六歳――それとも十七だろうか――とにかくもう年老いたバロンには、少なくとも十年、いや十二年前に登場したころからずっと嫌いだった、このでぶの忌《い》まわしいけだものと生涯最後の日々を過ごすのが定められた運命のように思われた。なにごとも起こらなければそれが運命だ。しかし、いったいなにが起こるというのか？　バロンになにが起こせるというのか？　バロンは懸命に考えた。彼は仔犬のころからすばらしく頭がいいとみんなに言われてきた。それを思うといくらかの慰めになった。しかし、犬は口がきけないのだから、これはバロンの手におえることではなく、マリオンの頑張りに期待するほかない。主人のエディは何度も、おまえは口がきけるんだね、と言っていた。だが、それはエディがバロンの吠え声や唸《うな》り声、視線のひとつひとつをすべて理解したからだった。

バロンは房飾りつきの水玉模様のクッションを内張りにした自分の籠《かご》に寝ていた。寝籠にはアーチ型の屋根がつき、そこにも房飾りのついた水玉模様の布が張ってあった。隣の部屋からは笑い声、がやがやという話し声、それにまじってグラスやびんのふれあう音、そして、ときどきバブシーの「ハッ、ハ、ハァー！」と笑う声が聞こえる。バロンは、エディが死んでしばらくはこの声を聞くたびに敵意をおぼえて耳をぴくりと動かしたものだった。だがいまでは、もうバブシーの馬鹿笑いにも反応を示さなくなっていた。それどころか、無気力、無関心をよそおうようになり（そのほうが神経のためによい）、このときも黄色くなった下の犬歯をみせて大あくびをすると、おもむろに前足に顎《あご》を乗せた。彼はおしっこがしたかった。十分前にも騒々しい居間にはいっていき、玄関のほうに歩いていって、外に出たいのだとバブシーに知らせた。見かねた青年の一人がバロンを下に連れていこうかと言ってくれた（そうにちがいないとバロンは思った）のに、バブシーのほうが面倒がったのだ。バロンは不意に立ちあがった。もうこれ以上がまんできなかった。もちろん、どうとでもなれという気で、このままカーペットにしてしまうことはできたが、まだ多少はたしなみというものが残っていた。

バロンはもう一度居間に行ってみた。いつもはまばらな女客が今夜は多い。

「あら！」

「おやまあ、バロン、バロンだわ！」

「なんだ、バロンか！」バブシーが言った。

「バロンは外に出たいんだよ、かわいそうに。バブシー、紐《ひも》はどこにある？」

「さっき出してやったばかりだぜ！」バブシーはどなったが、これは嘘《うそ》だった。

「いつ？　今朝かい？」

毛ばだった厚ぼったいツィードのズボンをはいた青年が、バロンをエレベーターに乗せて下に連れだしてくれた。バロンは歩道のはしに立つ最初の木に行って、ほんの少し片足をあげた。青年は親しげに話しかけ「エディ」のことでなにか言った。見知らぬ、まったくの他人が主人のことを覚えていてくれるのはありがたいことなのだとは思ったが、主人の名を聞いて、バロンはちょっと悲しくなった。青年とバロンはその一画を歩いた。レキシントン・アヴェニューにあるデリカテッセンの近くで、一人の男に呼びとめられ、男は丁寧な口調でなにかたずねたが、その中にバロンの名があった。

「そうなんです」とバロンの引綱をにぎる青年は答えた。

見知らぬ男はバロンの頭をやさしくたたき、バロンは主人のもうひとつの名に耳をそばだてた。「ブロックハースト……エドワード・ブロックハースト……」

青年とバロンはアパートの玄関の日よけに向かい、そして、あのおぞましいパーティに戻っていった。そのとき、バロンの耳が聞き覚えのある足音をとらえ、それから鼻がかぎ覚えのあるにおいをとらえた。マリオンだ。

「ハロー！　あの、失礼ですが……」マリオンはバロンが思ったより近くにいた。バロンの耳はもう昔のようではなかったし、目にしてもそれは同じだった。マリオンは青年と話しながら、いっしょにエレベーターであがった。

バロンはうれしくて心臓がどきどきしていた。マリオンはいいにおいがした。マリオンが現われたというだけで、その夜がいくらかましなものに、いや、すばらしいものになった。主人はずっとマリオンを愛していた。そして、マリオンがバロンを連れだして、いっしょに暮らしたいと思っていることが、バロンにはよくわかった。

バロンと青年とマリオンがはいっていくと、パーティの雰囲気が一変した。会話がとだえ、バブシーがお気に入りの泡立つ飲みもの、シャンペンのグラスを手にして進みでた。青年はバロンの引綱をはずした。

「こんばんは、バブシー」マリオンは丁寧な口調でなにかを説明した。

幾人かがマリオンに挨拶《あいさつ》したが、そのほかの小さなグループではそれぞれ会話がはじまった。バロンはマリオンから目をそらさなかった。もしかしたら、今夜、連れだしてくれるのだろうか？　マリオンはバロンのことを話していた。バブシーはあわてたようだった。彼はマリオンをうながして別の部屋、自分の寝室に行き、バロンはマリオンにぴたりとついてはいった。バブシーはバロンを閉めだすつもりだったようだが、マリオンがドアをおさえた。

「おはいり、バロン」マリオンは言った。

バロンはこの部屋が好きではなかった。ただでさえ高いベッドに枕がつみ重ねられていっそう高く、その裾《すそ》のほうに、たいていは夜だが、発作を起こしてぜいぜいと息が苦しくなったときにバブシーがつかう装置が置いてあった。クロームのタンクが二本あり、それから一本のゴム管と自在に曲がる金属の管が何本も出ていて、そっくりバブシーの枕元に運べるように車がついていた。

「……友達が……休暇で……」マリオンは言っていた。彼女はバブシーに懇願していた。自分の名を二、三度、そしてエディの名を一度、バロンは聞いた。バブシーはバロンがよく知っている、まだエディが生きていたころからずっと知っている、あの怒ったような頑《かたく》なな表情でバロンを見た。

「いや、駄目だ……」とバブシーはめりはりをつけて、雄弁にまくしたてていた。

マリオンはいささかも屈せずに、また説得をはじめた。

バブシーは咳込《せきこ》み、顔色がややどす黒くなった。そして「駄目だ……駄目だ……」とくり返していた。

マリオンはひざまずき、バロンの目をのぞきこんで話しかけた。バロンは切りつめられた尻尾を振った。彼は喜びにふるえており、マリオンの肩に前足をかけたかったのだが、それはしてはならないことなので我慢した。だが前足は床の上で躍っていた。バロンはすっかり若返ったような気がした。

それからマリオンはエディのことを話しはじめ、だんだん怒りをつのらせていった。エディについて話すとき、マリオンは誇らしいものを語るような威をそなえて、そのことが、バブシーにはそれだけの値打ちがないとマリオンが考えている証《あかし》のようにバロンには思え、いや、現にマリオンはそう言っているのかもしれなかった。バロンは主人が重要な人物だったことを知っていた。まだエディと別のアパートに住んでいたころ、ときどき訪ねてくる知らない人たちは、エディにたいして、どこか主人に仕えるような態度を見せたし、バブシーは飲みものをつくったり、食事の仕度をしたりして、バロンが旅をした船や、泊まったホテルの召使いのようだった。ところがいま、バロンは自分の犬だ、とバブシーはにわかに言いだした。そういうことになってしまったのだ。

バブシーは「駄目だ」と言いつづけ、次第にきびしい声になってきた。彼はドアに向かって歩きだした。

マリオンは静かだが脅かすような調子でなにかを言った。バロンは切実に、彼女が何と言ったのかをはっきり知りたかった。バロンはマリオンについて居間をぬけ、玄関に行った。彼女といっしょにこっそりぬけだし、引綱なしで家からとびだして、そのまま彼女の所にいるつもりになっていたのだ。毛ばだったツィードのズボンの青年が近づいてきて、マリオンはたちどまって話しだした。

バブシーが二人の会話をきらい、手を振ってうち切らせた。

マリオンは言った。「おやすみなさい……おやすみなさい……」

バロンは彼女についてぬけだし、エレベーターに向かって廊下をかけだした。男の笑い声がしたが、バブシーではなかった。

「バロン、駄目よ……いい子ね」マリオンは言った。

だれかがバロンの首輪をつかんだ。バロンは唸《うな》ったが、とうてい勝ち目はないことも、彼らの望みにそわなければ、戒めに平手でたたかれることも知っていた。背後でガチャンと耳ざわりな音をたててエレベーターの戸がマリオンを閉じこめ、そして、彼女は行ってしまった。バロンが居間を通りぬけるとき、ある者はののしり、またある者は笑い、そしてまた、前にもまして騒々しい陽気な騒ぎがはじまった。バロンはバブシーの部屋と廊下をはさんで向かい側にある主人の部屋にまっすぐ向かった。ドアは閉まっていたが、錠さえかけてなければ、水平についた取っ手をつかって開けることができる。これまでに何度もやってみたのだが、取っ手の下にさしこまれた鍵だけはバロンの手におえなかった。ドアは開いた。たぶんバブシーは今夜の客のだれかにこの部屋を見せたのだろう。バロンは中にはいり、主人のパイプ煙草のにおいがまだかすかにまじる空気を吸いこんだ。大きな机にはタイプライターが置いてあり、予備室にあるバロンの寝籠の裏張りと同じような水玉模様のカバーがかけてあった。机のそばのカーペットの上で眠っていると、昔、仕事中の主人のかたわらでそうしていたときのように、いや、それ以上に幸せな気持ちになるのだが、バブシーは意地悪く、ふだんは主人の部屋に錠をおろしておくのだった。

カーペットの上に体をまるくし、頭を床につけると、バロンの鼻は主人の椅子の脚にふれんばかりだった。ここ十分のあいだに味わった感情に、彼はどっと疲れをおぼえて、ため息をついた。バロンはマリオンのことを考え、マリオンが訪ねてきて、主人とバブシーがベーコンエッグやホットケーキをつくり、それから、みんなしてセントラル・パークに散歩に出かける楽しい朝の行事を思いだした。マリオンが池に棒切れを投げこみ、彼はそれを取ってきたものだった。また、主人とマリオンといっしょに出かけた（バブシーの登場以前）、デッキには太陽がいっぱいの、あの特別に楽しかった船旅を思いだした。あのころ、バロンはまだ若く、元気で、颯爽《さっそう》として、乗客のあいだでもてはやされ、スチュワードたちも、バロンとエディの船室にステーキをまるごと一人前持ってきたりして彼を甘やかしてくれたものだった。バロンはまた、白い家ばかりが並ぶ白い壁の町を歩いたことを思いだした――あんなにおいはあとにも先にも嗅いだことがない……。それから、通りには玉砂利が敷きつめてある島へ、顔にしぶきをあびながら揺れるボートでわたり、気の向くままに歩きまわって島のすみずみまで知りつくしたものだ。バロンは、なにかを問いかける主人の静かな声を聞いた……タイプライターをたたく音がかすかに響く……やがて、バロンは眠りに落ちた。

バロンはバブシーの咳《せき》と、ぜいぜいと苦しそうに息を吸いこむ音で目がさめた。家の中はもう静まり返っていた。バブシーは自分の寝室を歩きまわっている。バロンは立ちあがり、目覚ましに体をゆすった。朝まで閉じこめられても困るので、バロンは部屋を出て居間に向かったが、煙草の煙のにおいのひどさに引き返した。台所へ行ってボウルの水を少し飲み、食べのこした罐詰のドッグフードのにおいをかぎ、顔をそむけて、それから予備寝室に向かった。なにか――食べ残したステーキの切れはしとか、ラムチョップの骨とか、おいしいものが食べたかったのだが。近ごろでは、バブシーは外食が多く、バロンを連れていってはくれず、彼にはたいていは罐詰をあてがっていた。主人がいればそんなことは止《や》めさせているだろうに！　バロンは寝籠の中にまるくなった。

バブシーの機械がブーンと音をたてていた。あいだにときどきカチャ、カチャという音がはいる。バブシーが鼻をかんだ――気分がよくなってきた徴候だ。

バブシーは勤めに出なかった。エディは一日に数時間タイプライターに向かって仕事をしていたし、それが週末の休みもなしに毎日続く時期もあったが、そういう意味でもバブシーはまったく働かなかった。バブシーは朝遅く起き、お茶をいれてトーストをつくり、絹のガウンをはおったまま坐りこんで、いまでも毎朝ドアのところまで配達される新聞を読むのだった。バロンを散歩に連れだすのは昼近くになってしまう。その時間までには、少なくとも電話を二本はかけ、それから長い昼食に出かけ、いや、たぶん昼食だろうが、いずれにせよ、午後早い時間に帰ってくることはめったになかった。以前は劇場に関係した仕事をしていたのだが、それが何だったのかはバロンは知らない。ただバロンの主人とバブシーが知りあったばかりのころ、主人とバロンは、ニューヨークのある劇場のあわただしい舞台裏に、二度ばかりバブシーを訪ねたことがあった。バロンはよく覚えているのだが、あのころのバブシーはずっと親切で、いつでもすぐに散歩に連れだしてくれたし、よく耳や、頭のてっぺんの縮れた黒い毛のかたまりにブラシをかけたりしてくれたものだった。それというのも、当時、バブシーは通りでバロンを見せびらかして得意になっていたのだ。そうなのだ、何年も前、元気な盛りのころ、バロンはマディソン・スクェア・ガーデンで一、二度賞をとったことがあった。ああ、あの幸せな日日！　バロンのふたつの銀のカップと二、三個あるメダルは、いまも居間の本棚で名誉ある場所を占めているが、メイドはもう何週間も磨いていなかった。エディは訪ねてくる人たちにときどきそれを見せていたし、ビスケットとミルクのバロンの朝食を銀のカップにいれて、笑いながら食べさせてくれたこともあった。その瞬間、バロンはいまではビスケットも家にはないことを思いだした。

ほんとうに好きではないのなら、なぜバブシーはバロンを手元から離さないのだろう？　きっとバブシーはそうすることによって、彼よりずっと重要人物だった――つまりそれは、ずっと多くの人々に愛され、尊敬されていたということだが――バロンの主人を手離さないでいられるからではないか、とバロンは考えた。主人が病気だったころのつらい日々も、主人の死のあとも、バロンが頼みにしていたのはマリオンであって、バブシーではなかった。主人は自分の死後、バロンがマリオンと暮らすことをのぞんでいたはずだし、おそらく、そういう取り決めもしていただろう、とバロンは思っていた。バブシーはいつもバロンに嫉妬《しっと》していたが、バロンもまたバブシーに嫉妬していたことは認めないわけにはいかない。ところが、争いはバロンがバブシーと暮らすか、マリオンと暮らすか、という問題をめぐっておこなわれた。バロンは馬鹿ではない。マリオンとバブシーはエディの死後、ずっと争いを続けている。

　通りの先のほうで、車がマンホールの上を走りすぎる音がした。バブシーの部屋からはぜいぜいと息を吸いこむ音が聞こえる。機械はもうとまっていた。バロンは喉《のど》が渇き、起きあがってまた水を飲みにいこうかとも思ったが、ひどい疲れを感じ、ただ舌で鼻をちらとなめただけで目を閉じてしまった。歯が痛む。老いとは情ないものだ。バロンには二匹の妻がいたが、ずいぶん昔のことで記憶もうすれた。子供もたくさん、確か十二匹いて、その子たちの写真が何枚か居間にあり、主人の机の上にも一枚、バロンと三匹の子供たちの写真が置いてあった。

　バロンは唸り声をあげながら、悪い夢からさめた。そして、闇の中でぼんやりとあたりを見まわした。あれは現実に起こったことだったのだ。そうじゃない、夢だ。いや、やはり現実に起こったのだ。つい二、三日前のことだった。散歩に連れだそうというつもりで引綱を持ったバブシーが昼寝をしていたバロンを起こすと、バロンは――たぶん起こされたせいで、そのとき機嫌が悪かったのだろうが――頭もあげずに、不気味な唸り声をあげたのだった。するとバブシーはそろそろと離れていった。その日、あとになってバブシーは二つに折った引綱を手にもち、バロンの非行をとがめて、それを振りおろし、引綱は空を切ってひゅっという音をたてた。バロンはたじろがず、冷たい軽蔑の目でバブシーを見ていただけだった。そして彼らはにらみあっていたが、結局は何事も起こらず、だが、先に動いたのはバブシーだった。

闘えばどうにかなるのだろうか？　そう考えるとバロンの老いた筋肉は緊張した。だが、その答えも出せず、はっきりと先も見通せないまま、まもなくバロンはまた眠りにおちた。

その日の夜は、食べやすい大きさに切りわけた生のステーキ肉というごちそうの上に、食後の散歩まであり、そのあいだもバブシーはいとしげに話しかけてきてバロンを驚かせた。つぎに彼らはタクシーに乗った。長いドライヴだった。もしや、マリオンのアパートに行くのではないだろうか？　たしかマリオンのアパートはとても遠かった、とバロンはエディが生きているころの記憶をさぐった。だが、バブシーはマリオンの家に行ったことはなかった。やがてタクシーは停まり、車からおりると、まだ開いている店から肉とスパイスのにおいがして、あの肉屋だ、とバロンは気づいた。マリオンが住んでいる建物だ！　バロンの尻尾がゆれだした。彼は頭をぐっともたげ、先に立ってバブシーを目ざすドアに導いた。

バブシーがベルを押すとドアのブザーがなり、彼らは中にはいって階段を三つのぼった。バロンは嬉々《きき》として、息をはずませながらバブシーをひきずっていった。

マリオンがドアを開けた。バロンは後足で立ちあがり、それでも爪でマリオンの服をひっかかないように気をつけており、彼女はバロンの前足をとった。

「まあ、バロン！　いらっしゃい！――さあ、おはいり！」

マリオンのアパートは天井が高く、油絵具とテレピン油のにおいがした。大きくてゆったりしたソファと椅子があり、彼がそうしたいと思えばそこに寝そべってもいいのだとバロンは知っていた。だが、そこには見知らぬ男がおり、彼らがはいっていくと、椅子から立ちあがった。マリオンはバブシーをその男に紹介し、二人は握手した。男たちは話しはじめた。マリオンは台所に行ってバロンのためにミルクをボウルにいれ、それから、パラフィン紙にくるんで冷蔵庫にしまってあったステーキの骨をくれた。マリオンはなにか言ったが、バロンはつぎのように解釈した。「おうちにいるようなつもりでね。好きな所で骨をかじっていいのよ」

そこでバロンは、マリオンが椅子に坐ると、その足元で骨をかじることにした。

会話は次第に熱をおびていった。ポケットから書類をぬきだしたバブシーはすでに立ちあがっており、顔を紅潮させ、あわいブロンドの巻毛を振りみだしていた。

「そんなことはひとつも……駄目だ……駄目だ」

バブシーお得意のせりふ「駄目だ」。

「それは問題が違うわ」とマリオンが言った。

すると、もう一人の男がマリオンやバブシーよりも穏やかな口調でなにかを言った。バロンは痛む歯をかばいながら骨をかじっていた。男はかなり長いあいだ話しつづけ、バブシーは二度ほど口をはさんだが、しまいには黙って耳をかたむけていた。

「駄目……?」

「駄目だ……いいかい……」

それはバロンが知っている言葉だった。マリオンを見あげると、彼女の顔も少し紅潮していたが、バブシーほどではない。もう一人の男だけが落ち着いている。彼も書類を手に持っていた。いいかい。だが、それからどうするというのだろう? バロンにとって、これは少し大切なことを命じられるときの言葉だった。

バブシーはてのひらを下にして「駄目だ」と言い、あとにたくさんの言葉が続いた。

それから間もなく、バロンの首輪に引綱がつけられ、彼はバブシーにひきずられてドアに向かった——手荒くはなかったが、ひきずられたことにちがいはない。事態に気づいたバロンは四本の足をつっぱった。行きたくない! まだマリオンの家に来たばかりではないか。バロンは肩ごしに振りかえり、マリオンに助けをもとめた。見知らぬ男が首を振り、煙草に火をつけた。バブシーとマリオンは怒鳴りださんばかりの勢いで同時にしゃべっている。マリオンは拳《こぶし》をにぎりしめた。それでもバロンが廊下に連れだされる前に、片手を開いてなでてやり、なにかやさしい言葉をかけ、そしてドアが閉まった。

バブシーとバロンは広い通りをよこぎってバーにはいった。騒々しい音楽といやなにおいの中に焼きたてのステーキの香りがただよってくる。バブシーは酒を飲み、ひとりごとを二度言った。

やがて、バブシーはバロンをタクシーにひきずりこんだ。それというのも、バロンが足を踏みはずし、タクシーの床で顎《あご》を打って、ぶざまに這《は》いつくばったからだ。バブシーはおそろしく不機嫌だった。バロンの胸にはさまざまな感情がみだれ、心臓がはげしく打っていた。怒り、マリオンと長く過ごせなかった無念、バブシーへの嫌悪。窓からとびだそうとでもいうように、バロンはちらと窓（ふたつともほとんど閉まっていた）を見やったが、バブシーは引綱を二重に手首にまきつけており、両側の建物は恐ろしい速さでとびさっていった。

いつもバロンの名を呼んで迎えてくれるドアマンのために、バブシーは少し引綱をゆるめた。バブシーはひどく息をきらして、ドアマンに声をかけることさえろくにできなかった。バロンにもバブシーの苦しさはわかったが、気の毒だとは思わなかった。

アパートに戻ると、バブシーはたちまち椅子にへたりこみ、口を開けていた。バロンは引綱をひきずったまま、とぼとぼと廊下を歩き、主人の部屋のドアの前でためらっていたが、やはり中にはいった。彼は椅子のそばのカーペットの上にくずれおちた。また戻ってきたのだ。マリオンの家では楽しかったが、何と短かったことか！　自分の部屋に行ったバブシーが服をぬぎながら――いや、少なくとも上衣をぬぎ、ネクタイをはずしながら――呼吸しようとあえいでいるのが聞こえる。そして、バロンは機械が動きだす音を聞いた。ブーン……カチャ、カチャ。椅子がきしる。バブシーはベッドのそばの椅子に坐り、マスクを顔にあてているにちがいない。

喉《のど》が渇き、バロンは立ちあがって台所に向かった。だが引綱の端の手を通す輪がドアの下にはさまって、引き戻された。バロンはあせらずにいったん部屋に戻り、引綱をはずしてから、同じあやまちをおかさないように、今度はドアの右側の柱に肩をつけるようにして通った。ふと、まだ若かったころ、バブシーによく意地の悪いいたずらを仕掛けられたことを思いだした。もちろん彼（バロン）のほうもボールを追いかけてはしゃいでいるふりをしながら、うまくバブシーを転ばすようないたずらをしたこともあった。だが、いまはひどく疲れてしまい、うずく後足を引きずっていた。歯も何本か痛む。いい気になってあの骨をかじりすぎたようだ。バロンはボウルの水を飲みほし――古くなった水が半分ほどしかはいっていなかった――台所を出ようとしたところで、また台所のドアに引綱をひっかけてしまった。ちょうどそのとき、咳《せ》きこみながら、ふらふらと部屋から出てきたバブシーが、いやというほどバロンの前足を踏みつけた。バロンはあまりの痛さに悲鳴をあげた。実際、爪先がつぶれたかと思うほど痛かったのだ！

バブシーはバロンを蹴とばし、ののしった。

バロンは――神秘のバネがはじけたように――はねあがって、ズボンの上からバブシーの足に歯をたてた。

バブシーはわめき声をあげるなり、拳《こぶし》でバロンの頭をなぐりつけた。これによって、バロンを縛《いまし》めていたものが切れた。バブシーは再び蹴とばそうとしたが、しくじった。彼はあえいでいた。浴室にはいっていくバブシーを見送るバロンは、彼が顔をぬぐうためにぬれタオルを取りにいくのだと知っていた。

バロンは急に元気になった。いったい、この元気はどこから来たのだろう？　台所のドアにはさまれた引綱に捕われたまま、バロンは四本の足をかまえて立ち、痛む歯をむきだした。水のしたたるタオルを額に押しあてたバブシーがあらわれると、バロンは押し殺した、低いうなり声を出した。バブシーはよろめきながらバロンの前を通って自分の部屋にはいり、そしてバロンは彼がベッドに倒れこむ音を聞いた。やがてバロンは引綱の状態がそれ以上に悪くならないよう、ゆっくりと台所にもどった。今度は皮製のその引綱がしっかりと食いこんでいて、しかも、流しのほうに動いたのでは引綱を引きぬくだけの余地がない。バロンは奥歯に引綱をくわえてひっぱった。引綱は歯のあいだをすべった。今度はもう一方の側の奥歯でぐいとやってみると一度ではずれた。それは悪いほうの歯だったので、おそろしく痛かった。バロンは一瞬目をとじて、床にちぢこまった。相手がバブシーにせよ誰《だれ》にせよ、その前にちぢこまったことなどなかったのだが。だが痛いものは痛い。猛烈に痛む。あまりの苦痛に耳鳴りまでするような気がしたが、泣き声はもらさなかった。バブシーがあたえた苦痛とそっくりだ、とバロンは思いだしていた。いや、あれはほんとうにあったことだろうか？　いずれにせよ、痛みがバブシーを思いださせた。

　痛みがおさまると、バロンは立ちあがって、いつ発作がおさまるかもしれないバブシーにそなえた。バロンは引綱をまっすぐにひきずりながら居間に向かって歩き、それから向きをかえると廊下は鼻の先に来る。そして体を沈めると、顎《あご》を前足に乗せて、耳をすませ、目を大きく開けて、待った。

バブシーが咳《せき》をしたが、それはマスクをはずし、気分がよくなったときの咳だった。バブシーが起きあがっている。きっとシャンペンを取りに居間にはいってくるだろう。バロンの後足が緊張し、頭のすみに、引綱がまたなにかにひっかかるかもしれないという恐れがなかったら、ほんとうにとんでもない動きをみせていたかもしれない。バブシーは片手を壁について体をささえ、咳をしながら近づいてきた。そしてもう一方の手を威嚇するように振って、道をあけろと命じた。

足が顔にとんでくるとみたバロンは、とっさにバブシーのウエストにとびかかり、嚙みついた。バブシーはバロンの背骨を拳でなぐりつけた。彼らは床の上でもみあったが、バブシーはなぐりながらも空振りが多く、バロンのほうも嚙みつきながらしくじっていた。だが、バロンはそれでもまだ居間側にいて、バブシーは自分の部屋に退却し、バロンはあとを追った。バブシーは花瓶をつかんでバロンの頭のてっぺんに打ちおろした。バロンの視界はとつぜん闇につつまれ、銀色の光が見えるだけの数秒が続いた。やや目がはっきりすると、すぐさまバロンは、ベッドから足をたらしているバブシーにとびかかった。

だが、バロンは失敗し、その歯がとらえたのはバブシーの足ではなくゴムの管だった。バロンは喰《く》らいつき、頭を振った。ゴム管はバブシー自身、またバブシーの肉も同然に思えた。バブシーはこのゴム管を大切にし、頼りにしていたが、いま、がっしりしたゴム管は、ちょうど生身の肉のように、次第に征服されていく。バブシーは顔にマスクをかぶったままでバロンを蹴ったが、当たらなかった。やがてゴム管はふたつにちぎれ、バロンは床にすべり落ちた。

バブシーはゴム管のもう一方の端を手でさぐり、口に入れようとしたが、ゴム管の端はずたずたになり穴だらけだった。バブシーはあきらめてベッドに仰向けに倒れ、犬のようにあえいでいた。バロンの目の上に、頭の毛をつたって血がしたたり落ちる。バロンは舌をたらし、心臓の鼓動に体をふるわせながら、よろよろとドアに向かい、そして、振り返った。そのまま床によこたわり、曇った目はベッドと横からぶらさがったバブシーの足から離さなかったが、やがて血で目が見えなくなっても、バロンはまだ目を閉じなかった。何分か過ぎた。バロンの呼吸は次第におさまった。耳をすませたが、なにも聞こえない。バブシーは眠ったのだろうか？

本能的に、残された力の最後のひとかけらも無駄にすまいと、バロンは眠りながらも眠りこんではいなかった。バブシーは音ひとつたてず、やがて、バロンの首筋の毛が死者の存在をつげた。

夜明け、バロンは頭をたれ、足元もおぼつかない老いさらばえた犬のように、よろよろとバブシーの部屋をひきあげ、居間に移った。彼はかつてなかったほど疲れはてて体を横にした。まもなく電話が鳴りだした。最初の呼び出し音に、彼はかすかに頭をあげたが、それ以上はもう注意をはらわなかった。電話は鳴りやみ、そしてまた鳴りだした。それが何回か続いた。バロンの頭がずきずきと疼《うず》いた。

午後になり週に二度アパートの掃除にくるメイドがやってきて——廊下の足音は彼女だとバロンは思った——ベルを鳴らしたが、彼女が鍵をもっていることをバロンは知っていた。そのとき、別のエレベーターの戸が開き、何人かの足音と、ついで声が廊下にひびいた。アパートのドアが開き、リザとかいう名のメイドがバブシーの友人の男二人といっしょにはいってきた。引綱をつけたまま居間に立っているバロンを見て、みなが驚いたようだった。カーペットの血のしみにぎょっとした彼らに、バロンは生まれてから何か月のころ、家の中で、主人がそそうと呼んでいたことを仕出かしていたころをぼんやりと思いだした。

「バブシー、バブシー!」

「バブシー、いるのかい?」

彼らはすぐにバブシーを見つけた。男の一人が居間にかけもどってきて、電話を取りあげた。それが、この前のパーティのときに外に連れだしてくれた、毛ばだったズボンの人だということにバロンは気づいた。だれもバロンには注意をはらわなかったが、台所に行ってみると、リザが食べものを出し、ボウルに水をいれてくれてあった。バロンは水を少し飲んだ。リザはバロンの引綱をはずし、やさしく言葉をかけてくれた。もう一人、男がやってきたが、バロンの知らない人だった。男はバブシーの寝室にはいっていった。しばらくして男はバロンを見たが手はふれず、カーペットの血に目をやった。そのうちに白い上衣を着た男が二人あらわれて、毛布にくるまれたバブシーが担架で運ばれていった——主人が運ばれていったときとそっくりだ、とバロンは思った。だが主人はあのとき生きていた。いま、バブシーが同じように運びだされるのを見ても、バロンは何の感情もわかなかった。あの青年がまた電話をかけていた。マリオンの名を聞いたバロンは、ぴくりと耳を立てた。

やがて、青年は受話器を置き、妙な顔でバロンに微笑みかけた。それはけっして嬉《うれ》しそうな微笑みではなかった。いったい、この人はなにを考えているのだろう？　青年はバロンに引綱をつけた。彼らは下におりてタクシーをひろった。それから、バロンにもすぐに獣医の診察室だとわかる部屋にはいった。獣医は彼に針をさした。目がさめると、バロンは別のテーブルに横倒しに寝ており、起きあがろうとしたがうまくいかず、さっき飲んだ水を少し吐いてしまった。バブシーの友達はまだついていてくれて、バロンを抱いて外に出ると、彼らはまた別のタクシーに乗った。

窓からはいるそよ風に、バロンは生気を取り戻した。タクシーはいつまでも走りつづけ、バロンはだんだん関心をもちだした。もしや、マリオンの所に行くのではないだろうか？

やっぱりそうだ！　タクシーが停まった。あの肉屋があった。そしてドアの外に出て歩道に立っているのはマリオンだ！　青年の腕の中でバロンはもがき、タクシーからころがり落ちた。馬鹿！　みっともないじゃないか！　それでもバロンはよろめく足で再び立ちあがり、尻尾をふり、マリオンの手をなめて挨拶《あいさつ》することができた。

「おお、バロン！　バロン！」マリオンは言った。それから、頭の傷（もう包帯がまいてあり、包帯は顎《あご》の下にもかかっていた）は心配はないというようなことを言ったのはバロンにもわかったが、ひどい怪我でないことは知っていたし、そんなことは、マリオンといっしょにいるという事実、そして、これからはマリオンといっしょに暮らすのだという事実（なぜかバロンはそう確信していた）にくらべれば、まったくどうでもいいことだった。マリオンと青年は話をしていた――間違いない、青年は帰るのだ。彼はバロンの肩を軽くたたいて「じゃあな、バロン」と言ったが、口調はただの儀礼的な挨拶だった。しょせん彼はバロンの友達というよりはバブシーの友達だったのだ。バロンは頭をもちあげ、青年の手をなめようとしたが、とどかなかった。

それからマリオンとバロンは肉屋にはいった。肉屋はにこにこしながらバロンの前足と握手して、頭のことでなにか言った。そして、マリオンの注文でステーキ肉を切った。

マリオンとバロンは階段をのぼっていったが、マリオンの足どりはバロンのためにゆっくりとしていた。彼女は、バロンがいまではすっかり気にいっているテレピン油がつんと匂う、天井の高いアパートのドアを開けた。バロンはステーキを少し食べ、それから大きなソファで眠った。目がさめると、バロンは目をぱちぱちさせた。たったいま、夢を見ていたのだ。バブシーと大勢の騒々しい人たちの、あまり楽しくない夢だったが、しかし、もう夢の内容は忘れてしまった。だが、これは現実だ。マリオンが仕事机に向かって立っており、バロンが頭をあげたので、ちらとこちらを見たが、また仕事に目をもどした――いまはバロンのことよりも仕事のことを考えているからだ。エディと同じだ、とバロンは思った。彼はまた頭をおろしてマリオンを見守った。彼はもう年老いたこと、それも、ひどく年老いたことを知っていた。彼の齢を知ると人々はびっくりする。だが、バロンは、これから第二の人生が始まろうとしていることと、そして、まだまだ時間もたっぷり残っていることを感じとっていた。

（中村凪子訳）

最大の獲物

Ming's Biggest Prey

ご主人の寝棚の裾《すそ》でゆったりとくつろいでいたとき、男がミングの首筋をつまみあげ、デッキに放りだして、キャビンのドアを閉めた。驚きと一時《いっとき》の怒りとでミングのブルーの目がまんまるに見開かれ、やがてまた、明かるい日射しがまぶしくて、半眼に閉じた。キャビンから手荒く追いだされたのははじめてではないし、しかも男は、ご主人のエレインが見ていないときを狙ってそうすることをミングは知っていた。

ヨットにはこうなるとどこにも日陰がないけれども、ミングにはまだ暑すぎるほどでもなかった。楽々とキャビンの屋根に跳び乗ると、マストの真後ろの、ぐるぐる巻きにしたロープのまんなかにはいった。巻いたロープはすてきな寝椅子の代わりになるのだ、というのも、その高みからは何でも見えるし、お椀《わん》のように巻きあげたロープが強い風から彼を護り、しかもそこが〈ホワイト・ラーク号〉のほぼ中心点にあたるために、船体の揺れや角度の急変にも最小限の影響しか受けずにすむのだった。もっとも、いまのところ帆はおろしてある、それというのもエレインと男がいままで食事をしていて、そのあとはたいがい午睡を取るからだが、ミングは男が、その時間中キャビンに彼がいるのをいやがることを知っている。食事のときは問題はないのだ。現に、ミングはお昼に焼魚と、それにロブスターをひと口、おいしく食べたばかりだった。いま、巻いたロープのまんなかに心地よくまるまり、口を開けて大欠伸《あくび》をひとつすると、ミングはつりあがった目を強い日射しに半ばとじ、アカプルコの湾を取り巻く薄茶色の丘陵と、白やピンクの家々やホテルを眺めた。〈ホワイト・ラーク号〉から、水音は聞きとれないけれど人々が飛沫《ひまつ》をあげている浜辺まで、太陽の光が海面にきらめいて、点滅する無数の豆電球をちりばめたようだった。水上スキーヤーが後ろに白い水煙をたちのぼらせてかすめ過ぎた。おお、元気のいいこと！　ミングは太陽の熱が毛の中までおりてくるのを感じながら、うつらうつらしはじめた。ミングはニューヨークから来たのだが、生まれて最初の何週間か彼が置かれていた環境に比べれば、アカプルコは格段に上等に思えた。底にワラを敷いた、陽のあたらない箱、そこに三、四匹の仔猫といっしょにいたことを覚えている、そして窓の向こうによく巨大な影がしばし立ちどまり、コツコツたたいて彼の注意を引こうとし、やがて離れ去っていったものだった。母親のことはまったく覚えていない。ある日、なんだかいいにおいのする若い女がやってきて、彼をそこから連れだした——犬と薬品とオウムの糞《ふん》の、いやな恐ろしいにおいから。そのあと彼女といっしょに乗ったもの、あれは飛行機だったのだと、いまではミングも知っている。飛行機にはもうすっかり慣れて、むしろ好きなくらいだ。飛行機では、彼はエレインの膝《ひざ》の上に坐り、眠るときも彼女の膝の上、そしてお腹がすけばいつもご馳走のおすそわけがあった。

アカプルコにある店は壁の全面にドレスやスラックスや水着が懸けてあり、エレインは昼間はほとんどそこで過ごしていた。そこは清潔で清々しいにおいがし、花の植木鉢やボックスが店の前に並べてあって、床は涼しい青と白のタイル張りだった。ミングはいつでも自由に店の裏手のパティオにぶらぶら出ていったり、片隅の彼専用のバスケットの中で眠ったりできた。店の表側のほうが日当たりがよいのだが、そこにいると、よくいたずら小僧どもが彼をつかまえようとしたりするので、おちおち昼寝もしていられないのだ。

自宅のテラスの大きなキャンヴァス・チェアの、ご主人のかたわらで日溜まりに寝そべっているのがミングはいちばん好きだった。きらいなものは、彼女がときどき自宅に招く人々、夜を過ごしに来る人々、食べたり飲んだり、レコードをかけたりピアノをひいたりしながら、夜もふけるまで長居すること間違いなしの人々――彼をエレインからひき離す人間たちだった。彼の前足をふんづける連中、どう対処する暇もなく後ろから彼を抱きあげたりして、やっと身の自由を取り戻すまで、もがくやら暴れるやらの大騒ぎを演じさせる連中、乱暴に彼を撫《な》でる連中、どこかでドアを閉ざして彼を閉じこめる連中。人間ども！　ミングは人間が大きらいだ。好きな人といえば、この世でエレインただ一人だった。エレインは彼を愛し理解してくれた。

とりわけその男、テディを、ミングはいまやとことんきらいぬいている。テディは最近しょっちゅうやってくるのだ。エレインが見ていないとき、自分に注がれるテディの目つきがミングは気に食わない。そのうえときによるとテディは、エレインがそばで聞いていないと、どうもおどし文句らしきものを低い声で投げてよこすこともある。さもなければ、部屋から出ていけという命令だ。ミングは平然と従う。威厳を保たねばならない。それに、ご主人はこっちの味方じゃないか？　あの男は侵入者なのだ。エレインが見ているところでは、男はときにミングが好きなふりをしたりするけれど、ミングは優雅に、ただし思い違いの余地を与えることなしに、いつもよその方向へ離れ去ってしまうのだった。

キャビンのドアの開く音がして、ミングの昼寝の邪魔をした。エレインと男の笑い声や話し声が聞こえた。大きな赤味がかったオレンジ色の太陽が水平線の近くにかかっていた。

「ミング！」エレインがそばに来た。「うだってしまうじゃないの、ダーリン。部屋にいると思っていたのに！」

「ぼくもさ！」と、テディが言った。

ミングは、いつも眠りからさめたときの癖で喉《のど》をごろごろ鳴らした。エレインがやさしく彼をかかえあげ、両腕に抱いて、下のキャビンの、衝撃的に涼しい日陰へ連れていった。彼女は男に話しかけていたが、やさしい口調ではなかった。水を張った皿の前にミングをおろし、喉は渇いていないけれど、彼女を喜ばせるためにミングはちょっぴり飲んだ。ほんとうに暑さにあたったらしくて、少しふらふらした。

エレインが濡《ぬ》らしたタオルを取ってき、ミングの顔と耳と、四本の足を拭いてくれた。そのあと彼はやさしく寝棚に寝かされ、そこにエレインの香水の匂い、それと大きらいなあの男の匂いを嗅ぎとった。

ご主人と男はいま口喧嘩をやっている、声の調子でミングにはそれがわかった。エレインは寝棚の端に腰かけてミングに付き添っていた。ミングはやがて、テディが海に飛びこんだことを示す水音を聞きとった。いつまでもそこにいればいい、溺《おぼ》れてしまえばいい、二度と戻ってこなければいい、と思った。エレインはアルミの流しでバスタオルを濡らし、堅くしぼってから寝棚にひろげて、ミングをその上に乗せた。彼女が水を持ってき、今度は、ミングは喉の渇きをおぼえて、飲んだ。もっとお眠り、と彼女はミングをそこに残して、食器を洗って片づけにかかった。それはミングの好きな、聞いていて心休まる物音だった。

だがそれからしばらくして、またバシャッという音、そしてピタピタとテディの濡れた足がデッキに音をたて、ミングはまた目をさました。

再び口論の調子で声があがった。エレインが数段あがってデッキに出ていった。ミングは緊張しながらも、湿ったタオルにいまだに顎《あご》を埋めたまま、キャビンのドアに目をあてていた。おりてくる足音を聞いて、テディだとわかった。ミングは僅かに顔を起こし、後ろ側には出口がないこと、自分がキャビンに封じこめられたことに気がついた。男が立ち止まり、タオルを両手で持ったままじっとミングを睨《にら》んだ。

ミングは、たぶん欠伸《あくび》する前にやるように全身の力を抜き、そうすると、目までがとろんと溶けた。それから彼は、口から舌をちょっぴりのぞかせた。男がなにか言いかけ、ミングにまるめたタオルを投げつけてやりたそうな様子を見せたが、そこでためらい、なにを言うつもりだったにせよ結局なにも口には出さず、そしてタオルを流しに放りやると、かがんで顔を洗いはじめた。テディに向かってミングが舌を突き出したのはこれがはじめてではなかった。たいていの人、たとえばパーティに集まった人々などは、ミングがそれをやると笑いだすし、ミング自身もけっこう面白がっているのだ。しかしテディの場合はまた話が別で、ミングは相手がそれを、何らかの敵意を示すジェスチャーと受けとめることを感じとり、だからこそ、ほかの人々の前でたいがい何の気なしに舌を出すのと違って、テディにはわざとやって見せるのだった。

言い争いがまだ続いている。エレインがコーヒーをいれた。気分がよくなってきたし、もう日も沈んだので、ミングはまたデッキに出ていった。エレインがエンジンをかけ、ヨットはゆっくりと海岸に向かって、静かに進みはじめていた。ミングの耳に小鳥の歌声や、日暮れどきしか啼《な》かない種類の鳥の、短い痛罵《つうば》のような、鋭く響きわたる奇妙な叫び声が聞きとれた。ミングは前方に遠く目を投げ、崖《がけ》の上に立つアドービ煉瓦《れんが》造りの家、彼とご主人の家を眺めた。船遊びに出かけるとき、エレインはなぜ彼を家に残していかなかったのか(彼としてはそちらのほうが快適だったろう)、もちろんそれは、彼がさらわれはしないか、どうかすると殺されるのではないかと心配だったからだ。ミングは理解している。人間どもは、いわばエレインの鼻先から彼をかすめとろうとしたものだった。あるとき、いきなり布の袋に放りこまれ、それこそ死にものぐるいで暴れたものの、もしもエレインがその小僧をひっぱたいて袋を取りあげなかったら、はたして無事に脱出できたかどうか。

またキャビンの屋根に跳びあがるつもりでいたのだが、ミングはちょっと見あげて、体力を消耗するのはやめておくことにし、ゆるやかに傾いた、ほんのり暖かいデッキに足を折りこんでうずくまると、だんだん近くなってくる海岸を見つめていた。もう浜からギターの音色が聞きとれる。ご主人と男の声はいつのまにかやんでいた。しばらくのあいだ、船のエンジンのチャグチャグチャグという音がほかのなによりも大きく聞こえた。それからミングは、男の裸足がキャビンの昇降口をあがってくる音を聞きつけた。振りむいて男を見ようとはしなかったが、ひとりでに耳が、ぴくぴく震えながら後ろに寝た。ミングの目は、自分のすぐ前の、下のほう、ほんのひと跳びしか離れていないところにある水面を見つめていた。奇妙にも、背後の男はこそりとも音をたてない。首筋の毛が逆立ち、ミングは右の肩越しに振り返った。

と同時に、男が両腕を大きく広げ、前かがみの姿勢で突進してきた。

すぐさまミングは跳ね起き、手摺《てすり》のないデッキ上で唯一の安全な方向へ、つまり男のほうへ一直線に跳びだしたが、相手は左腕を払ってミングの胸を突きとばした。猫の身体が後ろに吹っとび、爪がデッキをひっかいたが、後足はすでに船の外に出ていた。ろくすっぽ手掛かりにもならないつるつるの木に前足でしがみつき、一方、後足は、全身を持ちあげようと必死に努めて、ミングにとっては不利な角度に傾いた船の横腹を探った。男が足でミングの前足をつきのけようとして迫ってき、だが、ちょうどそこへエレインがキャビンから出てきた。

「どうかしたの？　ミング！」

強い後足を梃子《てこ》に、ミングはじりじりとデッキに這《は》いあがりつつあった。男は手を貸そうとするそぶりでしゃがみこんでいた。エレインも膝をついてしゃがみ、その手がついにミングの首筋をつかんだ。

ミングは身体じゅうの力が抜け落ち、デッキにうずくまった。尻尾が濡《ぬ》れていた。

「船から落ちたんだ！」テディが言った。「そうだよ、すっかりばてているんだ。船がちょっと揺れたとき、よろけて転げ落ちたんだな」

「お日さまにやられたんだわ。かわいそうなミング！」エレインは猫を胸に抱きしめ、キャビンに連れていった。「テディ――舵《かじ》を取ってくださらない？」

男がキャビンにはいってきた。エレインはミングを寝棚に寝かせて静かに話しかけていた。ミングの心臓はまだ激しく高鳴っていた。エレインがそばについていてくれても、操舵《そうだ》席にいる男への警戒心は薄れなかった。ふと気がつくと、ヨットはすでに、いつも下船の前にはいる小さな入江にさしかかっていた。

そこには、テディの親しい仲間、といってもメキシコ人の少年たちにすぎないのだが、ミングにしてみればテディの仲間というだけで大きらいな連中が待ち受けていた。半ズボン姿の二、三人の小僧ども、彼らが「セニョール・テディ！」と呼びかける、栈橋《さんばし》におりたつエレインに手をさしのべる、ヨットの舳先《へさき》に取りつけたロープをひっぱる、「ミング！　ミング！」おいで、だっこしてってやるから。ミングはひとりで栈橋におりると、うずくまって、もしほかの人間が手をのばしてきたらいつでもすっとんで逃げられるように、身構えながら、エレインを待っていた。実際、数本の茶色い手がわれ先にのびてき、おかげでしじゅう跳びのいていなければならなかった。笑い声、どなり声、裸の足が木の栈橋を踏み鳴らす音。けれども、近づいては駄目と彼らに注意を与えるエレインの、心強い声も聞こえた。ビニール・バッグを運びおろしたり、キャビンのドアに鍵をかけたりで、彼女が忙しくしていることをミングは知っていた。テディはメキシコ人少年の一人に手伝わせてキャビンに粗布をかけているところだった。やがて、サンダルをはいたエレインの足がミングのかたわらに立った。ミングは彼女のあとについて歩きだした。少年がエレインの荷物を受け取り、彼女はミングを抱きあげた。

彼らはテディの屋根なしの大型車に乗り、曲がりくねった道路をエレインとミングの家に向かって進んだ。少年の一人が運転した。男が笑った。エレインとテディの話している声が、いまではやや落ち着いて、穏やかになっていた。ご主人の膝《ひざ》の上でミングは緊張に身を堅くした。自分を撫《な》でる手、そっと首筋に触れるエレインの手つきに、彼女の気づかいを感じとることができた。男が手をのばしてミングの背中に触れると、ミングは喉《のど》の奥で高く低くこだまする低い唸《うな》り声を発した。

「おやおや、なんだい」さも愉快そうなふりをしながら言って、男は手をひっこめた。

なにか話していたエレインの声が途中で消えた。ミングは疲れきり、わが家の大きなベッドでひと眠りするほかに望むことはなかった。赤と白の縞《しま》の、薄手ウールの毛布をかけたあのベッド。

わが家の涼しい、かぐわしい空気、その中で、柔らかいウールをかけたベッドにやさしくおろされようとしていることに気づいたときは、なんだか夢でも見ているような気持ちがした。ご主人が頬《ほお》にキスし、「お腹がすいた」という言葉をまじえてなにか言った。ミングはとにかく理解した。お腹がすいたらそう言おう。

ミングはまどろみ、やがて、二ヤードばかり向こう、開けっぱなしのガラス・ドアの外のテラスから流れてくる話し声で目をさました。もう夜の闇がおりていた。ミングのいる所からテーブルの端が見え、光の性質からして、テーブルにキャンドルが点《とも》っているのがわかった。住みこみのメイドのコンチャがテーブルの上を片づけている最中だった。彼女の声、続いてエレインと男の声が伝わってきた。葉巻の煙の匂いも嗅《か》ぎとれた。ミングは床に跳びおりると、しばらくそこに坐ったまま、戸口からテラスを眺めていた。彼は欠伸《あくび》して、背中を弓なりにしながら伸びをし、厚い蔓編《つるあ》みのカーペットに爪を立てて筋肉をほぐした。それからするりとテラスの右手に出ると、広くて長い石の階段を庭へ、音もなくおりていった。庭は密林か森を思わせた。テラスに背が届くほど大きく育ったアヴォカドやマンゴーの木、壁をつたうブーゲンヴィリア、木の間《こま》に顔をのぞかせるランの花、エレインが植えたマグノリアと数本のツバキ。鳥が巣の中で小さくさえずったり、カサコソ動いたりしているのが聞こえた。ときどきミングは木をのぼって巣へ鳥をからかいにいくのだが、もう疲れは取れたものの、今夜はどうもその気分ではなかった。ご主人と男の声が彼の心を騒がせていた。今夜は、ご主人はあの男の友達ではない、それははっきりわかった。

コンチャはたぶんまだキッチンにいるだろう、で、ミングははいっていってなにか食べるものをもらうことにした。コンチャは彼をかわいがっている。前に一人、彼を毛嫌いしたあげく、エレインに暇を出されたメイドがいたものだ。ポークのバーベキューなら文句なしだ、とミングは思った。ご主人と男は今夜それを食べたのだ。海から爽《さわ》やかな風が吹いて、ミングの毛をかすかにそよがせた。海にはまりかけるという恐ろしい経験から、ミングはもうすっかり立ちなおったことを感じた。

テラスには、いまは誰もいなかった。左に曲がって再び寝室にはいり、と同時に、室内は明かりがついてなくてミングの目にも姿は見えないけれど、男の気配がそこに感じとれた。化粧テーブルのそばだ、そこに男がいて、箱を開けている。再び、無意識のうちにミングは高音から低音へと変化する低い唸《うな》りを発し、はじめて男に気づいたときの、右の前足を踏みだした姿勢のままで微動だにしなかった。その耳がいま後ろに寝て、男が気づくよりも早く、すでに彼はいざとなればどちらの方向にでも跳躍する構えをとっていた。

「シーッ！　この野郎！」男が押し殺した声で言った。抑えぎみに足で床を蹴って、猫を追い払おうとした。

ミングは一歩もしりぞかなかった。ご主人のものである白いネックレスが、チャラチャラと小さく鳴るのが聞こえた。男はそれをポケットに押しこむと、ミングの右側を通って、広い居間に通じるドアから出ていった。ミングの耳に、今度はボトルが軽くグラスにあたる音が届き、続いて液体の注がれる音が聞きとれた。ミングは同じドアを通り抜け、左に曲がってキッチンに向かった。

そこでミャーオウと鳴いて、エレインとコンチャに迎えられた。コンチャがかけたのだろう、ラジオから音楽が流れていた。

「お魚？――ポークよ。彼はポークが好きなの」コンチャに対して用いるおかしな言いまわしで、エレインがそう言った。

ミングは、ポークのほうが自分の好みに合うことをたいして苦労もなく伝え、それを獲得した。彼はうまそうに食べはじめた。ご主人がコンチャを相手に話しており、長い話の途中で「へええー！」と、コンチャの大きな声がはいった。コンチャはかがんで猫を撫で、それから彼女がそばを離れるまで、そして食事を終えることができるようになるまで、ミングは自分の皿に目を落としたままじっと我慢していた。やがてエレインがキッチンから出ていった。からっぽになった皿にコンチャが好物のコンデンス・ミルクを注いでくれたので、きれいに舐《な》めほした。お礼のしるしに彼女の素足に身体をすりつけてから、ミングはキッチンを出て、用心しながら居間を通り、寝室に向かった。だが、エレインと男はテラスに出ていた。ミングがちょうど寝室にはいったところで、エレインの呼ぶ声がした。

「ミング？　どこにいるの？」

ミングはテラスに面する戸口まで行って、立ち止まり、敷居の上に腰をおろした。テーブルの端に、エレインが椅子に横向きに腰かけ、その長い金色の髪と白いスラックスにキャンドルの光が明るく映《は》えていた。彼女が腿《もも》をたたき、ミングはひらりと跳んで彼女の膝《ひざ》に坐った。

男がなにか不機嫌な語気で、なにか感じのよくないことを言った。

同じ調子でエレインがなにか答えた。だが彼女はちょっと笑いもした。

そのあと電話が鳴った。

エレインはミングを膝からおろすと、居間へ、電話のほうへと歩み去った。

男がグラスの中身を飲みほし、ミングに向かってなにかつぶやき、それからグラスをテーブルに置いた。そして立ちあがると、ミングの後ろにまわりこむ、いや、テラスのはずれへ彼を追いたてようとしているのだ、ミングはそれを見抜き、男が酔っていることも見てとった——動きが鈍く、ややぎくしゃくしているのはそのせいだ。テラスには男の腰の高さほどの手《て》摺壁《すり》がめぐらしてあるのだが、その壁に三か所、格子の部分があり、格子の棒と棒とのあいだはミングがくぐり抜けられる広さ、ときどき格子越しに覗《のぞ》いてみるだけで、試してみたことはないけれど、ちょうどそれくらいの間隔があった。男が格子のどれかから彼を追い落とそうとしている、あるいはつかまえて、手摺壁越しに投げ落とす気でいるのがはっきりわかった。男の攻撃をかわすぐらい、ミングにはなによりたやすいことだった。と、男が椅子をつかみあげるや、いきなり振りまわし、ミングは腰をどやしつけられた。それはすばやく、そして痛かった。最寄りの出口、庭におりる外階段へとミングは走った。

男もあとを追っておりてきた。よく考えもせずに、ミングは暗い影に包まれた壁にぴったり沿って、いま来た方向へ矢のように数段駈けあがった。ミングは男が彼を見失ったことを見てとった。テラスの手摺壁に跳びあがると、坐って、落ち着きを取り戻すために一度だけ前足を舐《な》めた。喧嘩《けんか》の真最中のように心臓が激しく打っていた。そして憎悪が血管を駈けめぐった。憎悪が彼の目を燃やし、彼はうずくまると、下の階段をのぼってくる男の、おぼつかない足音に耳をそばだてた。男の姿が視野にはいった。

ミングは身構え、ありったけの力で跳躍して、男の右腕、肩に近いあたりに四本の足で跳びついた。男の白い上着に爪を立ててかじりついたが両者はいっしょに落ちていった。男が呻《うめ》いた。ミングはなおもしっかとしがみついた。小枝がバリバリ音をたてた。ミングには上も下も見分けがつかなかった。やっと方向を、それと遅ればせながら地面を意識し、ぱっと男から離れて、脇腹から先に着地した。ほぼ同時に、どさっと男の身体が地面を打ち、少し先までごろごろ転がっていくのが聞きとれ、そのあと静寂が訪れた。ミングは口をあけて荒い息をつきながら、胸にさしこむ痛みがおさまるのを待った。男のいる方向から、酒と葉巻と、恐怖を物語る鋭い不快な匂いが嗅《か》ぎとれた。だが男は身動きひとつしなかった。

ミングはもうすっかり夜目がきくようになった。淡い月明かりが射していた。ミングは階段を指して歩きだしたが、茂みの中を、階段の昇り口まで、石や砂の上をずいぶん歩かなければならなかった。それから彼は風のように駈けあがり、再びテラスに戻った。

ちょうどそこへ、エレインがテラスに出てきた。

「テディ?」彼女が呼んだ。それから寝室に引き返し、そこの明かりをつけた。さらに彼女はキッチンへ向かった。ミングもついていった。コンチャが明かりをつけたままにしてあったが、もう自分の部屋にさがったらしく、そちらでラジオが鳴っていた。

エレインが玄関のドアを開けた。

男の車はまだ車道にある、ミングにもそれが見えた。腰が痛くなってきた、というよりも、いまやっと痛みに気づいたのだった。それで軽く足を引きずっていた。エレインが気がつき、彼の背中にそっと手をかけて、どうしたのときいた。ミングは喉《のど》をごろごろ鳴らすだけだった。

「テディ？――どこにいるの？」エレインが呼びかけた。

彼女は懐中電燈を持ってき、アヴォカドの太い幹のあいだ、ランやラヴェンダーやブーゲンヴィリアのピンクの花のあいだと、順に庭を照らしてみた。ミングは手摺壁に乗っかり、彼女のかたわらの安全な位置から懐中電燈の光を目で追いながら、満足げに喉を鳴らしていた。あの男は真下にはいない、下の、もっと右のほうだ。エレインがテラスの階段へと歩いていき、その階段は広いけれど手摺がないので、用心しながら下を照らした。ミングはわざわざ見ようともしなかった。階段の降り口に彼は腰をおろした。

「テディ！」彼女が呼んだ。「テディ！」そして階段を駆けおりていった。

ミングはそれでもやはり、ついていかなかった。彼女の、はっと息を呑《の》む声が聞きとれた。そして声をはりあげ、

「コンチャ！」

エレインは階段を駆けあがった。

コンチャが自室から出てきた。エレインがコンチャに話した。コンチャがおろおろしだした。エレインが電話の所へ行って、しばらく話し、それから彼女とコンチャはいっしょに階段をおりていった。ミングは身体の下に前足を折りこみ、まだほのかに昼間の太陽のぬくもりを残しているテラスに悠然としゃがみこんだ。車が到着した。エレインが階段をあがってき、玄関に行ってドアを開けた。邪魔にならないようにミングはテラスの暗い片隅にしりぞき、そこへ三、四人の見知らぬ男たちがテラスに現われ、高い靴音を立てて階段をおりていった。下でひとし

きり話し声や足音や茂みをかきわける音がし、それからやがて、階段から立ちのぼってくる彼らみんなの匂い、煙草と汗の匂い、それになじみぶかい血の匂い。あの男の血だ。ミングは満足した。鳥を殺して、歯の下に血の匂いを生じさせるときとそっくり同じ満足感をおぼえた。今度の獲物は大きかった。人間たちの一団が死体をかかえて通りかかったとき、誰にも気づかれずにミングはすっくと立ちあがると、鼻づらを高くあげ、勝利の香りを胸いっぱいに吸いこんだ。

そのあと急に、家は無人になった。誰もいない、コンチャさえもいなかった。ミングはキッチンの彼専用のボウルから水を少し飲んでから、ご主人のベッドに行き、枕にもたれてまるくなって、たちまち眠りこんだ。ルルルルと、聞き慣れない車の音がして、目がさめた。そして玄関のドアが開き、彼はエレインと、続いてコンチャの足音を聞きわけた。エレインとコンチャが数分間、低い声で話していた。それからエレインが寝室にはいってきた。明かりはついたままだった。ミングは彼女が化粧テーブルの上の箱をゆっくり開き、その中に、カチャリと小さな音をたてて、白いネックレスを落とすのを見守った。彼女は箱を閉めた。そして、ブラウスのボタンをはずしはじめたが、全部終わらないうちにベッドに身を投げ出すと、ミングの頭を撫《な》で、左の前足を取って、やさしく、爪がとびだすまで握りしめた。

「おお、ミング――ミング」

ミングはその声に愛情を聞きとった。

（吉野美恵子訳）

松露《トリユフ》狩りシーズンの終わりに

In the Dead of Truffle Season

血気盛りの大きな白豚、名前をサムソンというのが、ロット県のかたほとり、堂々たる古都カオールからそう遠くもない所にだらしなくひろがった、古い農場で暮らしていた。農場にはほかに十五、六頭の豚がいて、その中にはサムソンの母親のジョージア（この名前は、農夫のエミールがあるときテレビ番組で聞いた歌からつけたのだが）もいるが、サムソンの祖母は一年ばかり前、四つ足ふんばりキーキーわめきたてながらよそへ引きたてられてゆき、サムソンの父親はというと、これは遠くに暮らしていて、年に二、三度、短い訪問を果たしに小型トラックでやってくるだけだった。農場にはまた仔豚が、サムソンの母親から生まれたのやそうでないのがごちゃごちゃいるけれど、仮に餌《えさ》の木箱とサムソンのあいだに連中が群がっていようとも、尊大に悠然と彼は分け入ってゆく。これがたとえ大人の豚だろうと、サムソンとしては相手を押しのけるまでもないというのが実際のところで、というのも彼はいかにも巨大であるため、ひとたびその巨体が前進をはじめるや、ただそれだけで彼の行く手には広々と道が開けるのだった。

彼の白い毛は横腹でやや薄く、ごわごわしていて、首筋では細く、絹のようにやわらかい。

ほかの農夫にサムソンの自慢話をひとくさり聞かせるとき、エミールは何度もその首筋をごつい手でぎゅっとつかみ、最後に、厚い脂肪でおおわれた脇腹に軽くひと蹴りくれて、話をしめくくる。いつ見てもサムソンの背中から脇腹にかけて、白っぽくひからびた泥が一面にこびりついているのは、舗装のない中庭のぬかるんだ泥の中や、家畜小屋の横手の豚小屋のもっと深いぬかるみを転げまわるのを彼が大いに好むからだ。南部の夏、太陽に何週間もぶっとおしで蒸しあげられ、豚小屋や中庭から湯気がたちのぼる季節には、ひんやりと冷たい泥がころよい。サムソンはすでに二夏を経験していた。

サムソンにとって一年じゅうでもっとも楽しい季節は真冬、彼が松露《トリュフ》探しとしての本領を発揮するときだった。エミールは、これも農場の持ち主で、ときにより豚か犬のどっちかを連れてくる友人のルネとたいがいいっしょに、日曜の朝などサムソンに縄をかけてぶらぶら歩きまわり、小さな林の中、オークの木が寄りかたまっている所まで、二キロほども足をのばすこともあった。

「それ行け!」林にさしかかると、エミールはきまって一言、といっても土地の方言でだが、そう呼びかけるのだった。

長いこと歩かされて少しくたびれたか、あるいはむしゃくしゃしているのだろう、たまたま木の根元にすぐトリュフのにおいを嗅《か》ぎあてたようなときでも、サムソンはぐずぐずしている。エミールのズボンの、使い古したバンドを首輪として巻いてあるのだが、それがほんの少ししか余らないほどサムソンの首は太く、そしてもしもサムソンがその気になれば、思いのままの方向に楽々とエミールをひきずっていくこともできるのだ。

エミールは期待に満ちた笑い声をあげ、ルネに、連れのないときは自分自身に陽気な声をかけると、上着のポケットから、寒さしのぎに持ってきたアルマニャックの壜《びん》をひっぱりだす。

サムソンがトリュフの発見にわざと手間どる最大の理由は、何といっても彼自身はそれを食べられないことだ。もちろんトリュフのありかを教えれば褒美《ほうび》にチーズをひとかけらもらえはするけれど、チーズはしかしトリュフではないし、サムソンにしてみればこれは何となく面白くないことだった。

「ウーフー、グググ！」とサムソンは、およそどんな意味を伝えるつもりもなしに唸《うな》ってみせながら、木のまわりを、それも種類からして見当はずれの木の根元を嗅ぎまわって、時間をつぶしていた。

エミールはこれを見破り、サムソンを蹴とばしておいてから、空《あ》いたほうの手に息を吐きかけた。毛糸の手袋は穴だらけ、そこへもってきて凍えるような寒い日だった。彼は吸っていたゴロワーズを棄てると、タートルネックのセーターの衿《えり》を目の下までひっぱりあげた。

そのときサムソンの鼻孔いっぱいに黒いトリュフのえもいわれぬ芳香がひろがり、彼は一瞬動きをとめて、鼻をふがふがさせた。興奮のあまり、背中の毛がこころもち逆立った。ひとりでに足が地面を踏み鳴らし、しっかと踏みつけ、続いて平べったい鼻が土を掘り返しはじめた。

サムソンはよだれをたらした。

エミールはすでにぐいぐい豚をひっぱっていた。そして縄の端を少し離れた木の幹に数回巻きつけておいてから、持参の鍬《くわ》で、その窪みを慎重に掘り進めた。

「ほっ！　おうおう！」そうらあったぞ、びっしりかたまりあった黒いキノコの、てのひらほどもの大きさのが。肩にかけた布のナップザックに、エミールはトリュフをそっと入れた。これだけみごとなトリュフならば、隔週の土曜に開かれるカオールの大きな市では一ポンドにつき百三十新フランの値がつくから、いつもどおりエミールはそれよりも多少安い値でカオールの精選食品店に売り、店ではそれをまた〈アキテーヌの女王商会〉というパテ製造業者に売ることになる。〈アキテーヌの女王商会〉に直接売れば、エミールとしてはもうちょい儲けが多くなるわけだが、商会の製造工場はカオールの町の反対端にあり、そこまで行くとなると、車のガソリン代がかさむからかえって損になるのだ。カオールの町までなら、二週間おきに家畜の飼料を買いに出たり、ときには農具を買い換えに行ったりもするし、距離的にも彼の家から十キロしか離れていない。

エミールはナップザックの中にグリュイエール・チーズをひとかけら探りあてると、それをつまんでサムソンに歩み寄った。途中でサムソンの歯を思い出し、チーズを豚の鼻先に放った。「シュボッ！」掃除機さながら、サムソンの口にチーズが吸いこまれた。はやくも彼は、つぎの木に向かう構えを見せていた。ナップザックから漂ってくるトリュフの香りに、すっかり勇みたっているのだ。

その朝はさらに二か所でトリュフのみごとなかたまりを見つけ、エミールもきょうのところはもうこれで充分だという気になった。エミールの住むカスアックの村はずれの〈狩猟亭〉まで、ここからだと一キロ足らず、しかもその居酒屋を兼ねたカフェは彼の帰り道にある。歩きながら再三エミールは足を踏み鳴らし、じれったそうにサムソンの縄をひっぱった。

「こら、ふとっちょ！　サムソン！──さっさと歩け！　そりゃおまえはいいよ、そいだけたっぷりと脂肪にくるまれてりゃ、道を急ぐ気にもならんだろうて！」エミールはサムソンの後足を蹴りつけた。

サムソンはしらんぷりをしながら、それでもここはひとまず相手を立てることにして、数歩とっとと進んでみせ、あとはまた、いつもの奇妙に優雅な、ゆうゆうたる足どりに戻った。なぜ彼が急がなければならないのか、なぜ一から十までエミールに合わせてやらなければいけないのか？　それにまた、これからどこへ行くのかサムソンにはわかっていたし、エミールが友人たちと飲みつつ話しているあいだ、彼は寒い戸外で長時間待たされる羽目になることもわかっていた。そのカフェが、店の外につながれている二、三匹の犬ともども、もう見えてきた。

サムソンの血液の流れが少し速くなりはじめた。相手が犬なら、サムソンとて立派に面目を保てるし、そうするのが楽しみでもあった。犬どもは利口さ、優秀さを鼻にかけているけれど、サムソンが一度猛然と突っこめば、もうそれだけで連中は震えあがり、それぞれ引き綱の許すかぎり遠くまで退散してしまうのだった。

「ボンジュール、ピエール……ワッハッハ！」カフェの前でエミールは、はやくも親友の一人をつかまえていた。

連れてきた犬をつなぎながら、エミールの〝生粋の名犬《シャン・ド・ラス》〟のことでピエールがなにか冗談を言ったのだ。

「まあいいわな、なにせきょうはトリュフを一ポンドほどもめっけたんだから！」と、収穫を水増しして、エミールはやり返した。

エミールとピエールが小さなカフェにはいっていくとき、犬のほえる声が数を増して聞こえた。犬は店内にいれてもらえるのだが、いつも何匹か、喧嘩《けんか》ばやいのが外につながれていた。

一匹の犬がサムソンの尻尾にじゃれつき、そこでサムソンはやおら向きなおると、そいつめがけて突進し、とはいえその態度は悠然たるもので、縄がぴんと張るほど深追いもしなかったのだが、相手は逃げようとあせったあげく地面にすっころがった。三匹の犬がいっせいにほえたて、サムソンにはそれが耳障りに、いかにも無礼に聞こえた。陰にこもった冷ややかな嫌悪感を持って、じっと犬どもを見つめた。血走った小さな目だけが敏捷《びんしょう》に動いて、三匹の犬の一挙一動を残らず見てとり、三匹とも、いや、どれか一匹でもかかれるものならかかってこいと、その目は挑んでいた。犬どもは落ち着かなそうに愛想笑いをしてみせた。ようやくサムソンが、身体を反《そ》り返らせながら腹の下に足を折りこんで、うずくまった。そこは日だまりになっているので、外気の冷たさにもかかわらず、とても気持ちがよかった。ただ、またぞろ腹がへりはじめ、そのせいでちょっぴりいらいらしていた。

カフェにはいったエミールは、カウンターで茴香酒《パスティス》を飲んでいるルネを見つけた。エミールとしては、日曜の正餐は正午を十五分以上過ぎぬうちにはじめたいという女房のユルシュルを怒らせないよう、歩いて帰って間にあう時間ぎりぎりまで腰をすえる肚《はら》だった。

ルネはゴム長をはいていた。いままで家畜小屋の排水溝を浚《さら》っていたそうだ。それから、二週間後に催されるトリュフ狩り大会の話になった。エミールには初耳だった。

「ほれ！」とルネが指さし、見ると、なるほどドアの右手に刷りものがはりだしてある。開催日は一月二十七日の日曜日、〈アキテーヌの女王商会〉主催で、最大量のトリュフ採集者に鳩時計と百フランが贈られ、二等はトランジスターラジオ（どれくらいの大きさなのか絵からはわかりかねるが）、三等は五十フラン。審査員の判定をもって、競技の最終結果とする。地元の新聞とテレビによる報道がすでに確定しており、カスアックの村が審査員一同の拠点になる予定ということだった。

「この日曜は、リュナーシュを休ませてやったよ、ことによったらつぎの日曜もだ」ルネが言った。「そうすりゃ、大会までには、トリュフが食いたくて目の色変えるところまでもってゆけるってもんだ」

リュナーシュというのはトリュフ探しにかけてはルネの豚の中でぴか一の、黒と白のぶちの雌豚《めすぶた》だ。エミールはちょっぴりこすからい微笑を友人に向けた。「おまえさんだってよく知ってのとおり、リュナーシュもサムソンにはかないっこないさ！」と言いたげに。それからただこう言った。「面白そうだな。雨になんなきゃいいが」

「雪になんなきゃめっけもんよ！　もう一杯どうだ？　おごるよ」ルネがカウンターに小銭を置いた。

エミールは壁の時計をちらりと見てから、勧めを受け入れた。

十分後に店を出た彼は、サムソンが三匹の犬をそれぞれの引き綱の長さいっぱいまで追いつめたうえ、いまにも躍りかからんばかりに弾みをつけつつ、自分の縄をひっぱるふりをしているのを発見した。太い丈夫な縄だとはいえ、サムソンが力いっぱいひっぱれば、あるいはちぎれなかったともかぎらない。エミールは、サムソンにむしろ誇らしさを感じた。

「この化けものめ！　こいつには口輪が必要だよ！」そう言ったのは泥だらけの乗馬靴をはいたまだ若い男、エミールの見知らぬ男だった。犬の一匹を安心させるように軽くたたいていた。

火を噴く勢いの反論が、喉《のど》もとまで出かかった。だいたい、先にちょっかいを出したのは犬のほうだろ？　しかしここで、もしやこの若造、下見にきた〈アキテーヌの女王商会〉の人間ではあるまいかという考えが頭をかすめた。沈黙と丁重な会釈でゆくにしくはない、とエミールは思った。犬の中には一匹、後足からちょびっと血を流しているのまでいるじゃないか。エミールはもっとよく見ようと腰をすえたりはしなかった。サムソンを連れて、なに食わぬ顔でその場を離れた。何といったって、とエミールは考えていた――サムソンの下の牙はもう三か月か四か月も前に切り落とさせてあるんだからな。その牙は鼻を越える長さに伸びかけていたのだった。上の牙はまだちゃんとあるが、これは内側に反《そ》っているから、さほど危険はない。

ちょうどそのときサムソンも、もっとぼんやりと、だがもっと腹を立てながら、これまた自分の歯のことを考えていた。当然自分のものである牙を、ずっと前、奇怪にも奪い去られるようなことがなかったならば、あの犬ころを八つ裂きにしてやれたものを。まず鼻で、あいつの腹を突き上げて、いや、そこまではさっき現にやったのだが……。サムソンの鼻息が外気に白く曇っていた。四本の指を持つ足が、それぞれまんなかの二本の指だけを地面につけて巨体を運んでいくのを見ていると、その大きな身体が風船のように軽そうに見えてくる。縄をぴんと張り、いまやサムソンはそれこそ生粋《きっすい》の名犬よろしく、先に立ってぐんぐん歩を進めていった。

サムソンが怒っているのを見てとると、エミールは本気になって力いっぱい縄をひっぱった。手はひりひり痛み、腕がだるくなりはじめ、だからやがて農場の中庭の、開けっぱなしの木戸の近くまで来るとすぐ、喜んで縄を解いてやった。食いもののある豚小屋を指してまっすぐに、いそいそとサムソンは駈けだした。エミールはくぐり戸を開けてやり、小走りに駈けこむサムソンのあとから自分もはいって、サムソンがジャガイモの皮をむさぼっているあいだにバンドの首輪をはずしてやった。

「シュッ！――シュッシュッ！」

「ウウブブ！」

「フーッ！」

サムソンのまわりから、ほかの豚や仔豚がみんなどいた。

エミールは台所にはいっていった。ちょうど女房のユルシュルが、きちんと賽《さい》の目に切った赤カブとニンジン、薄切りのトマトとタマネギを盛った大皿をテーブルの中央に置いたところだった。そのユルシュルと、せがれのアンリと細君のイヴォンヌ、幼い孫のジャン＝ポール、それだけを全部ひっくるめて、ようと一言エミールは声をかけた。アンリは農場の仕事も少しは手伝うが、ふだんは常勤の職工としてカオールの合板製造工場で働いている。農作業は好きではない。だが、いまアパートを借りるとか家を買うことを考えると、女房子供ともどもここで暮らすほうが安あがりなのだ。

「たんと採れたかい？」アンリが袋をちらりと見て、きいた。

エミールは黙って流しの前に立ち、水を張った鍋に袋の中身をあけにかかった。「悪くもねえな」と、彼は言った。

「食べなさいよ、エミール」ユルシュルが呼びかけた。「洗うのはあとでわたしがやるから」

エミールは坐って食べはじめた。家族にトリュフ狩り大会のことを話してやろうかとも思ったが、いや待てよ、ここでしゃべってしまったらツキが逃げてしまわないともかぎらない。まだ二週間あるから、そのうち気が向いたら話してやればよいことだ。エミールは、自分の正面にかけられた鳩時計が、ちょうどいま十二時十五分を告げるところを思い描いた。それに、テレビ放映のことと（ほんとうにテレビ局が取材に来るのならばだが）、自分の写真が地元の新聞に載ることも、二言三言ふれるつもりだった。

つぎの週末、エミールがサムソンをトリュフ採りに連れださなかった最大の理由は、ある林のトリュフを減らしてしまいたくなかったからだ。それは通称を〈岡の林〉といって、とうにそこをひき払いいまは近くの町に住む、さる老人の所有地だった。そこで他人がトリュフを採ることについては、地主の老人はもとより、林から一キロほどの田舎家に住む現在の管理人も、べつに文句をつけたことはない。

そういうわけでサムソンは、いちばん大きな家畜小屋に境をする差掛屋根の豚小屋の、さしもぱんぱんに固まった寝わらにも窪みができるまで、二週間を食っては眠ってのんびり過ごした。

一月二十七日、大いなる日、エミールは髭《ひげ》をそった。それから、集合場所に充《あ》てられたその村の〈狩猟亭〉へとおもむいた。そこにルネとほかに八人から十人ぐらいの男が集まり、いずれもエミールの知りあいだったので、一人一人に目顔で挨拶を送った。村の男の子や女の子も数人ほど見物に来ていた。みんな笑い、煙草をふかし、たわいないゲームさという顔をしているけれど、トリュフ探しの犬か豚を連れた男たちの誰もが一等賞を、あるいはせめて二等賞を獲得せんものと、心中深く期するところのあるのがエミールにはわかった。ジョルジュの犬のガスパールにサムソンが強い攻撃心を示し、エミールは彼をひっぱるやら蹴るやらしなければならなかった。二週間前に出会った若い男がこの日も乗馬靴姿で現われたが、はたしてこれはエミールのにらんだとおり、この大会の主催者代表だった。男は微笑を浮かべ、カフェの戸口の石段から一同に話しかけた。

「カスアックのみなさん!」ではじまり、つぎに、フランスで最上のトリュフ入りパテの製造業者〈アキテーヌの女王商会〉主催の、大会の競技規定が発表された。

「テレビ・カメラはどこかね?」答えを引きだそうというよりも村の仲間の笑いを誘いだそうとして、誰かがそう質問した。

若い男も一緒に笑った。「みなさんが全員戻ってこられるころにはちゃんとここで待っていますよ――トゥールーズのテレビ局の特別取材班です――十一時半ごろですね。みんなどなたも、奥さんを怒らせないように十二時ちょっと過ぎにはお宅に帰りたいでしょうから！」

一段と大きな、人のよい「ワッハッハ！」。誰をもぴりぴり刺激する、鋭い寒さの霜の日だった。

「ほんの形式までに」と、乗馬靴の若い男が続けた。「万事規則にかなっているか、いちおうみなさんの袋を調べさせてもらいます」彼は石段をおりてき、そして、あとで豚や犬に褒美として与えるリンゴとかチーズのかけらとか肉切れのほかには、持参の袋になにもはいっていないことを全員が明らかにした。

見物人の一人が付けたりの賭けをやっていた。豚が勝つか、犬が勝つか。豚に賭けようという者を見つけるのはひと苦労だった。

最後の赤ブドウ酒が干され、さていよいよ競技者たちは犬や豚を従えて思い思いの方向に未舗装の道路を出発し、それぞれ気に入りの採取地へ、心中に後生大事に秘めている木々のもとへと散っていった。今朝はさかんにブーブーフーフーいっているサムソンをひき連れて、エミールは〈岡の林〉へ急いだ。そうしているのは彼一人ではなかった。黒い豚を連れたフランソワも同じくそこをめざしていた。

「二人とも、はいれる余地はたっぷりあるさ」フランソワがほがらかに言った。

それはそのとおりにちがいない、で、エミールも同意した。ほどなく林にはいると、まずサムソンに、きょうのトリュフ狩りは特別急ぐ必要があることをわからせるつもりで、ひと蹴りくわえ、ブーツの底の金具を豚の尻に命中させた。サムソンは腹立たしげに向きなおり、エミールの足につっかかる素振りを見せたが、気を変えて自分の仕事にとりかかり、木の根元で鼻をふんふんやりだした。やがて彼はその木に見切りをつけた。

林のだいぶ遠くで、フランソワがはやくも鍬《くわ》を使いだし、エミールにもそれが見えた。エミールはサムソンの縄をゆるめてやり、するとはたして豚は、地面に鼻をすりつけながら、すたすた歩きだしたものだ。

「ブフ！――シュブブ、シュブブ！　ムムム！」サムソンは地中の宝庫を発見し、自分でもそれがわかった。

エミールにもわかった。まずサムソンをつないでから、できるだけ手早く掘っていった。地面は二週間前よりもいっそう堅くなっていた。

エミールが掘り進むにつれ、サムソンの鼻先でトリュフの甘い香りがいよいよ濃くなってきた。彼は縄をひっぱり、後ろにさがると、弾みをつけてもう一度、勢いよくとびだした。ブッンという鈍い音――そして彼は自由になった！　革の首輪がちぎれたのだ。サムソンは地面の穴に鼻をつっこみ、満足そうに唸《うな》りながら食いはじめた。

「この野郎！　ちくしょうめ《メルド》！」エミールはサムソンの右の尻っぺたを力いっぱい蹴とばした。あの古バンドだ、くそっ！　こうなってはしかたがない、貴重な時間を無駄にして縄を木からほどき、サムソンの首に巻きつけようとするのだが、相手もかわそうとして必死にがんばった。つまりサムソンは、トリュフの宝庫のまわりをぐるぐる移動したのだ、しかも鼻づらだけは断固ひとところから離さずに、そしてガツガツ食いつづけながら。エミールがようやく縄をかけ、かけるが早いか力まかせにひっぱり、それから彼はさんざん悪態を吐きちらした。

フランソワの、遠いけれども大きな笑い声は、まちがってもエミールのサムソンに対する感情を和らげはしなかった。何といまいましいやつだろう、せっかくの大収穫を半分がた食っちまいやがって！ エミールは、以前サムソンの下の牙といっしょに切除させなければいまも睾《こう》丸《がん》があるはずの所を、狙いすまして蹴とばした。

サムソンは仕返しに、エミールの膝《ひざ》の高さまでを目標に、突進した。エミールはつっこんできた豚におおいかぶさる形で倒れ、ろくろく顔をかばう暇もなく地面にたたきつけられた。息も止まるような膝の痛み。骨が折れたんじゃないかと一瞬思った。続いてフランソワの憤然たる叫び声が耳にとどいた。サムソンが再び身の自由を取り戻し、フランソワの採取地に侵入したのだ。

「おい、エミール！ おまえ失格になるぞ！ この豚野郎をそっちに連れてってくれ！ 連れてけといったら――でないとこいつ、撃ち殺してやるぞ！」

エミールはフランソワが銃なんぞ持ってないことを知っている。エミールはそろそろと立ちあがった。足の骨こそ折らずにすんだが、衝撃で目がへんになったような感じがするし、どうもこの調子だと、あしたあたり、両目のまわりに立派な黒いあざができそうだ。

「こら、サムソン、そこをどかねえか！」大声でどなって、フランソワと二頭の豚のほうへ足をひょこひょこ歩きだした。いまやフランソワは見つけてきた木の枝でサムソンをひっぱたいているけれど、それを咎《とが》めることはエミールもさすがにできかねた。

「こりゃもう絶対に……」フランソワは途中で言葉を濁した。

　フランソワ・メルバールとはもともと格別親しい仲でもないし、このときもエミールの頭に浮かんだのは、なによりもまずサムソンがトリュフ探しの豚としては優秀で一つの脅威となることから、フランソワのやつは、こいつにそれだけの説得力がもしもあればの話だが、自分を失格にさせようと図るにちがいないということだった。その考えはしかし、エミールの怒りを当面フランソワよりもサムソンに集中させた。彼はサムソンの縄をつかんで荒々しく引き寄せ、と同時にサムソンの脳天めがけてフランソワが木の枝を振りおろし、ぽっきり枝は折れた。

　サムソンが再度つっかかり、窮余の一策でエミールは、縄の端を手近の木にぐるぐる二回巻きつけた。彼の足からサムソンがぐいと引き離された。

「ここじゃもう掘るだけ無駄だ！　きたない手を使いやがって！」半分がた食いあらされたトリュフのかたまりを指して、フランソワが言った。

「何だと？　こいつはな、もののはずみってもんだ」と、エミールは応酬した。

　だがフランソワはもう、〈狩猟亭〉の方角へ歩きだしていた。

　いまや林はエミール一人のものになった。彼はフランソワが掘りあてたトリュフのかたまりから、拾えるだけのものを拾いにかかった。そうしながらも、失格にされはしまいかと心配だった。それもこれもみんなサムソンのせいだ。

「さあ仕事にかかれ、こんちくしょうめ！」言いながら、折れて短くなった枝でサムソンの尻をどやしつけた。

サムソンが向きなおり、エミールを正面から、次の一打を警戒してじっとにらんだ。エミールは袋を探ってチーズのかけらを取り出すと、なだめるつもりで、と同時にサムソンの食欲に刺激を与えるものとして、ぽいとチーズを放ってやった。たしかにサムソンは、豚が怒って見せられる最大限のところまで、怒った様子を見せていたのだ。

サムソンはチーズを一口でのみこんだ。

「さ、行くぞ、ブタ公！」

サムソンは歩きだしたが、その足どりはのろくさしていた。彼はただ歩いているだけだった。地面を嗅ぎさえしなかった。その背が怒りにまるく盛りあがっているように、豚がまた攻撃をしかける気でいるようにエミールには思われた。だが、そんな馬鹿なことがあるはずはないと自分に言い聞かせた。彼はサムソンをひっぱって、見こみのありそうな樺の木のほうへ進んでいった。

サムソンは袋の中のトリュフのにおいを嗅ぎつけた。さっき地面の穴でかぶりついたそのトリュフからは、まだ彼の唾液が糸をひいていた。サムソンは敏捷《びんしょう》に向きを変えると、エミールの脇にたれている袋に鼻を押しあてた。そのさいに後足でちょっと立ちあがったものだからたまらない、重みでエミールはどっと倒れた。サムソンは袋に鼻をつっこんだ。おお、なんというにおい！　彼は食いはじめた。そこにはチーズまであった。

そのときにはもうエミールも立ちあがり、そして、鍬でサムソンを、鍬の刃のあたったところ三か所で皮膚が切れるほど強く突いた。「どけ、この野郎！」

サムソンはいかにも袋から離れはしたが、今度はまっすぐエミールのほうに突進してきた。ドシン！　またもや膝に体あたりをくらった。エミールは倒れ、鍬をかまえようとしたところへ電光石火サムソンがつっこんできた。

どうしたことか豚の腹がエミールの顔か顎《あご》の先にぶちあたり、衝撃で半ば気が遠くなった。頭を振り、自分がまだ鍬をしっかり握っていることを確かめた。身を護らなければならない、さもないとサムソンは、その気になれば自分を殺すこともできるのだと、突然それを悟った。

「助けてくれ《オ・スクール》！」エミールは叫んだ。「助けてくれ！」

すきを見て立ちあがろうと、豚を脅して追いはらうつもりで鍬を振りまわした。

サムソンのほうは、わが身を護ろうというほかにどんなつもりもなかった。鍬が敵に、まぎれもない挑戦に思え、ただもうしゃにむにそれを攻撃したのだ。鍬がひしゃげ、力が抜けたようになって、落ちた。サムソンの前足が、勝利を誇って、エミールの腹をふんまえた。サムソンは鼻嵐を吹いた。エミールは喘《あえ》ぎ、だがそれも数回きりだった。

おぞましいピンク色の、濡れた豚の鼻が顔に触れんばかりに迫り、子供のころ見た豚を、いま自分の息の根を止めにかかっているこのサムソンと同じくらい、子供の目には巨大に見えた何頭もの豚を、エミールは思いだした。雄豚、雌豚、仔豚、ありとあらゆる斑紋と毛色の豚が一体に結合して、いま自分の上にのしかかっている豚、ただそうするだけでたぶん間違いなく――と、いまやエミールは悟った――自分を死に至らしめるだろうこの化けものじみたサムソンになったかのようだった。鍬は手のとどかない所にあった。最後の力をふりしぼってエミールは両腕を振りまわしたが、豚はびくとも動かない。せめてひと息、だがもはやそれすら適《かな》わなかった。もう豚ですらないとエミールは思った。そうじゃないんだ、こいつは、世にも醜怪な形をした恐ろしい邪悪な力そのものだ。グロテスクな肉のかたまりに埋まった、小さい愚かしげな目！　エミールは大声あげて叫ぼうとし、そして、もう小鳥のささやきほどの声も出ないことを知った。

相手が動かなくなるのを待って、サムソンはその身体から離れると、相手の脇腹の下に鼻をさしこみ、さっきのトリュフの袋を探った。いくらか気がしずまってきた。サムソンはもう、いままで何分間か交互にやっていたように息をじっと詰めたり荒く吐いたりせずに、ふつうの息づかいに戻りはじめた。トリュフのうっとりするような甘い香りが気持ちをまたいっそうなだめた。彼は鼻をふんふんいわせ、吐息をつき、香りを吸いこみ、それから食いはじめ、鼻と舌を使いながら、カーキ色の袋のすみっこのこぼれくずまで残らず探りあてた。それに、これはもう全部彼のものなのだ！　だが、その考えは、当のサムソンの意識には必ずしもはっきりのぼってこなかった。実際のところ、いまにもこの大御馳走から追いはらわれるんじゃないかと、ぼんやりそんな気がしたのだが、しかしもういまは、彼を追いはらうものがどこにいるだろう？　この特別な袋、その中に、いつも彼の目の前でたくさんの黒いトリュフが消えてゆき、その中から、問題にもならないほんのひとかけらの黄色いチーズが出てきたものだ――それもこれもすべて終わり、いまや袋はそっくり彼のものだった。サムソンは布まで少し食った。食いおわると、まだ口をもぐもぐやりながら、尿《いばり》をした。耳をすまし、あたりを見まわし、そして大きな安心感と、支配の感覚を味わった――少なくとも自分自身に関しては。もうどこへでも欲するままに行けるのだし、彼が欲したのはカスアックの村から遠ざかることだった。しばらく小走りに進んでから、ふつうの足どりに戻り、また新たなトリュフの香りに誘われて道をそれた。自力で掘り出すのにだいぶ時間がかかったが、それはたいそう楽しい作業だったし、その収穫は、泥の詰まったすばらしい皺《しわ》の一つ一つにいたるまですべて彼のものだった。やがて岸辺に薄氷の張った小川にぶつかり、そこで水を飲んだ。縄をひきずりながら、どこへ行くというあてもなしにサムソンは歩き続けた。また腹がへってきた。

空腹に駆りたてられて、寄りかたまった低い建物のほうに進み、そこに鶏の糞と馬か牛の糞のにおいを嗅ぎとった。鳩や鶏が歩きまわっている玉石の中庭へ、サムソンは少しばかり臆した様子ではいっていった。鳩も鶏も道をあけた。サムソンにすればそれはいつものことだった。彼は餌箱《えさばこ》を探した。やがて見つけた餌箱は低くて、ふやけたパンがはいっていた。サムソンは食った。それから、干草の山にもたれ、屋根に半ば隠されて、うずくまった。あたりはもう暗かった。

近くの建物の低い位置にある窓がふたつ、火影を映し、そこから音楽や人の声など、聞き慣れた一家団欒《だんらん》の物音が伝わってきた。

夜明けとともに、中庭のサムソンのそばで鶏どもが餌をついばみながらうろつきだしたが、サムソンはろくに目をさまさなかった。うとうとまどろみつづけ、やがて人の靴音を聞きつけたときも、眠そうに片目を開けただけだった。

「ほう！　こりゃどうしたことだ？」農夫はつぶやきながら、干草のなかに寝そべっている巨大な白豚《ペイル・ピッグ》をまじまじと見た。豚の首から縄がたれ、見ると、それも太い丈夫なやつ、そして豚はといえば、これはこれでさらにいっそうみごとなやつだ。どこの豚だろう？　農夫はこの界隈の豚なら一頭残らず知っている、というか、とにかくおおよその特徴は頭にはいっていた。こいつはずいぶん遠くからやってきたにちがいない。縄の端なんか、ぼろぼろにほぐれちまってる。

農夫のアルフォンスはだんまりを決めこむことにした。四方を囲った裏の草地に数日間、サムソンをまあいちおう隠しておき、そのあとまたそこから出して、自分の所で飼っている、どれも黒い豚の群れにくわえた。アルフォンスの理屈からすれば、彼は別にその白い豚を隠しているわけではないし、もし誰かがそういう豚を探しにきたらきたで、そのときは、この豚はうちの土地にただ迷いこんできたんだと、事実そのとおりなのだからそう言えばすむことだ。そして豚は、ああ、いいとも、返してやるさ、ただし、問題の豚は下の牙を切り落としてあること、去勢されていること等々を、探しにきた者が知っていることを確認したうえでの話だ。その一方でアルフォンスは、その豚を競り市に出したものか、それとも冬が終わるまでトリュフ狩りに使ってみたものか思案していた。まず先にトリュフ狩りのほうをためしてみることにした。

サムソンはまた一まわりふとって、ほかの雄豚と二頭の雌豚と仔豚どものうえに君臨していた。もう一つの農場にくらべると、食いものはやや違うけれど、もっとふんだんだった。そのうちに、いよいよその日がやってきた――いつもの仕事に出る日だな、とサムソンは農場の様子から考えた――縄をかけられて、林にトリュフを探しに行く日。サムソンは大はりきりでとっとと進んだ。きょうはトリュフを、そりゃこの男にも見つけてやりはするけれど、自分も少し食べるつもりだった。この男からいいように扱われるのはまっぴらだ、それをまずはじめにわからせておく必要があると、頭のどこかでサムソンはもう考えていた。

（吉野美恵子訳）

ヴェニスでいちばん勇敢な鼠《ねずみ》

The Bravest Rat in Venice

リオ・サン・ポーロのチェッキーニ館に住む一家は陽気で幸せな家族で、夫婦と、二か月から十歳までの四男二女がいた。一家はマンゴーニといい、別荘番だった。チェッキーニ館の持ち主はホイットマンというイギリス人とアメリカ人の夫婦で、三か月、いや、たぶん滞在はもっとのびるだろうが、ともかくロンドンの屋敷に行って留守だった。

「いいお天気だよ！　窓を開けて、みんなで歌おうよ！　それから、みんなでお掃除だよ！」エプロンをはずしながら台所から出てきたシニョーラ・マンゴーニがどなった。彼女は妊娠八か月だった。朝食の皿洗いをすませ、パン屑《くず》もはらい、すがすがしい晴天をむかえて、家持ちの主婦の喜びがあふれていた。それも当然ではないか？　彼女も家族もどの部屋に入ろうと自由だし、好きなベッドで眠ってよく、そのうえホイットマン家からは留守中の管理をきちんとする費用として、たっぷりお金をもらってある。

「階下《した》で遊んでいい、ママ？」十歳になるルイジがさして気もなさそうにたずねた。ママは「だめ！」と言うだろうと思ったが、どっちみち、弟二人と、たぶん妹のロベルタもいっしょに一階に行くつもりでいた。一階の浅い水の中をジャブジャブ歩いたり、すべったり転んだりして遊ぶのはすごく愉快だ。それから、運河に面したドアをふいに開けて、通りかかったゴンドラに——お客の膝《ひざ》をねらって——バケツの水を浴びせて驚かせるのも、すごく愉快だ。

「だめ」ママは言った。「だって今日は日曜日でしょ——」

ルイジとロベルタと二人の弟、カルロとアルトゥロは建前としては学校に行っていることになっていた。だが、先月はチェッキーニ館をマンゴーニ一家で完全に占領したため、幾日も欠席した。どのドアだってノックもせずに入れるし、なにもかも自分たちのものだという顔をして家の中を探検するのは、学校に行くよりも面白かった。ちょうどルイジがカルロに声をかけようとしたとき、母親が言った。

「ルイジ、今朝はルパートを散歩に連れていくと約束したでしょ！」

そうだったかな？　約束などは、かりにしたとしてもルイジの良心の重荷にはならなかった。

「午後に行くよ」

「だめ、朝よ。犬の綱をほどきなさい！」

ルイジはしぶしぶながら、のろくさと台所のすみのタイルのストーブにつながれたダルメシアンの所に行った。犬はふとってきたが、それはシニョール・ホイットマンが言った肉のかわりにリゾットやパスタを食べさせているからだ、とルイジは知っていた。ルイジは両親がそのことを話しあっているのを聞いたことがあったが、話しあいは短かった。つまり、肉の値段を考えれば、犬なぞに牛肉を食べさせることがあろうか？　というわけだった。たとえ、そのためにお金をもらっていようとも、それは無駄遣いというものだ。犬には古いパンやミルクでも結構な食べものだし、それに、リゾットの残りものには魚や貝もはいっている。何といっても犬は犬であり、人間ではない。いまではマンゴーニ一家が肉を食べていた。

ルイジは妥協し、ルパートには館の玄関の前の狭い道で片足をあげて用をたさせ、ちょうど、半分になったソーダ水の瓶を片手にぶらぶらと帰ってきたカルロを呼んで、犬もいっしょに玄関のドアの後ろにある階段をおりていった。

水の深さは五十センチほどに見えた。ルイジは階段にサンダルとソックスをぬぎすて、これからの楽しみを思って笑い声をあげた。

ピッチャン、ピッチャン！　どす黒い水があてもなく石壁の角に寄せては返していた。きっちり閉まっていないドアの両側から二筋の光がさしている。ドアの外にはさらに石の階段があり、リオ・サン・ポーロとよばれるやや広い運河の水の中へとまっすぐに続いていた。館がこれほど沈下する前の数百年間、ゴンドラはここに着いて、着飾った婦人や紳士たちは足をぬらすことなく客間にあがっていったものだった。いま、そのサロンではルイジとカルロが水をはねちらしたり、膝まであリそうな水の中ですべったりしていた。

犬のルパートは少年たちがおりていった階段でふるえていた。寒さより神経や倦怠《けんたい》からくるふるえだった。彼はどうしていいのか途方にくれていた。一日三度の楽しい散歩、午前中にミルクとビスケット、六時ごろに肉のごちそう――といった日常のきまりがすべて失われてしまったのだ。いまの生活にはみじめな混沌《こんとん》があるばかりで、わけのわからないものになってしまった。

十一月だったが、べつに寒くはなく、つまり、ルイジとカルロが親の目をかすめて水につかり、やっきになって相手を突きとばそうとするのに寒すぎるというほどではなかった。突きとばされて最初に水の中に尻もちをついたほうには笑いと喝采《かっさい》があびせられた。ロベルタと下の妹のベニタはいつもいっしょに水にはいるか、さもなければ階段で見物にまわるのだった。

「鼠《ねずみ》だ！」ルイジが指さして叫んだが、それはでたらめで、気をそらされて後ろからいやというほど膝《ひざ》を押されたカルロは水しぶきとともに仰向けにひっくり返り、その音がにぶく壁に反響して、ルイジにも音としぶきがふりかかった。

びしょぬれのカルロはやっと立ちあがり、笑いながら階段に立ったままふるえている犬のほうに歩いた。

「見ろよ！　ほんとうに鼠だぞ！」ルイジが言い、指をさした。

「へぇーだ！」カルロは信じなかった。

「ほら、そこに！」ルイジは手で横ざまに水面を切り、自分と階段とのあいだを泳ぐ醜悪な動物をねらって水をかけた。

「よし《シシ》」カルロは金切声をあげて喜び、浮いている棒切れをめがけて歩いた。

ルイジはカルロから棒切れをひったくり、鼠の胴体にふりおろした――だが、的ははずれて鼠の背中をかすめただけだった。ルイジはもう一度たたいた。

「尻尾《しっぽ》をつかめよ！」カルロはくすくす笑っていた。

「庖丁を持ってこい、殺してやろうぜ！」と言ったルイジは、鼠が水にもぐって彼の足に死ぬほど嚙みつくかもしれないと思うとすっかり興奮し、歯をむきだしていた。

聞くよりはやくカルロは水しぶきをあげて階段を駈けのぼっていた。台所には母親の姿はなく、すぐさま彼は三角にとがった肉切り庖丁をつかむとルイジの所へ駈けもどった。

あれからすでに二回鼠を打ちすえたルイジは、いまや右手に庖丁をにぎり、恐れ気もなく鼠の尻尾をつかんで、自分の腰の高さにある大理石の棚にたたきつけた。

「やったあ！　殺しちまえ！」カルロが言った。

ルパートは頭を持ちあげ、上にあがりたくて、くんくんないたが、ひとつには引綱がもつれており、ひとつには、あがるにしても何の目的もないために、そうする決心もつきかねていた。

ルイジは尻尾をつかんだままあぶなっかしい手つきで鼠の首を突いたが、首をそれて目を刺してしまった。鼠は長い前歯をみせて身をもがき、悲鳴をあげた。恐ろしくなったルイジはあやうく尻尾をはなしそうになりながら、首をはねようと、いま一度庖丁を振りおろしたが、かわりに前足を一本切りおとしてしまった。

「いいぞ、いいぞ！」カルロは手をたたき、盛大に水をはねちらしたが、しぶきをかぶったのは鼠よりルイジのほうだった。

「この鼠め！」ルイジは叫んだ。

僅かのあいだ鼠は口を開けたまま動かなかった。鼠の右目から血があふれ、弱々しくさしのばし、指をひろげて石の壁につっぱっているその後足に、ルイジは庖丁を振りおろした。鼠はルイジの手首に嚙みついた。

ルイジは悲鳴をあげて手を振った。鼠は水に振りおとされ、やみくもに泳いでいった。

「あっ！」カルロが言った。

「うう！」ルイジは手を水にひたして前後に振ってから手首をしらべた。ピンでつついたほどのうす赤い点がのこっているだけだった。もともと彼は怪我をすると大げさに騒いで母親にうったえ、手当てをしてもらいたがるたちで、この程度の傷でもそうせずにはいなかった。「痛いよ！」と彼はカルロに言ってから階段にむかって水をかきわけていった。痛みなどまったく感じなくても、もう目から涙がこぼれていた。「ママ！」

鼠は必死に鼻を水面にだし、切株になった前足ともう一本のいいほうの前足とで苔《こけ》のはえた石の壁をさぐり、もがいた。あたりの水が血でピンク色に染まっていった。鼠はまだ若く、生後五か月でおとなになりきっていなかった。この家に来たのははじめてで、石畳の露地や壁の隙間など陸の道づたいにやってきたのだった。腐りかけた肉とか、それに類する匂いを嗅《か》ぎつけたのだが、あるいはそういう気がしただけかもしれない。壁をぬける穴があり、気がつくと水にころげおちていたのだが、水は深く、泳ぐほかなかった。いま、鼠にとって当面の問題は出口を見つけることだった。短くなった左の前足と後足も痛むが、目のほうがもっとひどかった。少し探してみたが穴も隙間も見つからず、やがて、たよりない糸のような苔に右の前足の爪をひっかけて、放心したように動かなくなった。

しばらくすると凍えてしびれてきたので鼠は動きだした。水位は少しさがったが、鼠がそれに気づかなかったのは、どっちにしろ泳ぐほかなかったからだ。すると、壁に一条の光が見えた。鼠はそこをめざして泳ぎ、光をすりぬけて水びたしの地下牢から逃れでた。そこはうす暗い下水溝のような所だった。鼠は石畳の割れ目から外に出られることを発見した。それからの数時間はゴミバケツへ、つぎには戸のかげへ、つぎには桶《おけ》に植わった花の後ろへというふうに、断続する逃避行についやされた。迂回《うかい》してわが家にむかっていたのだ。彼はまだ自分の家庭をもってはいなかったが、いくつかの鼠の家族が集まる家とも、本部ともつかない所があり、そこではいまでも何となく一員とみなされていた。わが家——家といっても空家になった八百屋の穴倉で、食べられるものはすべて、とうの昔にあさりつくされていた——にたどりついたときにはもう暗くなっていた。穴倉の木製のドアははずれており、鼠たちにとっては出入りに好都合だったし、猫が入りこめる道はそこだけで、ほかに逃げ道はなく、鼠の巣窟とはいえ、これほどの大群であれば、あえて襲ってくる猫はいなかった。

もはやわが子だと思うでもない親の手も、また親戚の者の手もかりずに、鼠は二日間、そこで傷をいやした。ここならば、すくなくとも仔牛の骨やかびたジャガイモのかけらなど鼠たちが落ち着いて食べようと持ちこんできたものを口にすることができる。片目になっても見ることはできたが、それよりも、片目になったおかげで警戒心が研ぎすまされ、ひとかけらの食物にとびつくにも敏捷《びんしょう》になり、闘いを挑まれればすばやく逃げるというふうになった。ところが、この静養と回復の期間は、ある朝早く、ホースの水の奔流によって破られた。

木のドアが足で蹴り開けられ、水の噴射が赤ん坊ネズミたちを空中にほうりあげ、そのうちの何匹かは壁にたたきつけられてその衝撃で死に、あるいは溺《おぼ》れて死ぬ一方でおとなの鼠たちはわれがちに階段に殺到し、ホースを持っている人間のそばを駈けぬけようとして、待ちかまえていた棍棒が彼らの頭や背をたたきつぶし、またゴム長をはいた巨大な足がその命を踏みつぶした。

手負いのネズミは、最後には少し泳いだが、ともかく放水の下手のほうにがんばっていた。男たちは棒についた大きな網を持って階段をおり、鼠たちの死体をすくった。それから、いまや石造りの床を浸している水に毒をほうりこんだ。悪臭が手負いの鼠の肺に苦痛をあたえた。隅にちょうどくぐりぬけられるほどの穴があり、彼はそれを退避口に利用した。ほかにも二匹ほどそこをくぐった鼠がいたが、彼の目にははいらなかった。

ほかに移るべきときがきた。穴倉はもう二度と元どおりにはなるまい。鼠はすでにかなり元気を回復し、さらに自信をつけ、おとなにもなっていた。痛みの残る短くなった二本の足をかばいながら、彼は歩いたり這《は》ったりして進んだ。昼前にレストランの裏手にあたる露地を見つけた。そこにはまだゴミ入れにかたづけていないゴミがおいてあった。パンのかけらや肉のついたステーキの細長い骨が砂利の上にほうりだしてある。すてきなごちそうだ！　おそらく生まれてはじめての大ごちそうだろう。食事をおえた彼は猫が入るには無理な、乾いた下水管で眠った。

日は過ぎていった。日中は身を隠しているにかぎる。夜のほうが生命の危険が少ないのだ。鼠の傷ついた足は次第に痛まなくなった。目のほうも痛みがうすれてきた。体力が回復し、それどころか体重もふえた。やや茶色味をおびた灰色の被毛は密生し、なめらかになった。つぶれた目は半ば閉じて灰色のしみのように見え、庖丁の刺したあとはゆがんだままだったが、もう血も紫液も出なかった。たち向かっていけば猫も少々たじろぐことを発見したが、それは二本の短い足を引きずって歩き、片目がないという彼の異様な姿のせいだと察しがついた。猫のほうも毛を逆立てて身体を大きく見せ、喉《のど》から声を出すという手をもっている。たった一度だけ、片耳の欠けたうす汚い年老いた茶色の雄猫が後ろから鼠の首に歯を立てようとした。ただちに彼はありったけの力をこめて猫の前足に嚙みつき、あやういところでその歯をのがれた。鼠が離れると、猫はほっとして逃げだし、窓敷居にとびのった。どこかの庭の暗闇の出来事だった。

昼はどこか穴にひそんでいるほうが安全なので、めったにはしないことだが、なるべくならば日だまりで眠り、夜はうろつきまわって餌《えさ》をあさり、そうした日々を迎えては送るうちに寒さはまし、湿っぽい日が多くなった。猫と、人間がふりあげる棒から逃げる昼と夜。あるとき、ゴミ入れを持った男が襲いかかり、石畳にたたきつけたゴミ入れは鼠の尻尾にあたったが、千切れはせず、目を刺されて以来ついぞ味わったことのない苦痛をあたえただけだった。

ゴンドラが近づいてくるとき、鼠にはそれとわかる。「ホー！　ハイ！」かけ声はいくらか変わるにしても、ゴンドラ漕ぎは角をまがるとき、たいてい叫ぶのだ。ゴンドラには怯《おび》えなくていい。ゴンドラ漕ぎが櫂《かい》でつつくことはあるが、殺すつもりはあまりなく、ただのいたずらだった。どだい殺せるわけがない！　一撃すればもうゴンドラ漕ぎはゴンドラごと通りすぎているし、一度でうまくあたるものではなかった。

ある夜、狭い運河につながれたゴンドラからただようソーセージのにおいを嗅《か》ぎつけたネズミは、思いきって乗りこんだ。ゴンドラ漕ぎは毛布をかぶって眠っていた。ソーセージはそのかたわらにある紙袋から匂ってくる。鼠は食べのこしのサンドイッチを見つけだし、腹いっぱい食べると、汚れた粗い布のうえにまるくなった。ゴンドラはゆったりと揺れていた。鼠もいまでは泳ぎの名手だった。豪胆な猫に運河まで追いつめられ、水にもぐって逃れたこともたびたびだった。猫も水面下まで追いかける気はない。

ずしんとくる音で鼠は目をさました。ゴンドラ漕ぎが立ちあがって、ともづなをほどいていた。ゴンドラは岸から離れていった。鼠はあわてなかった。ゴンドラ漕ぎに見つかったらジャンプして水にとびこみ、あとは手近な石壁にむかって泳ぐまでだ。

ゴンドラは大運河《カナレ・グランデ》をわたり、現在はホテルになっている二つの大きな館にはさまれた、やや広い運河に入っていった。鼠は香ばしい焼きたての蒸し焼き豚やパンやオレンジの皮やハムのきついにおいを嗅ぎつけた。しばらくするとゴンドラ漕ぎはたくみに船をあやつって一軒の家の階段にゴンドラをつけ、船をおりてノッカーの丸い輪でドアを打った。船べりにあがった鼠は岸に足がかりになりそうな崩れかけた場所を見つけ、水にとびこんでそこを目ざした。ゴンドラ漕ぎは水音を聞きつけ「アイ、イー!」と叫びながら足を踏みならして鼠にむかってきた。そこで鼠は目ざした地点にはあがらずに泳ぎつづけ、手ごろな場所を見つけて歩道にあがった。ゴンドラ漕ぎはドアの所にもどり、またノックをしていた。

その日、洋装店の裏の少し湿った露地で一人の女に出会ったのは儲けものだった。ちょうど雨がふったばかりのところだった。急ぎ足の女がサンドイッチのはじやピーナッツをつぎつぎに落としていったのだが、鼠は堅いトウモロコシの粒には手を出さなかった。やがて鼠は広い開けた場所にでた。そこはサンマルコ広場だったが、鼠ははじめてだった。広場をすっかり見てとったわけではないが、その広さは感じでわかった。見たこともないほどたくさんの鳩が餌をまいている人々のあいだを歩きまわっていた。おりてくる鳩は翼と尾をひろげて別の鳩の上に着地するのだった。ポプコーンのにおいに鼠は空腹をおぼえた。だが明るい昼の光のもとでは用心せねばならないことはわかっていた。

歩道と建物の壁がつくる隅にひそんで、鼠は通路にとびだす折をねらっていた。とびだした鼠はピーナッツをつかむとぴっこをひきひき齧《かじ》って殻《から》はすて、それを口にくわえたまま、もうひとつピーナッツの半かけをくわえこんだ。

テーブルと椅子。そして音楽。椅子に坐っている人は少なく、人々はオーバーを着ていた。椅子のあいだにはクロワッサンのかけら、パンの皮、ハムの切れっぱしまで、さまざまなものが石畳にこぼれていた。

一人の男が笑いながら鼠を指さした。「ごらん、ヘレン！」彼は妻に言った。「あの鼠を見てごらん！　まっ昼間に！」

「まあ、何という！」彼女のショックは見せかけではなかった。彼女は六十がらみの女で、マサチューセッツから来たのだった。それから彼女は笑い声をあげたが、ほっと安心し、面白がってもらしたその笑いには、ほんの僅かな恐怖がにじんでいた。

「何てことだ、だれかに足を切られているぞ！」男はほとんど囁《ささや》くように言った。「それに片方の目も！　見てごらん！」

「帰ってみなさんにお話しする話の種ができたわよ！」女は言った。「カメラをかしてちょうだい、オールダン！」

夫はカメラをわたした。「いまはまずいよ、ボーイが来る」

「なにか御注文は？《アルトウロ・シニョール》」ボーイがうやうやしくたずねた。

「いや、結構、ありがとう《ノ・グラッツィエ》。ああ、そうだ《アー・シ》！　ミルクコーヒーをひとつたのむよ《ウン・カフェ・ラテ・ペルピアチェーレ》」

「オールダン——」

彼は朝と夜、一日に二杯のコーヒーしか許されていなかった。あと二、三か月しか生きられないのだ。だが、鼠が不思議な心の動きをもたらし、とつぜん嬉《うれ》しさがこみあげてきた。椅子の林の中、つい三フィートほどの所で神経質に鼻をひくつかせ、いいほうの目をひからせてパンのかけらにとびつき、それでいて小さいもの、上等でないもの、つぶれてしまったものはちゃんと避けている鼠を男は見守っていた。「いまのうちにとるといいよ」オールダンは言った。

ヘレンはカメラをかまえた。

鼠にとって動きは敵意のしるしであり、動きを察知した鼠はちらと目をあげた。

「カチリ！」

「いい写真がとれたようよ！」スニオン岬かアカプルコの夕焼けでもカメラにおさめたような、一種穏やかな幸福を感じて、笑いながら囁いた。

「この鼠は」オールダンもなごんだ声で言いさし、かすかにふるえる指で目の前にあるバタつきの小さなパンからうまそうなフランクフルト・ソーセージをつまみあげた。それを鼠のほうに投げてやると、鼠はちょっと尻ごみしたが、すぐにソーセージにとびつき、片足——切りおとされた残りの——でおさえて食べだした。するとふいにソーセージは視界から消え、ふくらんだ鼠の頬が動いていた。「この鼠には不屈の精神がある！」やっとオールダンは言った。「この鼠がどんな目に遭ってきたか考えてごらんよ。ちょうどヴェニスと同じだな。だが、あきらめなかった、そうだろう？」

ヘレンは夫の微笑みに微笑みで応えた。オールダンはここ何週間になく幸せそうだった。彼女は嬉しかった。そして鼠に感謝の気持ちをいだいた。こともあろうに鼠に感謝するなんて思ってもみなかった、と彼女は考えた。ふたたび目をやると鼠は消えていた。しかし、オールダンは微笑んでいた。

「すばらしい一日になりそうだね」彼は言った。

「ええ」

日ごとに鼠は強くなり、日中の外出にも大胆になったが、いっぽうでは自分をまもる方法も覚え、その対象には人間もふくまれていた。箒《ほうき》や棒や土くれをふりかざしてかかってくる人間には逆襲する勢いでつっこむと、人間は男女をとわず一歩さがるか、さもなければためらうので、そのすきをねらってどこへでも逃げればよいのだが、当の人間が立っている方向を退路と見定めれば、あえてその足元を駈けぬける。

雌とかかわることも多くなった。ほかの雄は彼をおそれ、かりに闘いをいどんできても、真剣勝負にいたることはなかったので、気がむくままに好きな雌をえらぶのだった。重々しくかしぎながら歩く不気味な片目のネズミには威圧感があり、無言のうちに、死してのちやむ気迫がみなぎっていた。七か月のあいだ、老いた船長のようにゆれながら歩き、ヴェニスの迷路をしゃにむに突き進むうちに、彼は自信をつけ、地位をかためた。彼を見て怯《おび》えた母親たちは子供を遠ざけ、年長の子供たちは彼を指さし、笑った。鼠は腹と頭にできた疥癬《かいせん》に悩まされていた。かゆみに耐えかねて砂利の上をころげまわり、冷たい水にもとびこんだ。彼はリアルトからサン・トロヴァゾの一帯を徘徊《はいかい》し、広いカナレ・デラ・ジュデッカをまたぐルンゴ橋にたちならぶ倉庫に出入りした。

チェッキーニ館はリアルトと、倉庫のたちならぶ土地の先端とのあいだに位置していた。ある日、カルロが近所の八百屋からルパートを寝かせる大きなダンボールの箱をもらって帰る途中だった。ルパートが風邪をひいて、カルロの母親が気をもんでいたのだ。そのとき、カルロは魚と氷をいれた木箱のあいだから出てきた鼠を見つけた。

あの鼠だ！　間違いない！　鼠の切られた二本の足と刺された目を、カルロははっきりと思いだした。一瞬ためらったろうか、カルロは箱をさかさまにして鼠にかぶせ、その上に坐りこんだ。捕まえたぞ！　カルロは悠々と、だが断固として坐っていた。

「おい、ヌンツィオ！」カルロは折よく通りかかった友達を呼びとめた。「ルイジに言ってくれよ！　すぐ来いって！　鼠をつかまえたぞって！」

「鼠！」ヌンツィオは腕に大きなパンをかかえていた。それに、もう六時を過ぎて、暗くなりかけていた。

「特別の鼠なんだよ！　ルイジを呼んでこいよ！」カルロは命令がましく怒鳴った。鼠は箱に体あたりしており、すぐに齧《かじ》りだすだろう。

ヌンツィオは駈けだした。

カルロは箱からおりて箱の底をぎゅっと押しつけ、鼠が齧りだすのを阻止するつもりで横側を蹴とばした。兄貴のルイジが来るまで逃がさずにおけば、きっと感心するだろう。

「こんな所でなにをしているんだ、カルロ、邪魔だぞ！」魚屋が怒鳴った。

「鼠をつかまえたんだよ！　おたくの鼠をつかまえたんだから海老《えび》の一キロももらっていいところだぜ！」

「うちの鼠だと？」魚屋は身ぶりでおどかしたが、忙しくてカルロを追いはらっている暇はなかった。

ルイジが駈けてきた。彼は途中で木箱の一部をひろって持っていた。

「前につかまえた、あの鼠だよ！　足を切ったやつさ！　誓ってもいい！」

ルイジはにやりと笑い、ダンボール箱を手でおさえると横側を思いきり蹴とばした。そして、木切れをかまえ、箱の一方を少し持ちあげた。鼠がとびだし、ルイジはその肩のあたりを打ちすえた。

ネズミは息がつけず、それに痛かった。もう一発、あばら骨に食らわされた。鼠の足は動いており、逃げようと気も狂わんばかりだったが、どうしても立てなかった。少年たちの笑う声が聞こえた。やがて、鼠はダンボール箱で運ばれていた。

「階下《した》に投げこんでやろうよ！　溺《おぼ》れさせてやろう！」カルロが言った。

「おれは鼠が見たいよ。猫が見つかれば、すごい喧嘩《けんか》が見物できるんだがな。あの白黒の猫が――」

「あの猫は来ないよ。でも水は深い。溺れさせようよ！」カルロは階下の部屋に魅せられていた。彼はよく空想するのだが、ドアからゴンドラがただよってきて乗客たちはほうりだされ、不気味な薄闇のなかで溺れて死に、そのうちに大理石の床は死体でいっぱいになるが、潮が引いたときにだけそれは現われる。チェッキーニ館の一階は、溜息橋《ポンテ・デイ・ソスピリ》をわたって入る土牢のように、恐怖のヴェニス名所にかぞえられるようになるだろう。

　少年たちは玄関の段をあがり、少し閉まりのわるい木製の高いドアからチェッキーニ館にはいった。台所でトランジスター・ラジオのポピュラー・ソングがなっていて、ママが歌っていた。

「ルイジ、カルロ、こっちにきて食べなさい」ママがどなった。「映画《チネ》に行くんですよ、忘れないで！」

　ルイジは毒づき、それから笑った。「すぐ行く《スピト》よ、ママ！」

　ルイジとカルロは一階へ続く階段をおりた。

「ダンボール箱は持ってきたの？」母親が叫んだ。

「ああ、もらってきたよ――その木をよこせ！」ルイジは弟にむかって言った。ルイジは四角い木切れをつかむと同時に箱をかたむけた。手首を噛まれたことは忘れておらず、この鼠には特別の恐怖心をいだいていた。鼠は水にころがり落ちた。よし！　同じ鼠だ。ルイジは二つの足の切株をみとめた。鼠はたちまち沈み、ルイジがいい加減に木切れの角で打ったのもあまりこたえなかった。

「どこへ行った？」カルロがたずねた。彼はサンダルもソックスもかまわずに、足首まで水につかって階段の一段目に立っていた。

「浮いてくるさ！」一段上にいるルイジは、息を吸いに水面に出てきたネズミを見たら投げつけようと、木切れをかまえていた。少年たちは、モーターボートがドアの外を通り過ぎ、その余波でもりあがった暗い水に目をこらした。

「水にはいろうぜ！　おどかしてやろう！」カルロはちらと兄を見あげて言い、すぐさま水にはいっていくと、ネズミが近寄らないように水を蹴りはじめた。

「ルイジ！」母親が金切声をあげた。「階下《した》にいるの？　たったいまあがってこないとぶたれるよ！」

ルイジは体をひねり、声をはりあげて答えようと大きく口を開けた瞬間、ころがるように階段の最上段をあがり、二階にはいっていく鼠を見た。「やられた！」彼は指さし、声をひそめて言った。「鼠があがっちまったぞ！」

鼠の姿は見なかったが、即座に状況をつかんだカルロは眉《まゆ》をあげ、足音をしのばせて階段をのぼった。母親《ママ・ミア》に言うわけにはいかない。濡れた鼠の跡をたどって家から追いださねばならないのだ。二人とも無言のうちに了解しあった。玄関のホールに行くともう鼠はいなかった。二人は濡れたあとを探したが、白い大理石の床に灰色の汚れは見あたらなかった。ふたつのサロンのドアが開いていた。階下のトイレットのドアも少し開いていた。いや、ひょっとすると、鼠はさらに上の階に行ってしまったのかもしれない。

「来るのかい？　スパゲッティはもうよそってあるよ！　はやく！」

「はい《シシ》、すぐ行く《スビト》よ、ママ！」ルイジはカルロの濡れた足を指さし、それから親指を立て階上をさしてみせた。カルロの衣類のほとんどは階上にあるのだ。

カルロは階段を駈けのぼった。

ルイジはすばやくトイレットをのぞいた。母親にこの出来事をうちあけるわけにはいかない。この家に鼠がうろついていることを知れば、自分は家をあけないだろうし、家族が映画に行くのもやめさせるだろう。ルイジは片方のサロンをのぞきこんだ。そこには楕円《だえん》形のテーブルをかこんで六脚の椅子が置かれ、壁ぎわに置かれたワインテーブルのわきにも椅子がならんでいた。ひととおり目をはしらせてみたが、鼠は見あたらなかった。

カルロが戻ってきた。二人はステップをおりて台所に行った。パパはスパゲッティを食べおわるところだった。つぎにはビフテキが出た。まるまるとした犬が前足に顎《あご》を乗せてそれを見つめていた。犬はよだれをたらしていた。犬はまたタイル製のストーブの足につながれていた。ルイジは台所の隅に鼠がいないかと、さり気なくあたりを見まわした。食事がおわる前にベビー・シッターのマリア＝テレサが来た。彼女は本を二冊かかえていた。そして、にっこり笑うとコートのボタンをはずし、頭にかぶっていたスカーフをとった。

「早すぎたわね！　ごめんなさい！」彼女は言った。

「とんでもない！　おかけなさいな！　トルテを食べてちょうだい！」

デザートは薄切りの桃をのせたおいしいパイだった。それでなくても十七歳の食欲だ、だれが誘惑に勝てよう？　マリア＝テレサは坐ってひと切れごちそうになった。

パパ・マンゴーニは二切れ目を食べていた。ルパートと同じようにパパも体重がふえつづけていた。

やがて一家はあわただしく出かけていったが、パパの計算によると走っていっても四分の遅刻ということで、いちばん小さい子はパパに抱かれていた。パパは映画がはじまる前の広告フィルムが好きだったし、それに友達に声をかけるのが好きだった。

テレビは両親の寝室から、床にひきずりそうな白いレースがかかった高い揺籠《ゆりかご》のある部屋に持ってきてあった。揺籠におさまった生後二か月のアントニオは、まるで正装して安置された遺体のようだった。揺籠には車がついていた。マリア＝テレサはそっとハミングしながら赤ちゃんが眠っているのを確かめ、揺籠を押してテレビから遠い隅にうつし、音量をひくくしてテレビをつけた。だが、つまらなそうな番組だったので、腰をおろして持ってきた本の片方を開いた。それは十九世紀のアメリカ西部を舞台にしたラヴ・ストーリーだった。

何分かしてマリア＝テレサがテレビの画面を見たとき、部屋の隅で動く灰色のものが目にはいった。彼女は立ちあがった。鼠！　おぞましい姿の大きな鼠！　右手にあるドアは開いており、できれば鼠をそっちの方に追いたてようと、彼女は左手に動いた。鼠はゆっくりと確実に彼女のほうに進んでくる。鼠には片目しかなかった。怯えたマリア＝テレサは小さな悲鳴をあげて、自分がドアからとびだした。

鼠を殺すなど、彼女にはとうていできない相談だった。見るも厭《いと》わしい鼠！　ヴェニスの呪いだ！　マリア＝テレサはすぐさま階下の電話にかけつけた。そう遠くないカフェバーでボーイフレンドが働いており、彼女はその番号をまわした。

「チェーザレ」彼女は言った。「チェーザレを呼んでちょうだい」

チェーザレが電話に出た。彼は話を聞くと笑った。

「いいから来てくれるわね？　マンゴーニさんの一家は映画に行ったわ。あたしはたった一人なのよ！　こわくってこの家から逃げだしたい！」

「わかった、行くよ！」チェーザレは電話を切った。にやにやしながら肩ごしにナプキンをほうりだし、仲間のバーテンに「ガールフレンドがベビーシッターに行っててね、家の中に鼠がいるんだとさ。おれ、行って退治しなくちゃなんないんだ！」

「へっへっへっ！」

「新しい子だな！　それでいつ戻ってくるのだい、チェズ？」常連が言った。

笑いの渦がおこった。

チェッキーニ館は駈け足で一分の所にあり、チェーザレはほんの数分の外出をわざわざ店主にことわりには行かなかった。歩道に出たところで、彼は店を閉めるときに内側からドアにあてがう四フィートばかりの鉄の棒をひろいあげた。鉄棒は重かった。彼は小走りで急ぎながら、隅に追いつめたネズミを鉄棒で突き、殺すことを想像し、感謝のしるしにマリア＝テレサからキスをもらうことを想像していた。

待ちかねたマリア＝テレサがドアを開け、彼はいとしい彼女をしっかりと抱きしめて慰め、励ましの言葉をかけるはずだったが――そのかわりに、涙にくしゃくしゃになり、恐怖にふるえている彼女がいた。

「鼠が赤ちゃんを食べたの！」彼女は言った。

「何だって？」

「階上《うえ》よ――」

チェーザレは鉄棒を手に駈けあがった。彼はがらんとした感じの格調高くしつらえた部屋を見まわし、天蓋《てんがい》つきのダブルベッドの下をのぞいた。

マリア＝テレサが入ってきた。「鼠はどこにいるかわからないのよ。赤ちゃんを見てちょうだい！　お医者さんを呼ばなくちゃ！　ちょうど――あんたに電話しているあいだにこんなことに！」

チェーザレはぞっとするほど赤い血でそまった赤ちゃんの枕を見た。赤ちゃんの鼻はそっくり――何ということだ！　鼻がそっくりなくなっている！　それに頬が！　チェーザレは聖者の加護を祈る言葉をつぶやき、さっとマリア＝テレサを振り返った。「赤ちゃんは生きてるのか？」

「わからないわ！　ええ、生きているわよ！」

チェーザレは赤ちゃんの握った手の中に、こわごわ人さし指をさしこんだ。赤ちゃんはぴくんと動き、血がつまって呼吸がしにくいのか、くぐもった鼻息を立てた。

「ひっくり返してやったほうがいいんじゃないかな？　うつぶせに！　おれ——おれは電話するよ。どこか医者の電話番号を知らないか？」

「知らないわ！」マリア＝テレサはもうすでに、この事故をおこした責めを負わされ、どうなることか、と先のことで頭がいっぱいだった。チェーザレに電話するよりも自分で鼠と闘って部屋から追いはらうべきだった、と自分でもわかっていた。

　チェーザレは、名前を知っている医者の電話番号を電話帳で調べ、その番号をまわしてみたがうまくゆかず、つぎにヴェニスでいちばんの大病院に電話して、すぐに行くという約束をもらった。救急班は病院からつい五十フィートの大運河《カナレ・グランデ》につないだ専用のモーターボートでやってきた。チェーザレとマリア＝テレサの耳にも高速モーターの音が聞こえた。彼女は、このときには、おもに赤ちゃんの呼吸をらくにしてやるつもりで、ぬれたタオルで赤ちゃんの顔をそっとふきおわっていた。鼻はなくなっていて、そこから骨までが少しのぞいていた。

　白衣姿の二人の青年は赤ちゃんに注射を二本うち、「ひどい《オリービレ》！」とつぶやきつづけていた。青年たちはマリア＝テレサに湯たんぽをたのんだ。

　いつもは赤いチェーザレの頬から血の気がひき、気が遠くなりそうだった。彼は格式ばった椅子に腰をおろした。マリア＝テレサとの熱い抱擁のことなど、けしとんでしまった。二本の足で立っていることすらできなかった。

インターンの青年たちは赤ちゃんを毛布でくるんで、湯たんぽをいれて、モーターボートで運んでいった。

チェーザレはいくらか力を回復し、台所に行って、壜に半分ほどのストレガを探しだした。彼はそのリキュールを二つのグラスについだ。そのあいだも片目は鼠を見張っていたが、鼠の姿はなかった。マンゴーニ一家はもうすぐ帰ってくるだろうし、彼はどこかへ——仕事へ——行ってその場をはずしたかったが、マリア＝テレサについていなければならないと思いなおし、理由を聞けば店の主人も文句は言うまい、と考えた。赤ん坊が殺されかけて——いまごろはもう死んでいるかもしれない——誰にもわからないことではないか？

マンゴーニ一家は十時四十分に帰ってきて、たちまち大騒ぎになった。

ママは悲鳴をあげた。だれもかれもが一時《いちどき》にしゃべった。階上《うえ》にあがったママは、血まみれの揺籠《ゆりかご》を見て、また悲鳴をあげた。パパは病院に電話をかけた。チェーザレと年長の息子たち三人と女の子も一人、得物《えもの》に空壜、包丁、台所から木のスツール、平ったいアイロンを持ちだし、チェーザレは鉄棒を持って、家中をくまなく探索した。だれにも鼠は見つからなかったが、いくつかの家具に不慮の傷ができた。

マリア＝テレサは許された。いや、そうなのだろうか？　近くにいるボーイフレンドに電話して助けを求めたことに、パパは理解を示した。赤ちゃんの命が助かる可能性は五分五分だが、ただちに母親に来てもらえるだろうか、と病院は言った。

鼠は台所の壁、床すれすれのところに開いた四角い排水口を通って逃げた。三メートルほども下を流れるリオ・サン・ポーロにとびこんだのだが、べつにどうということもなかった。彼は二本の健全な足と、充実した気力とで力強く水をかいて泳ぎ、最初に見つけた、よじのぼれそうな地点で陸にあがったが、エネルギーの衰えは感じなかった。彼は身ぶるいをした。血の味がまだ口に残っていた。あのときは、呪いの家から逃げだす出口が見つからず、彼は恐怖と、それに怒りにかられて赤ん坊を襲ったのだ。赤ん坊の腕や拳が弱々しく彼の頭や肋骨《ろっこつ》をかすめた。鼠は、小さくても大きな人間と同じにおいのする人間の一員を襲うことに、ある喜びを感じた。幾口かのやわらかい肉はいくらか腹のたしになったし、いま、そのエネルギーを使っているのだ。

鼠は揺れるように歩きながら、ときどき足をとめては口にもはいらないような食べもののかけらのにおいを嗅《か》いだり、顔をあげて風を嗅ぎ、方向をたしかめたりしながら暗闇の中を進んでいった。夜ならば間違いなく安全に渡れるリアルトのアーチ形の橋を目ざしていた。彼はレストランが集まっているサン・マルコ付近に非公式の本部をつくろうと考えていた。夜の闇は濃く、それは彼にとって安全を意味した。湿った石に腹をすりつけんばかりに大きく揺れながら歩くにつれて、彼はますます強くなっていくようだった。彼はひたと闇に目をすえ、やおら、好奇心をつのらせて正体を見定めようと近寄ってきた猫にとびかかった。猫は僅かに空中にとびあがり、退却した。

（中村凪子訳）

機関車馬

Engine Horse

敷きつめられた干し草がかさかさと音をたてた。堂々たる体軀《たいく》の雌馬《めすうま》ファニイはゆっくりと首をめぐらせた。秣《まぐさ》をはむリズミカルな口の動きは休めずに、しっとりとした茶色の大粒の卵そっくりの目を背後や下に向けようとした。たぶん、うちの飼猫が一匹、忍びこんできたのだろう。それにしてもこんなそばまで近寄ってくることはめったにない。この農場には猫が二匹飼われている。一匹は生姜《しょうが》色で、もう一匹は黒と白のぶち。ファニイは振り向きはしても、いつもいっこうに無頓着だった。それで猫は静かにまどろめる場所を求めて、よく厩舎に忍び込んでくるのである。

なおも飼葉桶の秣をはみながら、もう一度見まわすと、前足のすぐそばに小さな灰色のものが目にとまった。小さな仔猫だった。うちの猫ではないし、うちの猫が産んだ仔猫でもない。目下農場には仔猫はいない。

折柄、七月の夕暮れ時だった。蚋《ぶよ》が何匹か目や鼻のあたりにうるさくまつわりつき、ファニイは鼻嵐を吹いた。冬のあいだは閉めきってある四角い小窓もいまは開け放たれていて、じかに射しこむ夕日がファニイの目を染めている。今日はたいして働かなかった。もう十二年来、互いに気心の知れているサムが来なかったからである。そういえばサムは今日だけではなく昨日も姿を見せなかった。一日無為に過ごして、したことといってはベスに付き添われて水槽まで往復したぐらいだ。お蔭で明かるいうちからゆっくりと時間をかけて秣をはみ、もて余したように低く嘶《いなな》きながら横になって眠りにつく。むっちりと筋肉のひき締まった臀部《でんぶ》や胸郭を、樽でもおろすように注意深く干し草の上に横たえた。あたりはひんやりとしてきた。いまはファニイにもはっきりと見分けられる灰色の仔猫もすり寄ってきて、雌馬の左の蹄《ひづめ》の後ろの赤味がかった房毛の中に身を丸めた。

仔猫は生まれてまだ四か月にもならなかった。灰白色と黒のとらぶちで、尻尾はキング・サイズの巻き煙草ぐらいしかない。もっと小さかった頃、誰かに真ん中からぷっつりと切り取られてしまったのである。今日は遠くからさまよってきた。三マイルか四マイルもさまよって、はじめて見つけたねぐらにやっともぐりこんだところなのだ。仔猫は生まれた家をとびだしてきたのだった。祖母と曽祖母にあたる二匹の雌猫に思いもかけず寄ってたかって襲いかかられたために。母猫はつい二、三日前、車に轢《ひ》き殺された。いたいけな仔猫は路傍にころがっている母の骸《むくろ》に気づいて、鼻を寄せてにおいを嗅《か》いだ。そんなわけで幼心に本能的に自衛意識に目覚めて、まったくの未知の世界のほうがまだしも安全だと決心したのである。か細いながら筋肉もつき、胆力もあったが、ともかくいまは疲れていた。中庭をうろついて探しまわった挙句《あげく》、やっと見つけた鶏の餌箱の泥まじりのパンと水にありついただけ。七月の夕暮れだというのに、仔猫はうすら寒かった。雌馬の赤茶色の大きな身体からぬくもりが伝わり、馬が身を横たえると、仔猫も隠れ家を得て急に気がゆるんだ。

雌馬はなぜかほのぼのとした思いにひたっていた。何とまあきれいな生きものだろう！　小さくて軽くて、いるのかいないのかまったくわからないようではないか！

馬と仔猫はやがて眠りに落ちた。

そのころ、白壁造りの二階建の農家では、人々が言いあっていた。

この家は、三年前に夫に先立たれたベス・ギブソンのものである。孫のハリイが四、五日前、新妻のメリルウを連れてやってきた。ベスはてっきりメリルウを紹介しにきたのだと思った。ところがハリイにはそれとは別に魂胆があった。金がほしいのである。ハリイの母親は纏《まと》まった金を持ち合わせていないか、さもなければ無心を撥《は》ねつけたのだろう、とベスは見てとった。ベスには息子で、ハリイには父親にあたるエドはすでに亡く、母親はカリフォルニアに住んで再婚している。

台所に腰をおろしたカウボーイばりの身なりのハリイは、爪楊子《つまようじ》を吐き出して煙草をくわえたまま、ドライヴ・イン方式のパブ・レストランのことを喋りまくっている。ここを買い取ってやっていきたいというわけだった。

「な、いいかい、おばあちゃん、この農場ときた日にゃ、経費すら賄《まかな》えないんだし、せっかくの貯えだって寝かせておいたんじゃ、何の役にも立たないじゃないか！　ここで暮らしてて、どんないいことがあるっていうんだ？」ハリイは手を振りまわした。「この家と土地を売りゃ、十二万ドルにはなるんだぜ。ちっとは考えてごらんよ、その金をほんのぽっちり使っただけで、町でどんな立派なアパートに住めるかをさ！」

「そのとおりだわ、ね、そうでしょう？」メリルウも調子を合わせた。いつまでもぐずぐずとコーヒーを啜っているかと思ったら、マニキュア用の爪やすりを取り出して、爪を磨きはじめている。

ベスは木の椅子にかけたまま、居ずまいを変えた。椅子が軋《きし》んだ。ブルーと白の配色の木綿に白いサンダル。持病の浮腫《ふしゅ》を患っている。髪もここ二年ですっかり白くなった。ハリイは町のアパートで暮らすつもりで、その町というのは、ここから三十マイル離れたダンヴィルだと察しがついた。狭苦しくて三階まで階段を登るような代物《しろもの》のうえに、おおかたどれか他人の所有物で、家賃を払わなければならないのだろう。たとえどんなに現代的で便利でも、アパート暮らしなど考えただけで真っ平だ。「ここは、これでもちゃんと採算がとれているのだからね」ベスはきっぱりと言った。「赤字なんか出しちゃいないわ。鶏もいれば、家鴨《あひる》もいる――みんなが鶏や家鴨や卵を買いにきてくれるもの。それに玉蜀黍《とうもろこし》や小麦もつくっているし。サムがそりゃしっかりやってくれているのよ――もっともさしあたりどうしたものかね、サムがいないとなると」つけ加えた言葉には角《かど》があった。「でもあたしにとっちゃ、ここここそが住み馴れたわが家なんだし、あたしが死んだあとは、あんたたちのものになるじゃないの」

「だけど、トラクターもないんだろう？　サムったら、いまだに鋤《すき》なんか使っててさ。まったくお笑いだよ。あの馬一頭を相手に。いったいいま何世紀だと思っているんだ、え、おばあちゃん？――どっちにしても、ここを担保に金を借りられるはずだよ」ハリイがこう言うのはいまにはじまったことではなかった。「おばあちゃんがほんとにおれたちの力になってやりたいって思っているんだったらね」

「あたしはね、あんたにせよ、だれにせよ、抵当にはいっている家なんて遺す気はないんだから」ベスは答えた。

要するにベスはハリイがやりたがっている商売の安全性について納得しかねているのである。だがここに来て以来のハリイのしつこさにはうんざりで、いまさらくり返して言う気もしなかった。ハリイとメリルウは黙ったまま目配せを交した。

ベスは次第に頬に血が昇っていくのが自分でもわかった。何でもこなしてくれる便利な働き手のサム――夫のクロードが生きていたころから十七年もの付きあいで、家族同然のサム――が二日前に暇をとった。はっきりと意見を述べて、悪いけれどハリイには我慢できないと言ったのだった。サムももうかなり年がいっている。それなのにハリイがたかが雇人風情というあしらいをして主人風を吹かせたのだろう。たしかにそのせいだとは言いきれないが、想像はついた。サムが早く連絡をくれればいいのだが。居所を知らせてくれれば、ハリイが出ていったら戻ってくるように言ってやれる。一張羅《いっちょうら》のジャケットを着こんでスーツケースをかたわらに置いたサムが本通りで大声をあげてバスをとめる姿を思いだすと、ベスは孫に対して憎しみといってもいいほどの感情が湧いた。

「な、おばあちゃん、いたって単純明快な話なんだよ」ハリイはゆっくりと辛抱強い口調ではじめた。話を持ちかけるときは、いつもきまってこういう調子になる。「早い話が六千ドル必要なのさ。ロスコウと半分ずつ出資するのに。ロスコウだなんてふざけていつも綽名《あだな》で呼んでばかりいるけどね、本名はロス・レヴィットっていうんだ」

名前なんか問題じゃない、とベスは思ったが、口には出さず、ほどよく相槌《あいづち》を打った。

「それでだ——あいつと六千ドルずつ出せば、おれたち二人にとって打出の小槌になるのさ。何ていったって、ほら、チェーン店だから。ほかにも十二か所に店があって、どこもみんな儲かっているんだ。だけど二、三日うちに分担した金を払えなけりゃ、な、おばあちゃん——さもなきゃ、出資する証文だけでも出せなけりゃ、またとないせっかくのチャンスもふいになってしまうんだ。金はもちろんちゃんと返すとも。でもさ、今度の話は一生一度のチャンスなんだよ！」

一生に一度などとよくもまあぬけぬけと言うものだ。まだ二十二だというのに！　こんなに嘴《くちばし》が黄色くては話にならない、とベスは思った。

「弁護士にきいてみたらいい、疑わしいって言うんならね」ハリイは続けた。「どの銀行にきいてくれてもいいよ。何の心配もないたしかな事実なんだから」

ベスはむくんだ足首を組み直した。そんなに安全な話なら、この子の母親がなぜ援助してやらないのだろう？　母親は羽振りのいい男と再婚しているというのに。そしてハリイは二十二で世帯《しょたい》を持った。いかにも早すぎるし、第一ベスはメリルウが気に入らない。こういうタイプの女はどうも好かないのである。顔はきれいだが、頭はからっぽ。ハイスクール仲間の女友達ならいいが、妻には向かない。とはいえ、そんな思いは自分の胸一つに畳んでおかなければならないと承知していた。何といっても余計な口だしをするのがいちばんの災《わざわ》いだからである。

「な、おばあちゃん、ここにいたって、この先、何の面白いことがあるんだ？　ひとりぼっちでこんな片田舎で暮らしてたって。コルマンのおやじさんや女房も去年死んだっておばあちゃん言ってたじゃないか。町に出れば、付きあいだってひろがって……」

ベスにはハリイの声が鬱陶《うっとう》しくなった。この田舎にだって、三、四人は親しい友達がいるし、顔なじみの六人や七人はいる。みんな子供の時分からの付きあいで、電話をかけてくれたり、遊びに来たり、サムにピック・アップで送ってもらって、こっちから訪ねて行くこともある。青二才のハリイには住み馴れたわが家の良さがわからないのだ。二階に並ぶ天井の高い寝室にしても、とてもすてきだとみんなが褒めてくれる。カーテンもキルトもベスやベスの母の手づくりのもの。土地の新聞社がわざわざ写真を撮りに来て、その記事はリプリントされて……

ハリイが立ちあがって、ベスはもの思いを破られた。

「わかってくれよ、な、おれたち、せっかくの人生設計を変えることになるんだよ、おばあちゃん」ハリイは言った。

メリルウも立ちあがって、手にしたコーヒー・カップを流しに運んだ。食後のあとかたづけはもうとっくにすんでしまっている。口こそあまり出さないが、彼女も心の中では感情が激しく波立ち、なにやら願望の虜《とりこ》になっているらしいのがベスには手に取るようにわかった。でもハリイよりも悪どい下心や、別の思惑があるわけではあるまい。要するに夫の尻を叩いて、たっぷり稼がせたいだけなのだろう。ハリイの話では、レストランの裏の一画に住めるのだという。洒落《しゃれ》た一戸建てで、プールもついていて、しかも二人だけで住める。メリルウがそこで暮らしたがっている気持ちはベスにも痛いほど察しがついた。

若夫婦は表に面した寝室にあがっていった。テレビは、ベスがあまり見ないというのをいいことにして二人が部屋に持っていってしまっている。ほんとうは毎晩のように見ていたのだが、ハリイとメリルウがやってきた当初は、そのくらい気を遣ってやりたかった。いまになってみると、渡さなければよかったとくやまれる。まったく滑稽な話だが、いささか気が変わったのである。ベスも自分の寝所に入った。夏のあいだは裏のベランダのはずれの部屋で寝ることにしている。ここは蚊に備えて、どの窓も網戸になっているのだ。といっても、このあたりにはあまり蚊がいるわけではない。ベスはトランジスター・ラジオを低くつけた。

二階ではハリイとメリルウが小声で話しながら、閉めたドアのほうをちらちらと見やっていた。ベスがミルクとケーキを盆に乗せて持ってきてくれるかもしれない。ここに来てから、一度そうしてくれたことがあるのだから。

「今夜は来やしないわよ」メリルウが言った。「あたしたちに腹を立ててるみたいだったもの」

「ああ、まったく困ったもんだ」ハリイは服をぬぎはじめていた。カウボーイ・ブーツの四角張った爪先に息を吹きかけて、艶《つや》が出るかどうかジーパンの尻にこすりつけた。「ちくしょう、よく耳にする話さ、きみだって聞いたことがあるだろう？　年寄りが財布の紐をがっちり握ってて――いずれこっちのものになるにきまっているのに――手放そうとしない、若いもんがほんとうに必要なときに」

「だれか知らないの、説得してくれそうな人を？」

「この辺にか？——馬鹿を言え」みんな向こうの味方ではないかとハリイは思った。口添えなど頼めば、藪蛇《やぶへび》になるだけだ。「おれは一杯やるけど、きみは？」ハリイはクロゼットの奥まった片隅からもう僅かしか残っていないバーボンの大壜を取りだした。

「あたしはたくさん。あなたのをひと口もらうから。水割りにするのだったらだけど」

ハリイは瀬戸引きの水差しから勢いよくグラスに水を入れメリルウに渡してひと口飲ませると、バーボンをつぎ足して、ほとんど一気に呷《あお》った。「ロスコウが来てくれって言ってた期日は昨日か今日だったのに、そうだろうが？　ちゃんと返事を持って、な？」ハリイは口元を拭った。最初から独り言のつもりだったし、実際メリルウも返事はしなかった。いい、いい、いい、張りなんぞ、死んでしまっていいいたらよかったのに、とハリイは思った。思ったとはいっても、大声で叩きつければ恨みがましさや鬱憤《うっぷん》が一気に晴れる悪態のようなものだった。と、出しぬけにある考えが閃いた。そうだ、悪くない考えだ。それに残酷でもない。少なくともひどく残酷というわけでは断じてない。しかも安全、そう九割がた安全だろう。ぬかりなく細心の注意を払ってやれば。むしろ簡単にやりおおせるとすらいえる。

「なにを考えているのよ？」メリルウがきいた。ウエストまでシーツをひきあげてベッドに身を起こしている。カールした赤髪がベッドに取りつけたスタンドの光を受けて後光のようにひときわ赤々と燃えたった。

「あのな——腰かなんかに怪我でもしたらって考えてたのさ——ほら、年寄りっていうのはよくそういう怪我をするだろう。うちのばあさんも……」ハリイはベッドに近づいて、いっそう小声になった。メリルウなら、たとえもっと物騒なことを打ち明けても、賛成してくれるとすでに気を許していた。「つまりさ、いやでも町で暮らさなくちゃならなくなるだろう——動けなくなれば、な？」

メリルウの目は深い当惑にどぎまぎと揺らぎ、目ばたきをした。「いったいどういうことなの？」声をひそめてきき返した。「階段から突き落とそうとでもいうの？」

ハリイはさっと首を振った。「それじゃ、みえみえじゃないか。おれが考えてたのはね……そう、ピクニックにくりだすのさ、ほら、いつもばあさんが言ってるだろう？　馬に荷馬車を引かせて。西瓜《すいか》だのサンドイッチだのいろんなものを持って、それに——」

「それにビールも！」メリルウはいまからクライマックスが目に見えるような気がして、不安を紛らすようにくすくすと笑った。

「すると、荷馬車がどこかで顚覆《てんぷく》する」ハリイはあっさりと言って肩をすくめた。「ほら、あるだろう、浅瀬が。川っぷちに。ま、ともかく浅瀬があるのさ」

「荷馬車が顚覆するって、それじゃ、あたしたちはどうなるの？　いっしょに乗っているとしたら」

「きみはいっしょに乗っているには及ばない。浅瀬に着いたら、ひと足先にとび越せばいいよ、弁当をひろげる支度があるからとか何とか言って。そこはおれがうまくとり運ぶさ」

沈黙が落ちた。

「本気なの？」メリルウがきいた。

ハリイは目をほとんどつむったまま、じっと考えに耽《ふけ》っていた。やがてついにうなずいた。

「ああ、ほかに手だてを思いつかなかったらな。なにかもっといい手だてを。だって時間切れになってしまうもの、ロスコウとの約束にしたって。そうとも、おれは本気だ」そう言うと、やにわにテレビに近づいて、スイッチを入れた。

灰色の仔猫にとって、雌馬のファニイは庇護者であり安全な拠り所であり、心安まるわが家でもあった。ファニイがとりたててなにかしてくれるからではない。ファニイはいてくれるだけ。ただそれだけで冷えこむ明け方も暖かく包みこんでもらえる。仔猫の敵といっては、先輩格の二匹の猫だけで、それも幸いなことに、気難しさを丸出しにしてなにかというと嵐を吹いたり、爪をむきだしてとびかかってくるのが関の山だった。不愉快な思いはさせられるが、躍起になって殺そうと向かってくるわけではなく、この屋敷から追いだそうともしない。これは大いに多とすべきことといえた。

敵がいるとはいえ、仔猫は始終《しじゅう》、厩舎にとじこもってばかりはいなかった。家鴨《あひる》が放されている囲いの中や養鶏場で遊ぶのが好きで、さも悪だくみがあるような顔をして一羽の雛《ひな》に狙いを定めて走り寄ったかと思うと、母鶏が嘴《くちばし》で猛然と突きかかってくるのをひょいとかわす。と、つぎには木の柵の支柱にとび乗って腰をおろし、足を舐《な》めながら目の前の中庭や背後の牧場を油断なく眺めまわす。仔猫は野良猫に近かった。この家の裏口には近づく気になれない。

歓迎されるはずはないと本能的に感じていた。いままでも二本足で立って歩く相手からは酷《ひど》い目に遭わされるか、よくいってもすげなくされるのが落ちだった。祖母や曽祖母といっしょにいたころは、二匹が取ってきた獲物のおあまりを食べていた。鼠《ねずみ》や小鳥や、ときには小さな兎《うさぎ》のこともあったが、いずれにせよ目上の二匹が腹いっぱい食べたあと、残りものにありついた。二本足からは餌《えさ》らしい餌や満腹できるほどたっぷりした食べものなど貰《もら》ったためしがない。平鍋に入れたパンとミルクがせいぜいで、それも毎日貰えるわけではなく、とても当てにはできなかった。

それにひきかえ赤毛の大きな馬は、実にどっしりとしているばかりか実に鷹揚《おうよう》にゆったりとしていて、灰色の仔猫は信頼できる友達だと心を許すようになった。馬なら以前にも見たことがあるが、こんな大きな馬ははじめてだ。ここに来るまでは馬にはけっして近づいたり触ったりしなかった。だがいまや馬は面白そうな、それでいて恐ろしくもある存在に思えた。仔猫は面白おかしくふざけていたかった。自分以外の生きもの（鶏のような）にも自分自身にもおどけて悪戯《いたずら》をしかけているような気分に浸っていたい。生きていくうえでのさまざまな現実、たとえばこの巨大な馬にたまたま踏みつけられでもしたら、ひとたまりもなく殺されてしまう――母と同じように一瞬の間に――といった事実に対して、そのほうが気が楽になるからである。馬の大きな蹄《ひづめ》にすら金属の足底が付いている。ある晩、馬が身を横たえているときに、目にとまった。足に生えている柔らかな房毛とは打って変わって、硬くていつでも凶器に早変わりする。

もっとも馬のほうも彼女を相手にたわむれていることに仔猫は気づいた。大きな頭や首をめぐらせてじっと目を注いで、踏みつけないようにちゃんと気を配ってくれているのである。一度など、馬が横になっているとき、不安に胸を高鳴らせながらも怖いもの見たさに誘われて、馬の柔らかな鼻づらにとびあがり、骨張った顔にのぼって、耳を摑《つか》んで歯を当ててみた。身を離してとびおりるや、報復として最悪の事態に見舞われるのに恐れおののきながら、ちぢこまってうずくまった。しかし馬は僅かに頭をふりたてると、歯をむきだして鼻嵐を吹いただけで——すぐそばの干し草が鼻息に吹かれて舞いあがった——かえって面白がっているかのように見えた。それに勇気を得て、灰色の仔猫はいまでは恐れる様子もなく馬の脇腹や腰の上でとびはねたり、ごわごわした尻尾の毛にじゃれついたりしては、馬がゆっくりと尻尾を振りたてて反撃に出ると、ひらりとかわす。馬は目で仔猫を追っている。その目にはいつも保護者のような色がたたえられている。いまもはっきりと覚えている母の目とそっくりだった。夜も大きな身体から発散されるぬくもりに包まれて、馬の肩の下でぬくぬくと眠りにつくようになっていた。

ある日のこと、仔猫は肥った女に姿を見つけられた。いつもは家から人間が出てくるのが目にとまるが早いか、さっと身を隠す。だが厩舎の外にころがっているしゃぶりつくされた鶏の骨に気を取られている間に、姿を見られてしまったのである。仔猫は背を丸めて逃げだそうと身構えながら、女を鋭く見据えた。

「おや、まあ！　どこからやってきたの！」ベスは腰をかがめてしげしげと観察しようとした。

「それにどうしたっていうの、おまえの尻尾は？——またずいぶんおちびさんなんだね、おまえは！」ベスがさらに近づくと、仔猫はラズベリイの繁みにとびこんで姿を消した。

ベスは燕麦《えんばく》を入れたバケツを厩舎に運びこんで――ファニイは所在なげにぼんやりと佇《たたず》んでいた――飼葉桶の隅に乗せると、ファニイを水場に連れだした。やがてファニイが水を飲み終わると、木戸を開けて、柵に囲われた牧場に入れてやった。

「ちょうどいい骨休めになったんじゃないかい、ファニイ？　でも今日はあたしたち、ピクニックに行くのよ。おまえに荷馬車を引いてもらって。いつもの小川におりて、おまえも足を冷やせるからね」ベスは雌馬《めすうま》の脇腹をさすった。ファニイの背中の天辺《てっぺん》はちょうどベスの目の位置にある。並みはずれて大きな身体をしているのに大食漢でもなく、しかもいそいそと働いてくれる。ハリイがまだ十三くらいのころ、写真に撮るのにファニイにまたがり、樽に腰かけているように両足をぶらりとたらしていた光景をベスはふと思いだした。あのころのことはあまり思いだしたくない。あのころはハリイも気立てのよい子だった。機関車馬――すばらしい馬力に舌を巻いて、ハリイはファニイをそう呼んでいた。小麦粉の袋を積んだ荷馬車を引くファニイを見れば、だれだって舌を巻く。

厩舎にはいったベスは燕麦を飼葉桶の中にあけると、家に戻った。ピーチ・パイをオーヴンで焼いているところなのである。オーヴンのスイッチを切って、扉を四インチほど開けて半開きの状態にした。ベスは分量や時間をいちいち計ったりしない。それでいて実にみごとに焼きあげる。そうだ、仔猫にロースト・ビーフの肋骨《あばらぼね》を与えてしゃぶらせてやらなければ、と思いついた。あの手の仔猫は野良猫に近くて、えらく威勢がいいものだ。あのちび娘――ことによったら雄《おす》かもしれないが――なら、鼠獲りの名手になること請けあい。ただし先住の二匹に負けずに、無事にもう少し大きくなればの話だ。冷蔵庫から食べ残しのロースト・ビーフの皿をとりだしたベスは、よく切れるナイフで肋骨を十四インチばかり切りわけた。二匹に見つかって横取りされたりせずにうまく仔猫の口に入れば、もってこいの滋養になる。

ハムとチーズのサンドイッチもできあがっていた。それでもまだお昼まで十五分もある。今朝はメリルウも卵を六つも使って、いやにどぎつい味の卵焼きをつくった。いまになってどこに行ったのだろう？　また二人して二階で話しこんでいるのかもしれない。二人ともよるとさわると相談ばかりしているのだから。床板が軋《きし》む音が響いた。やっぱり、二人は二階にいるのだ。ベスは外に出て仔猫を探すことにした。

よたよたと養鶏場に近づいて、「さあ、おいで、ちび、ちび、ちび！」と呼び掛けながら骨をさしだした。飼っている二匹の猫はいまごろは獲物を探しに出掛けて留守だろうから、ちょうど都合がいい。ベスは仔猫を探して厩舎の中までも覗いてみたが、見つからなかった。仕方なく牧場にいるファニイに視線を向けた。ファニイは首を垂れて、しきりにクローヴァをはんでいる。と、ふいに仔猫の姿が目にとまった。日の光を浴びてファニイの蹄《ひづめ》のあたりで跳んだりはねたりはしゃぎまわり、煙があちらからこちらへふわふわと流れているように見える。まさに対照的！――ベスは自分自身の重い身体や緩慢な動作、寄る年波とひきくらべた。頰をほころばせながら、牧場の木戸に向かった。あのちび娘はきっと大喜びで骨にとびつくことだろう。

「ちびちゃんや？」ベスは声を掛けた。「何て名前にしようかね――ずっとここで暮らすのだったら？」歩きながら話しかけるせいで、息が乱れた。

仔猫は尻ごみして、ベスをじっと見つめた。耳をぴんと立てて、黄緑の目を油断なく見張っている。やがて保護を求めるかのように馬のそばにすり寄った。

「ほら、骨を持ってきてあげたよ」ベスはそう言って投げ与えた。

仔猫はぱっとあとじさりしたものの、肉のにおいを嗅《か》ぎつけて近づいてくるや、鼻をうつ向けて真直ぐに目指す獲物にとびついた。小さな喉《のど》からは無意識のうちに猫特有の唸《うな》り声が洩れた。警戒の唸りでもあり、勝ち誇ったたかぶりとあくなき食欲を示す唸りでもあった。闖入者《ちんにゅうしゃ》に横取りされないように小さな片足を大きな骨の上に踏ん張って、幼い歯で肉をひき裂いていく。唸り声をあげ、骨を回転させてむしゃぶりつきながらも、どこかから外敵やライヴァルが近づいて来はしないか、あたりを見まわすことも忘れない。

ベスはおかしさがこみあげてくるとともにほっと満足して、思わず笑いだした。ファニイはと見れば、何と、骨を抱え込んだ仔猫をそっと見守っているではないか！

メリルウが荷馬車にバスケットや魔法壜や座席に敷く毛布を積みこみはじめた。ベスも真新しいテーブルクロスを台所の戸棚から出した。

ハリイがファニイを荷馬車に繋《つな》ぎに出てきた。カウボーイ気取りでハイヒールのブーツで威勢よく歩きながら、ステットソンの湾曲《わんきょく》したつばをぐいと摑《つか》んでしきりにかぶり具合を直している。心を落ち着けたいのである。ハリイは馬に首枷《くびかせ》をはめるのが得意ではないのだ。

「ほれ、ファニイ、どう、どう！」ハリイが呼びかけると雌馬《めすうま》は尻ごみした。案の定どじを踏んでしまったのである。ちくしょう、ベスを呼んで手を貸してもらうわけにはいかない。それではあんまりみっともない。雌馬はハリイのまわりをめぐりながら顔を向けるが、しかし重い首枷をかけようとするたびに尻ごみした。ハリイは闘牛士さながらにとびまわって追いかけた首枷——といっても似ているのは恰好《かっこう》だけで、闘牛士が携えている小道具とは違って手にした首枷がやたらに重かった。ともかくまずしっかりと繋いでしまうのが先決だ。そう思って、馬勒《ばろく》をわし摑みにした。馬勒は端綱からぶらさがっている。ファニイはまだ轡《くつわ》もつけていなかった。

「やい、機関車馬！　それ、どう、どう！」

ご馳走をなかば平らげて元気いっぱいすっかり浮き浮きとした灰色の仔猫もいっしょになってとびまわった。自分の姿など男が目にもとめていないのは百も承知で、肋骨を奪われまいと身構えるようなふりをしてふざけてみたのである。

「ちくしょう！　止まれって言ってるだろう！」ハリイは怒声を浴びせてファニイに突進するや、今度は首枷をはめにかかった。そのはずみに足首をねじって、どっと地面に倒れた。幸いどこといって怪我もなく起きあがった。と、そのとき、悲鳴が——何かが喘《あえ》いでいるような間歇《かんけつ》的な悲鳴が耳にはいった。

ハリイの目に灰色の小さな動物の姿がとびこんできた。最初は鼠かと思ったが、やがて臓物《はらわた》が半分とびでた仔猫だとわかった。さてはおれが踏み潰してしまったと見える。それとも踏みつけたのは馬の方だろうか。いや、たぶん、おれがこいつの上に転んだのだろう。いずれにせよ息の根を止めてしまわなければならない。とっさにそう判断した。当惑すると同時に急に腹立たしさに駈られて、ハリイはカウボーイ・ブーツの踵《かかと》で仔猫の頭を力まかせに踏みつけた。

歯までむきだして踏みつけた。やがて荒い息づかいも次第にもとに戻りはじめた。ばあさんはこいつ一匹ぐらいよもや気にとめはしないだろう。いつもやたら何匹も猫を飼っているのだから。そうは思ったものの、奇妙に短い尻尾をつまみあげて、一度揺すってはずみをつけてから、家からできるだけ遠く牧場のほうへほうり投げた。

雌馬はハリイの動きをじっと目で追っていた。仔猫の姿は——地面に落下するよりも早く——雌馬の視界から消えていった。しかし男が仔猫の上に転んで押し潰したのははっきりと目に焼きついていた。促されるままに素直に木戸の向こうの家のほうへと歩き出した。いましがた目のあたりに見た出来事の意味が、牧場を横切っていく足どりよりも遅いテンポでようやくわかりはじめ、ずっしりと重く胸にこたえた。思わず知らず首をまわして後ろを見ようとした。立ち止まりかけると、男にぐいとばかりに馬勒を引かれた。

「さあ、さっさとするんだ、機関車馬め!」

小川はレイサム・ブルックとも呼ばれて、ベスの農場から二マイルほどの所にある。ハリイにとっては子供のころからベスといっしょに何度となく遊びにきた昔なじみの場所だった。ことによったら木の橋もいまでは変わってしまって——幅も広くなり手すりも取り付けられているかもしれない——そんな懸念が心をよぎったが、昔とそっくり同じなのを見てほっとした。長さは二十フィートたらず、幅は八フィートか九フィートそこそこで、車がすれ違えるだけの広さはない。もっともここは車などめったに通らないのだろう。道は一車線で舗装もされていないし、周囲にはもっと車に向いている道がたくさんある。

「昔から、いつも来ていたとこがあるのよ」ベスは小川の向こうの緑の草原を眺めやった。数本の木のたち並ぶ爽やかな木陰で、一家はかつて何年もここをピクニックの場所に決めていたのである。「ほら、昔とちっとも変わってないよ、ね、ハリイ？」ベスが腰をおろしているベンチは荷馬車の右側からはみだしていた。

ハリイは手綱を握りしめた。「ああ、ほんとだね」

ここでメリルウは荷馬車をおりる手筈になっていた。計画に沿って彼女は切りだした。「あたしは歩いて渡らせて、ね、ハリイ！　だってここは浅いんでしょう？　歩いて渡れるわよね？」

ハリイはぐいと手綱をひきつけてファニイの歩みをとめようとした。馬銜《はみ》が食いこみ、ファニイは止まるよりも少しあとじさりした。後ろにさがるように指示されたと思ったのである。

「さあ、どうかな」ハリイはこわばった調子で答えた。

メリルウは荷馬車をとびおりた。ブルー・ジーンズに薄いゴム底のキャンバス・シューズ《エスパドリーユ》をはき、赤いチェックのシャツを着ている。小走りに向こう岸へ渡る姿はいかにもいそいそと楽しげに見えた。

ハリイはもう一度手綱を引きつけた。さあ、橋の右側から踏みはずさせるのだ。力をこめてファニイを右側に引き寄せた。

「ほら、気をつけなくちゃ、ハリイ！」ベスが声をあげた。「ハリイ、あんたったら……」

馬はかろうじて橋の上に踏みとどまっていたものの、荷馬車の右側の車輪は二つとも橋からはみだしてすでに宙に浮いていた。凄じい音と激しい震動とともに、車軸が橋の際にぶち当たった。ベスは後ろに投げ出された。腰のくびれのあたりを荷馬車の側面に支えられて平衡を保っていたのも束の間、たちまち水の中に墜落した。ハリイは背を丸めて、安全な川岸へと跳びすさろうとした。だが倒れかかった荷馬車はぐらぐらと不安定で、踏み切り台の用をなさなかった。一方ファニイはと見れば、荷馬車の重みで後ろに横にと引きずられていたが、ながえに身体をとられて突然、橋のへりを踏みはずした。そのままハリイの両肩に倒れかかり、ハリイの顔はあっという間に水底の石に打ち砕かれた。

ファニイは脇腹を打ったものの、立ちあがろうともがいた。

「ハァリイ！」メリルウが金切声をあげて、橋のほうへと駈けだしてきた。流れの水がハリイの頭のあたりから見る見る赤く染まっていくのがいやでもメリルウの目に映った。川岸に走りつくや、水をかきわけて進んだ。「ハリイ！」

猛り狂った馬は荷馬車のながえにつながれたままやや横向きになって、いまやハリイの両足をところかまわず踏みつづけている。メリルウは拳をあげて喚《わめ》きたてた。「おどき、この間抜けが！」

衝撃と恐怖に度を失ったファニイは前足をあげた。さして高くあげはしなかったが、振りおろしざま、メリルウの膝《ひざ》を打ちすえた。

悲鳴をあげながら恐ろしさに無我夢中で右手を振りまわして馬を追い払おうとしたメリルウ

も、やがてウエストまで水につかって喘《あえ》いだ。血が、見るもおぞましい血が膝からどっと吹きだしてブルー・ジーンズの裂け目から溢れた。愚かな馬はつんのめっては足を踏み鳴らして、遮二無二《しゃにむに》ながえをもぎはずそうとしている。またしても両の蹄《ひづめ》がハリイの身体を踏みにじった。

すべては妙にスロー・テンポだった。メリルウは知覚が麻痺して、もはや声も出なかった。馬の動きはさながらスローモーション・フィルムでも見るようで、いまや壊れた荷馬車をハリイの身体の上で引きずりまわしている。ああ、何ということを！　でも、なにやら叫んでいるのはベスだろうか？　はて、ほんとうにベスなのか？　ここはいったいどこなのだろう？　メリルウはそのまま気を失った。

ベスは何とか立ちあがろうと懸命だった。どうやらほんのしばらく失神していたらしい。いったいなにごとが起こったというわけなのだろう？　ファニイはしきりに向こう岸をよじ登ろうとしているし、荷馬車は二本の木のあいだにはまりこんでしまっている。なおも目を凝らすと、ほとんど水をかぶったハリイが見え、続いてハリイより手前にメリルウの姿が見えた。ぎごちない足どりで水をかきわけて小川の深みに進み、メリルウの片腕を摑《つか》んで川底の砂利をさらうようにしてそろりそろりとひきずっていった。やがて頭だけは水から出て、川岸の上に乗った。

それにしてもハリイは俯《うつぶ》せに水の下に沈んだままではないか！　一瞬はっと胸を衝かれて声をかぎりに救いを求めたい衝動に駆られた。しかし実際には無言のまま水をわけてハリイのそばへ進み、両手を伸ばした。手が届くと、腕の下のあたりでシャツをしっかりと握りしめるや、渾身《こんしん》の力をふりしぼってひきずった。水からひき揚げることは所詮無理だったが、身体を回転させて仰向けにすることができた。ハリイの顔はピンクとも赤ともつかずまだらに染まり、もはや人間の顔とも思えなかった。胸も異様だった。すっかり押しつぶされてしまったのである。

「助けて!」ベスは叫んだ。「お願い! 助けて!」

一瞬待って、再び大声で救いを求めた。やっとの思いで水から這《は》いあがって、川岸の草の上にうずくまった。あたしとしたことが、動転している――ベスはわれに返った。悪寒が走り、とたんに全身がわなわなと震えだした。ともかく寒い。すっかり水浸しで、髪までも濡れている。でもメリルウの様子を見てやらなくては――自分自身に言いきかせるようにしてもう一度立ちあがると、仰向けに倒れているメリルウのそばへ行った。メリルウの両足は見るも無残にねじまがり、骨が折れているらしい。しかし息はしていた。

ベスは必死で動いた。まずファニイを荷馬車から解き放した。といっても意識的に行動しているわけではない。悪夢を見ているような心地で、それでもやはり夢を見ているわけではなくて、すべてが現実に降りかかった出来事であるのはわかっていた。首枷《くびかせ》の真鍮《しんちゅう》にしがみついたベスを、ファニイは川岸の斜面から橋の上へとひっぱっていった。ベスとファニイはつれだっていま来たばかりの道をのろのろとひき返した。人家まではゆうに一マイルほどある。いちばん近いのは、たしかポインデクスターの所ではあるまいか?

ポインデクスターの家が見えてきたころ、車が一台近づいてきた。ベスは手をあげたが、大声で呼びかける気力も失せていた。それでも車はそばに来るにつれてスピードを落とした。

「橋の所へ行ってください。あそこの小川まで」狐につままれたような顔で車から出てきた男にベスは頼んだ。「人が二人……」

「怪我をしたんですか？　血が出てるじゃないですか」男はベスの肩を指さした。「さあ、車にお乗りなさい。ともかくポインデクスターの家へ行きましょう。あそこの人たちなら知りあいだから」手を貸してベスを車に乗せると、男はぶらさがっているファニイの手綱を取って、ポインデクスターの敷地の中へ長々と続く私道にファニイをひっぱりこんだ。放れ駒に公道を歩かせない処置だった。男は道をひき返して車を私道に乗り入れると、ファニイを通り越して家へ向かった。

　ベスもポインデクスター一家とは顔なじみだった。親しく往き来しているわけではないが、近所づきあいはしている。エレノア・ポインデクスターがすぐさまソファーに横になるように勧めても、ベスは気丈に堅く辞退して、ソファーに新聞紙を敷くのを待った。滴《しずく》がたれるほど衣服が濡れていたからである。エレノアは紅茶を入れてくれた。一方、男はすぐに電話をかけた。部屋に戻ってくると、救急車を大至急で浅瀬にまわすように手配したと言った。

　今年五十になるエレノアはこぎれいな気立ての優しい女で、ベスの肩の手当てもしてくれた。切り傷はあるが、幸い重傷ではなかった。「いったいどうしてお孫さんは橋のへりを踏み越したりしたんでしょうね？」どうにも腑《ふ》に落ちない面持ちで、彼女は同じ言葉をくり返した。「あの橋はそんなに幅が狭いわけじゃないのに」

　それから二、三日はさすがのベスも心身ともにすっかりうちのめされていた。入院の必要はなかったが、医師から家でゆっくり静養するように勧められ、その言いつけを守った。エレノア・ポインデクスターは実に親切で、車で二度もダンヴィルの病院に入院しているメリルウを見舞いにつれていってくれた。メリルウは両足の骨折で、両膝とも手術をしなければならなかった。一生足をひきずる後遺症が残るおそれがあるとベスは医師の一人から耳打ちされた。そのメリルウはハリイに対して不思議なほど激しい恨みを抱いていた——ベスにはこのことがなによりもショックだった。二人は新婚早々で、相思相愛の仲だとばかり思いこんでいたのである。

「ほんとに間抜けで——利己主義で——それに」メリルウの声は敵意むきだしだった。

メリルウにはもっと言いたいことがあるらしいと感づいたが、ベスは聞きたいとも思わず、あえてきこうともしなかった。ハリイの遺体はすでにカリフォルニアの母親の許に送られていた。ハリイの姿は小川で見たのがベスには見納めだった。

その同じ週のある日のこと、ベスは青草をはませにファニイを牧場につれだした。ベスの気持ちも少し晴れていた。サムから便りが届き、ハリイがいなくなりさえすれば（歯に衣着《きぬき》せず、ずばりと書いていた）、喜んで戻ると言ってきたのである。早速返事をしたためたところで、あすの朝には郵便配達人がやってきて投函してくれることだろう。

やがてふいに、なかば餌食にされた灰色の仔猫の干からびた姿が目にとまった。胸苦しいほどの激しい衝撃がベスの全身を貫いた。いまのいままで仔猫はどこかへ行ってしまったのだと思っていたのだ。この仔猫の上になにごとが起こったのだろう？　どうやら押しつぶされているようではないか。それにしてもはていったい何に？　この牧場には車もトラクターもけっしてはいってこないというのに。ベスは振り向いて、ファニイを見やった。ファニイは太い首を低く垂らしていて唇や歯が草の中でしきりに動いている。ファニイが踏みつぶしたはずはない。仔猫はあんなにも敏捷《びんしょう》だったのだから。それに第一ファニイは仔猫に好意を寄せていた。それはあの朝、この仔猫に肋骨《あばらぼね》をやったときに、目のあたりに見たではないか。そして仔猫に与えた長い肋骨は、いまは小鳥にすっかりついばまれて、僅か二、三フィートの所にころがっていた。ベスは腰をかがめて拾いあげた。この骨にあの子はどれほど大喜びしたことか！　ベスは気をとり直して仔猫の死骸も拾いあげた。あの日ハリイはたしかこの牧場でファニイに馬具をつけたのではなかったか？　そのときなにごとがあったのだろう？　あの日にかぎってファニイが小川であれほど怒り狂ったのはなにがあったからなのか？　荷馬車が橋のへりから滑ったのはハリイの手綱さばきのせいだった。それはベスも見てしまった。ファニイはあんなに強引にひっぱられなければ、橋のへりぎりぎりを歩くはずがない。

午後からベスは仔猫を洗いざらしの清潔なふきんにくるんで、養鶏場や家鴨《あひる》のむれている中庭の向こうの牧場のはずれに掘った穴に埋めてやった。たとえしっかり布きれで包んでも、残飯といっしょに捨てたりしては気がすまなかった。この子はほれぼれするほど元気溌溂《はつらつ》としていたのに！　いずれにせよ仔猫を殺したのはハリイに間違いない。ベスはそう確信した。そしてファニイは現場を見ていたのにちがいない。ベスはハリイが祖母の自分を殺すつもりだったことも見抜いていた。思うだに恐ろしいことであった。

（榊優子訳）

総決算の日

The Day of Reckoning

ジョンは駅からタクシーに乗った。迎えに出られなかったらタクシーに乗ってくるように叔父から言われていた。ハンショウ・チキン会社——叔父のアーニイ・ハンショウはこのごろでは自分の農場をそう呼んでいた——まではものの二マイルもない。白く塗った二階建の母屋はジョンにとってそれこそ勝手知ったる家だったが、長々と続く灰色の鶏舎は目新しかった。並みはずれて大きく、以前、牛舎や豚小屋があったあたり一帯をそっくり占めている。

「ここは鶏御殿ってわけでね」タクシーの運転手は金を受けとりながら陽気に言った。

ジョンもにこりとした。「ああ、だけど、それにしちゃ……鶏が一羽も見えないじゃないか!」

ジョンはスーツケースを母屋に運んだ。「だれかいる?」いま時分ならヘレンが台所で昼食の支度をしているはずだ。そう思って声を掛けた。

と、そのとき、平べったく延びた猫の姿が目にとまった。猫といっても、まだほんの仔猫だ。ほんとうの猫なのか、それとも紙でつくった玩具なのだろうか? スーツケースを下に置いて近々と身をかがめた。玩具ではなかった。幅広いタイヤの跡の残るぬかるんだ赤土の上に横倒しにころがって、ぺしゃんこに押しつぶされている。頭蓋骨《ずがいこつ》はうち砕かれて頭は血まみれ。身体のほかの部分は血こそついていないが、重みがのしかかって大きくひき延ばされ、そのせいか尻尾がいやに短く見える。仔猫は白い毛並みに橙《だいだい》色や黒がまだらにはいったぶちだった。

鶏舎からは機械の鈍い唸《うな》りが聞こえてきた。スーツケースを玄関前のポーチに置いたが、家の中はひっそりと静まり返っている。仕方なく小走りに新しい鶏舎へ向かった。正面の大きなドアには鍵がかかっていた。再び小走りに走って裏にまわった。なにしろこの鶏舎の間口は延々四分の一マイルほどもありそうなのだ。機械の唸りに混じって、中から甲高いもの音や鶏のやかましい鳴き声が聞こえてきた。

「アーニイ」ジョンは大声で呼んだ。ヘレンの姿が見えた。「こんにちは、ヘレン!」

「あら、ジョンじゃないの! いらっしゃい! タクシーで来たんでしょう? ちっとも気がつかなかったわ」ヘレンはジョンの頰にキスをした。「あなたったら、また三インチも背が伸びたじゃない!」

叔父も梯子《はしご》をおりてきて、ジョンの手をとって握手をした。「やあ、元気かい?」

「ええ、もちろん。だけどここじゃいったいなにがはじまっているのかな?」ジョンはしきりに動いているベルトを見あげた。ベルトは鶏舎の中のどこかへひきこまれている。一方、地面の上には貨車ほどもありそうな金属製の大きな長方形のコンテナーが据えられていた。

アーニイはジョンをそば近くさし招いてから声を張りあげて説明した。特別に配合した飼料がいましがた届いたところで、アーニイのいうところの工場に貯蔵する作業がおこなわれている最中なのだそうだ。午後には係の男がコンテナーを回収しにくるのだという。

「いまの時間帯には電灯をつけちゃいけないことになっているんだがね、スケジュール表によると。だが今日は特別ってことにして、ひとつおまえに見せてやろう。ほら、ごらん！」アーニイはドアの内側のスイッチを押した。とたんに薄暗かった屋内が電灯に煌々《こうこう》と照らされて、真昼の陽光のもとのように明かるくなった。

　鶏たちの鳴き声や鋭い叫びはサイレンのようにますます激しくなった。まさしく無数のサイレンがいっせいに鳴りわたっているかのようであった。ジョンは反射的に耳を塞《ふさ》いだ。アーニイがなにか言ったが、聞きとれるどころではない。振り返ってヘレンの姿を探した。入口近くに立っているヘレンは手をあげて合図しながら首を振って苦笑いした。この騒々しさにはとうてい耐えられないと言いたそうだった。アーニイはなおも奥の方へジョンを誘ったが、さすがに説明するのは諦《あきら》めて、指でさし示すだけに止めた。

　ここの鶏は総じてこぶりで、ほとんどが白い品種だった。どの鶏も言いあわせたように絶えず落ち着きなく足を動かしている。床板が前方に傾斜して、ゆっくりと移動していく餌箱《えさばこ》のほうに自然に前かがみになるようにできているせいなのだ。といっても必ずしも餌をついばんでいるわけではない。中には隣りあった仲間をつつこうとしている鶏もある。鶏はすべて一羽ずつ、金網で小さく区切った檻《おり》の中に閉じ込められているのである。こうした檻がいちばん下の段だけで四十もあり、それが天井に向かって八段か十段も層をなして続いている。背中合わせに二列に並んでいる鶏のあいだは、人が一人、通れる程度の幅の通路になっていた。鶏が立っている床の掃除ができるようにしてあるのだろう。そう思っていると、アーニイがハンドルをまわした。とたんに床いっぱいに水がほとばしった。床はさまざまなかたちの排水孔に向かって傾斜した。

「すべてオートマチックさ！　どうだ、たいしたもんだろう？」

アーニイがそう言っているのは唇の動きでわかった。ジョンは感心したように頷《うなず》いてみせた。

「これは凄《すご》いや！」しかしその言葉とはうらはらに、早くこの喧騒から逃れたくて内心そわそわしていた。

アーニイは撒水《さっすい》を終えた。

ジョンは、鶏の嘴《くちばし》が丸味を帯びた瘤《こぶ》のように変形し、白い胸元からは、横木にあてて身体の重みを支えるせいで血が滴《したた》っているのに気づいた。鶏たちにできることといっては、もっぱら食べるだけではないのか？　そういえば、バタリー式養鶏法を採用している農場の話をジョンも少し読んだことがある。アーニイが飼育している鶏も本で読んだ鶏とまったく同じで、檻の中で後ろ向きになることもできない。こうした鶏舎に付きものの騒々しさの最大の原因は、鶏が上にとびあがろうとして羽ばたくためであるという。アーニイは電灯を消した。背後でドアが閉まった。これまた明らかにオートマチックだった。

「機械化したおかげで、おれも苦境を脱した」アーニイの声は相変わらず大きかった。「いまじゃ儲けもずいぶんとあがっている。それに考えてもみろよ、たった一人で――このおれだけで――なにもかも切りまわせるのだから！」

ジョンは苦笑を浮かべた。「じゃ、ぼくが手伝うことなんてなにもないってわけ?」

「いや、仕事は山ほどあるさ。ま、あとで話すがね。それよりもまず昼飯にしないか? ヘレンに言っといてくれ、あと十五分ぐらいで行くからとな」

ジョンはヘレンのほうへ歩いていった。「ほんとに凄いもんだね」

「ええ、アーニイは夢中なのよ」

二人はつれだって母屋に向かった。ところどころ泥濘《ぬかる》んでいるせいで、ヘレンは足元に目を向けている。はいているのは古びたテニス・シューズ、それに黒のコーデュロイのパンツと錆朱色のセーターという組みあわせ。ジョンは意識的にヘレンと仔猫が横たわっているあいだに割ってはいるようにして歩いた。いまは猫の話に触れたくなかったのである。

スーツケースを二階のすみのよく日のあたる真四角な部屋へ運んだ。ジョンは叔父の家に来ると、この部屋に泊まることにしている。ヘレンとアーニイがこの農場を買い取ったのはジョンが十歳のときで、それ以来の習慣なのだ。ブルー・ジーンズに着替えると、ジョンはヘレンのいる台所におりていった。

「オールド・ファッションは好き? せっかく来てくれたのですもの、歓迎しないと、ね」ヘレンは木のテーブルに向かってカクテルを二人分つくっていた。

「そいつはいい――ところでスーザンはどこへ行ったの?」スーザンは叔父夫婦の娘で今年八歳になる。

「あの子はね――サマー・スクールみたいな所へ行っているのよ。四時半ごろには送ってもらって帰ってくるわ。夏休みのあいだは人手がたっぷりあるから。粘土細工の奇妙な灰皿だの房飾りのついたお財布だの拵《こしら》えて――ね。だから帰ってきたらあなたも褒《ほ》めてやらなくちゃだめよ」

ジョンは笑い声をあげた。叔父の妻である血のつながっていないこの叔母をじっと見つめた。相変わらずいたってチャーミングだが――この魅力はどこからきているのだろう？　齢はたしか三十一になるはずだ。背丈は五フィート四インチぐらい、ほっそりとして髪は赤味がかったブロンドの巻毛で、目はときによって緑にも碧《あお》にも見える。声も惚々《ほれぼれ》するようにきれいだった。

「どうもありがとう」ジョンは心尽くしのカクテルを受けとった。たっぷり切ったパイナップルが浮かび、チェリーも飾られている。

「来てくれて、ほんとうに嬉《うれ》しいわ、ジョン。ところで大学はどうなの？　それにお家のみなさんもお元気？」

学校も家もともに順調だった。ジョンは来年二十歳でオハイオ州立大学を卒業する予定で、そのあとは大学院に進んで政治学を学ぶつもりでいる。一人息子で、両親は百二十マイル離れたデイトンに住んでいた。

やがてジョンは例の仔猫のことを切りだした。「ここんちの猫じゃなければいいんだけれど」そうは言ったものの、すぐに叔父の家の猫にちがいないと気づいた。ヘレンがグラスを置いてさっと立ちあがったのである。そもそもここは野中の一軒家なのだから、よその飼猫のわけがないではないか？

「まあ、そう！　きっとスーザンが……」ヘレンは裏口から外へとびだした。ジョンもあとを追って仔猫が横たわっている所へ真直ぐに向かった。ヘレンはすでに遠くから猫の姿を見わけていた。

「今朝来た大型トラックの仕業だわ。運転席が恐ろしく高くて、あれじゃ見えやしないわよ、たとえなにかが……」

「手伝うよ」ジョンはあたりを見まわして園芸用の鋤《すき》かスコップがないかと探した。シャベルを見つけてひき返してくると、ぺしゃんこに押しつぶされた死骸をまだ生きているかのように大切そうにそっと持ちあげて、両手で抱えた。「埋めてやらないとね」

「ええ、もちろん。スーザンには見せられないけれど、でも話だけはしてやらなくては――熊手が裏にあるわよ」

ジョンはヘレンの言うとおりに裏の林檎《りんご》の木のそばに穴を掘った。土をかぶせたあとには草も幾株かもとに戻して植えた。これなら人目につくこともない。

「トラックが来るときには、あのちびちゃんはいつも家の中に入れることにしていたのに！」ヘレンは言った。「生まれてまだやっと四か月でね、怖いもの知らずだったの。車にだって、まるで玩具かなにかみたいに、ちょこちょことそばに寄っていく始末で、ね？」ヘレンはもの思わしげに笑った。「今朝は十一時にトラックが来たのだけれど、あたしはちょうどパイの焼け具合を見てるところだったのよ。そろそろオーヴンから取りだそうと思って」

ジョンは言葉に詰まった。「スーザンのためにもう一匹貰《もら》ってきたほうがいいんじゃないかな、なるたけ早く」

「二人ともなにをしているのかね？」アーニイが裏口から出てきた。

「ビーンシイを埋めたとこ」ヘレンが答えた。「今朝来たトラックに轢《ひ》かれてしまったのよ」

「そうか」アーニイの顔から微笑が消えた。「そりゃ可哀そうに。まったく可哀そうなことをしたな、ヘレン」

しかしアーニイは昼食の席ではいたって上機嫌で、ヴィタミンや抗生物質を配合した鶏の餌のことや、一羽の雌鶏《めんどり》が一日平均一個と四分の一の卵を産む勘定になることなどを得々と話した。七月いっぱい電灯で調節して、鶏が〝昼間〟だと思う時間を人工的に長くしてあるのだという。

「鳥っていう動物はすべて春とともに活動的になる」アーニイは説明した。「つまり春が来ると思うと、卵をどんどん産むのさ。おれのとこのもいまが産卵のピークだ。十月には孵《かえ》ってちょうど一年になるから、全部売り払って新しい雛《ひな》に買いかえる」

ジョンは熱心に耳を傾けた。ここには一か月いる予定である。しっかり手助けをしたかった。

「餌をものすごく食べるんでしょう？　嘴《くちばし》がすり減ったみたいになってる鶏がやたら目についたけど」

アーニイは笑った。「嘴は矯正してあるんだよ。そうしないことには、金網ごしに互いにつつきあうからね。最初に飼ったのなんぞ、二羽が大騒ぎをやらかしてな、すさまじい同志討ちで、結局片方が殺された。だからいまじゃ嘴は矯正することにしている、指導書に書いてあるとおりに」

「それに一羽なんか仲間をさんざんつついて食い殺してしまったの。つまり共喰いってわけ」

ヘレンは不安そうに笑った。「聞いたことがあって、ジョン、鶏が共喰いするだなんて?」

「いや」

「うちの鶏は気が狂っているのよ」

気が狂っている、か。ジョンは口元をほころばせかけたが、笑いとばせなかった。ヘレンの言うとおりかもしれない。あの騒がしさはたしかに少し気狂いじみている。

「ヘレンはな、バタリー式養鶏法があんまり好きじゃないんだ」アーニイが弁解するようにジョンに言った。「昔のことばかり考えておって。だが昔のまんまじゃ、なかなかうまくはいかなかったのだから」

その日午後から、ジョンは叔父を手伝ってコンヴェヤー・ベルトを鶏舎の中に戻した。レヴァーやスイッチを使いわけて、機械をさまざまに作動させることも覚えはじめた。コンヴェヤー・ベルトがつぎつぎに卵を回収して、プラスチックの容器の中にそっとおろしていく。仕事が終わると五時に近かった。そうだ、スーザンに声をかけにいこう。従妹《いとこ》のスーザンは快活な少女で、母親そっくりの髪をしている。

ジョンが玄関のポーチを横切っていると、子供のすすり泣きが聞こえてきて、仔猫の一件を思いだした。ともかく会って慰めてやることにした。

スーザンは母親と二人で居間にいた——ここは表に面した部屋で、花柄のカーテンが揺れ、桜材の家具が置かれている。この前来たときにはなかった新しい調度も増え、テレビなども大きなサイズに変わっていた。ヘレンはソファの脇に両膝《りょうひざ》をつき、スーザンはそのソファに身を投げ出して、顔を片方の腕に埋めていた。

「こんにちは、スーザン」ジョンは呼びかけた。

「ほんとに可哀そうなことをしちゃったね、きみの仔猫は」

スーザンは涙に濡れた丸い顔をあげた。声にならないつぶやきが洩《も》れ、やがて泣きじゃくりながら言った。「ビーンシイは……」

ジョンは思わずスーザンを抱きしめた。「別な仔猫を探してきてあげる。約束するよ。たぶんあした早速。な?」言いながらヘレンの顔を見やった。

ヘレンもうなずいて、かすかに微笑を浮かべた。「そうよ、ジョンと二人で探してきてあげるわ」

翌日の午後、昼食のあとかたづけがすむとすぐ、ジョンとヘレンはステーション・ワゴンに乗って、八マイル離れたファーガスン家の農場へ出かけた。ファーガスン一家には雌猫《めすねこ》が二匹いて、しじゅう子供を産んでいる、とヘレンが言ったからである。幸いなことにちょうど片方が五匹――黒と白を一匹ずつとぶちを三匹――産んだところで、もう一匹も妊《みごも》っていた。

「白いのはどう?」ジョンが勧めた。ファーガスン家の人々はどれでも好きなのを選ぶように言ってくれたのである。

「ぶちにするわ。白いのはきれいすぎるし、そうかといって黒いのは――何だか不吉な感じがするから」

結局、黒と白のぶちで、足が白い雌の仔猫を選んだ。

「これじゃ、長靴をはいた《ブーツィー》猫って呼ばれているはずよね、この仔猫は」ヘレンは笑った。

ファーガスン夫婦はもうかなり齢のいった純朴な人々で、暖かくもてなしてくれた。ミセス・ファーガスンからはぜひいっしょに焼きたてのココナッツ・ケーキと自家製の生一本のワインを賞味してほしいと勧められた。貰《もら》うことにきめた仔猫は台所じゅう跳ねまわり、大きな食器戸棚の下から丸まった灰色のわたぼこりをひきずりだしてしきりにじゃれついていた。

「こいつは何て言ったって例のバタリー式とかいうやり方で飼ってるわけじゃないからね！」フランク・ファーガスンはワインをぐいと呷《あお》った。

「お宅の鶏を見せてもらえるかしら、フランク？」ヘレンはそうきくと、ふいにジョンの膝《ひざ》を叩いた。「フランクはね、そりゃすばらしい鶏を飼っているのよ、しかも百羽ほども！」

「なにがすばらしいもんかね」フランクはよく曲がらないこわばった足で立ちあがると、裏口の網戸を開けた。「場所はわかっているよね、ヘレン」

　ワインのせいで頭の中がかすかに鳴っているような快いほろ酔い気分に浸りながら、ジョンはヘレンといっしょに養鶏場へ向かった。ここではロードアイランド・レッドや大きな白色レグフォンに混じって雄鶏が鶏冠《とさか》を振りたてて悠然と闊歩《かっぽ》しているかと思えば、大人になりかけた斑点のある若鶏や背丈がやっと六インチほどの小さな雛《ひな》も群れている。地面には爪を立てて喰いちらかした西瓜《すいか》の皮やら穀物やすり餌《え》を入れたブリキのボールがところかまわず散らばり、鶏がほじくり返した穴もあちこちに見える。タイヤをはずした車の残骸がどうやらお気に入りの産卵場所らしい。三羽の雌鶏がフロント・シートの背もたれの上にうずくまったままなかば目を閉じていまにも卵を産みそうな気配だが、しかしせっかくの卵もこの分では後ろの床に落ちて壊れてしまうのは目に見えていた。

「こりゃまたすばらしく雑然としているんだね!」ジョンは大声で言って笑いだした。

ヘレンは金網に指をかけて、うっとりと見入っていた。「あたしが子供だったころの鶏とそっくり。うちの鶏だってこうだったのよ……」ヘレンはジョンに微笑みかけた。「ね……つい一年くらい前までは。さあ、中にはいりましょうよ!」

ジョンが見まわすと、入口といってもたわんだ金網を横木でとめただけのものだった。二人は中にはいって入口を閉めた。

雌鶏が数羽、あとじさりしてもの珍しげに二人をしげしげと見つめて、胡散《うさん》臭そうに低く鳴きたてた。

「ほんとにお馬鹿さんで可愛らしいのだから!」ヘレンは一羽がとびあがって桃の木の上にとまるのをじっと見やった。「ここの鶏はお日さまを拝めるのよ! とびあがることだってできるのよ!」

「それに虫を探すこともね!」ジョンも言った。

「まだ小さかったころ、あたし、おばあちゃんのうちの農場でいつも虫を掘りだしては鶏にやっていたの。鍬《くわ》で掘りだして。ときには糞《ふん》を踏んづけてみたりもしたわ——そうよ、わざと踏んづけるの――そうすると足の指のあいだにぐにゃっとくっつくのだけど、それが面白くてね。そのたんびにおばあちゃんが、家にはいる前に庭の給水栓の所で足を洗ってくれたものよ」ヘレンはにこやかに笑った。一羽がさしだした彼女の手をすりぬけて〝こっ、こっ〟と喉《のど》を鳴らした。「おばあちゃんの所の鶏はとってもおとなしくて、触っても平気だったわ。みんな身体がひき締まっていて、太陽のぬくもりで羽根がほかほかと暖かくて。ときどきあたし思うの、うちの鶏も鶏舎の中の檻《おり》を解いて、戸を開けて自由にしてやって、ほんの何分かだけでも草の上を歩かせてやりたいって」

「ね、ヘレン、この鶏を一羽買って家へつれていきたいんじゃないの？　ペット用に？　ひとつがいつれて帰ったらいいんじゃないのかな？」

「だめ、だめ」

「仔猫のほうはいくらだったの？　いくらか払ったんでしょう？」

「あら、もちろんただで貰《もら》っていくのよ」

スーザンは仔猫を腕に抱きとった。このぶんならビーンシイの悲しい出来事もじきに忘れてくれるだろう。それに対してヘレンは夕食のあいだじゅう、いつもの明かるさがすっかり影を潜めていて、ジョンはがっかりした。たぶんアーニイが損得勘定のことばかり――実際には損失ではなくて出費というわけだが――くどくどと喋《しゃべ》っているせいなのだろう。アーニイは取り憑《つ》かれたようになっているのだとジョンは気づいた。それだからこそヘレンがうんざりしているのだ。機械がなにもかもこなすとはいうものの、アーニイも身を粉《こ》にして働いていた。口元に刻まれている何本もの皺《しわ》もけっして笑い皺ではない。腹も中年ぶとりでせりだしはじめている。ヘレンの話では、去年、七年も使っていた重宝な働き手のサムにも暇を出してしまったのだという。

「あのな」アーニイがジョンの注意を促した。「こんなアイディアはどうかね？　学校を終えたら、おまえもバタリー式の養鶏場をはじめて、人を一人雇ってやらせるのさ。おまえ自身はシカゴでもワシントンでも好きな所で別の仕事に就けばいい。そうすりゃ、一生安定した副収入が得られる」

ジョンは黙っていた。バタリー式の養鶏場を持つことなど想像のほかだった。

「どの銀行だって融資してくれるぞ――もちろんクライヴの口添えがあればの話だが」

クライヴというのはジョンの父親のことである。

ヘレンは皿に目を落としたまま無言だった。きっとなにかほかのことを考えているのだろう。

「ぼくが考えている生き方とはあんまりぴったりしないと思うけどな」ジョンは思いきってやっと答えた。「そりゃ、儲かることはわかるけれど」

夕食がすむと、アーニイは居間にこもって彼のいわゆる計算をはじめた。毎晩のようにこうしてなにやら計算をするのである。ジョンはヘレンを手伝って、食後のあとかたづけにとりかかった。ヘレンはモーツァルトのシンフォニーのレコードをかけた。流れる音楽はすばらしかったが、それよりもジョンはヘレンと話がしたかった。だが、いったいなにを話したいというのか？　ぼくにはよくわかる、あなたのうんざりしている気持ちが。豚には台所の残飯を与え、天然のままの本物の鶏には穀物をまいてやるほうがいいのにと思っているのでしょう、昔どおりのやり方で――流しの前で身をかがめているヘレンにそっと腕をまわして顔をこちらに向けさせて、キスをしたい思いがこみあげてきた。そんなことをしたら、ヘレンは何と思うだろうか？

その晩、ジョンはベッドに横になると、アーニイに言われたとおり、渡されたバタリー式養鶏農場についての小冊子を読んだ。

……鶏は小型に改良されているので、餌《えさ》が少量ですみ、体重も三ポンド以上になることは滅多にない……若鶏は一定の照明時間のもとに管理して、昼間の時間が六時間であるように錯覚させる。工場式養鶏家の狙いは、照明時間を毎週延長することにより、当初六時間だった昼の時間を逐次長くしていくことにある。こうして人為的につくりだした春の状態は雌鶏の生存期間である十か月間ずっと維持する……通常の意味における産卵の低下は起こらないが、終末に近づくにつれて、それほど多くの産卵は期待できなくなる……（はて、とジョンは首を傾《かし》げた。〝それほど多くの云々《うんぬん》〟というのは要するに〝減少する〟ということではないのだろうか？）孵《ふ》化《か》後十か月で雌鶏は一ポンドあたり三十セント程度の価格で売り渡す。ただし価格は市場の値動きに左右される……

またつぎのような記載もあった。
ペンシルヴァニア州プーンズ・クロス在住のリチャード・K・シュルツの手記。〃農場を近代化してマスキーゴ・ライアン電動装置を使ったバタリー式養鶏農場に変えたことに、家内ともども大いに満足している。一年半にして利益は四倍になり、将来はさらに大きな利益が見こまれている……〃
ケンタッキー州ファーナム在住のヘンリー・ヴリースの手記もあった。〃かつてはわたしの農場も収支とんとんだった。ご多分に洩れず鶏やら豚やら牛やらいろいろと飼育していた。友人たちからは汗水たらして忙しく働いてもいっこうに運が向いてこないのをいつも笑われていた。そこでわたしも……〃
ジョンは夢を見た。スーパーマンのようにアーニイの鶏舎の中をとびまわっているところで、電灯が燃えたつばかりにぎらぎらと眩《まぶ》しい。押しこめられている夥《おびただ》しい鶏がいっせいに彼を見あげている。と、その目は銀色の閃光《せんこう》を放ったかと思うと、たちまち電灯に射抜かれて視力を失う。あたりは鶏たちの騒ぎで騒然としている。逃げだそうとするのに、もはや目が見えないのだ。遮二《しゃに》無《む》二《に》とびたとうと羽ばたくために、鶏舎全体がいまにも浮きあがりそうに揺れ動く。ジョンは無我夢中でとびまわり、一つ一つの檻を開け、ドアを開け、なにもかも開け放とうとレバーを探すが、どうしても見つからない。ここではっと目がさめた。気がつくと何のことはない、ちゃんとベッドの中にいるではないか。片肘《かたひじ》をついて身を起こした。額といわず胸といわず、冷たい汗に濡れている。窓からは月の光が皓々《こうこう》と射しこんでいる。夜のしじまを破って、何百羽もの鶏が間断なくたてるけたたましい騒ぎが聞こえてきた。鶏舎には完全に防音装置を施してあるとアーニイが言っていたのにこのかしましさだ。鶏たちにとってはいまも〝昼間〟というわけなのだろう。アーニイの話ではあと僅か三か月の生命だという。

ジョンは鶏舎の機械装置にも人工的に進むようにセットされている時間にも次第に馴《な》れたが、しかしあの夢を見てからというもの、ここに着いた日のように鶏にまともに目を向けることができなくなった。できればもっぱら目をそむけたまま仕事をした。あるとき、アーニイの指図で、死んだ一羽を取り除いた。檻の金網で傷ついて血が滲《にじ》んでいるその鶏の胸はひどく膨らんでいた。餌《えさ》を食べすぎて死んだものと見えた。

スーザンは仔猫をおよだちゃん《ビブシィ》と名づけた。胸の毛がよだれかけを掛けているように卵型に白かったからである。

「前のがお豆ちゃん《ビーンシィ》で今度はビブシイだなんて」ヘレンがジョンに言った。「これじゃあなたに思われてしまうじゃない、スーザンって食物に関係あることばかり考えているって!」

ある土曜日の朝、ヘレンとジョンは車で町へ出かけた。その日は日が射すかと思えば雨が落ちてくる変わりやすい天気で、降ってくると二人は相合傘で寄り添って歩いた。肉にじゃが芋、洗剤、台所の棚を塗る白いペンキを買いこんだあと、ヘレンはピンクと白の縞《しま》のブラウスを自分のために買った。ジョンはペット・ショップでスーザンへのお土産に、ビブシイを寝かせるバスケットと枕を買い求めた。

家に帰り着くと、ダーク・グレイの大きな車が玄関の前にとまっていた。

「あら、あれはうちのかかりつけの先生の車だわ！」ヘレンが言った。

「ついでにちょっと立ち寄ってみたのかな？」ジョンは言ったが、すぐにそんな馬鹿なことはないと思った。さてはアーニイになにごとかあったのにちがいない。ちょうど午前中に飼料用の穀物が配達される日に当たっていて、アーニイは届けられると必ず鶏舎の上の方まで登って、万事滞《とどこお》りないか確かめるのだ。

もう一台、ダーク・グリーンの車も見えた。ヘレンにも見覚えのない車で、鶏舎の脇にとまっている。ヘレンとジョンは家の中にはいった。

事故に遭ったのはスーザンだった。居間の床に格子縞《こうしじま》の毛布をかけて寝かされていた。片足だけサンダルをはいたままの黄色いソックスが房飾りのついた毛布のへりからのぞいている。そばにはドクター・ゲラーとヘレンの知らない男がいた。アーニイは娘のかたわらに棒立ちになったまま、茫然としていた。

ドクター・ゲラーがつとヘレンの前に進んで言った。「気の毒に、ヘレン、スーザンは救急車も間にあわなかった。いま検屍官を呼びにやったところだ」

「いったい何があったんです？」言いながらスーザンに手をさしのべようとするヘレンを、ジョンは本能的に抱きとめた。

「おれも間にあわない有様でな」アーニイが言った。「仔猫を追いかけて、コンテナーの下にとび込んできたんだ。ちょうど下におろしている最中に」

「ええ、それでコンテナーが頭に当たってしまって」カーキ色の作業衣姿のがっちりした配達係の男が先を続けた。「お嬢ちゃんはコンテナーの下を駈けぬけようとしたんだって、アーニイは言うんですが。ほんとに何と言ったらいいのか、まったくお気の毒なことで、ミセス・ハンショウ」

ヘレンは喘《あえ》いで、顔を覆った。

「鎮静剤を打っといたほうがいい、ヘレン」

ドクター・ゲラーはそう言うと、ヘレンの腕に注射針を射した。

ヘレンは言葉も失っていた。僅かに口を開けて、目の前をじっと見据えているばかりだった。

また一台、車が来て、遺体を担架で運びだした。検屍官もいっしょに立ち去った。

アーニイは震える手でめいめいにウィスキーを注いだ。

ビブシイは部屋じゅう跳ねまわって、カーペットを染めている赤いしみのにおいをかいだ。

ジョンは台所からスポンジを取ってきた。みんなが台所にいるあいだに、しみを拭きとってしまおう。台所にひき返して深鍋に水を入れて持ってくると、夥《おびただ》しい血のしみを力まかせにこすった。頭ががんがんとして、足元までふらつく。台所でウィスキーを一気に呷《あお》った。たちまち耳まで熱くなった。

「アーニイ、それじゃ、わたしはこれで」配達係の男が改まった口調で言った。「連絡をお待ちしてますよ」

ヘレンは夫婦の寝室にあがったまま、夕食の時刻になってもおりてこなかった。自分の部屋にいるジョンの耳に、床がかすかにきしむのが聞こえた。ヘレンはきっと部屋の中を行きつ戻りつ歩きまわっているのだろう。はいっていって言葉をかけてやりたい思いに駆られたが、うまい言葉が言えるかどうか覚束《おぼつか》なかった。アーニイがそばについていてやればいいのに、とジョンは思った。

重苦しく押し黙ったままアーニイと二人でスクランブル・エッグをつくると、ジョンはヘレンに、階下におりてくるかそれともなにか部屋まで運んでほしいかききにいった。ドアをノックした。

「どうぞ」ヘレンの声が聞こえた。

ジョンはヘレンの声が好きだ。子供を亡くしても声は少しも変わっていないのがなぜか不思議に思えた。ヘレンは外出したときの身なりのまま着替えもせずにダブルベッドに横たわって、煙草をふかしていた。

「せっかくだけど、なにも食べたくないの。でもウィスキーがほしいわ」

ジョンは階下に駈けおりた。ヘレンがほしいというのなら早く届けてやりたい。氷とグラスを添えてウィスキーの壜《びん》を盆にのせると、とって返した。

「眠ってしまいたいんでしょう?」

「ええ」

部屋には明かりもついていなかった。ジョンはヘレンの頬にそっとキスをした。すると一瞬ジョンの首に腕がまわされて、ヘレンもジョンの頬に唇を押しあてた。やがてすぐにジョンは部屋をあとにした。

階下でスクランブル・エッグをつついたが、砂を嚙むようで、ミルクで流しこんでも、ろくろく喉《のど》を通らなかった。

「ああ、何て日だ！」アーニイがつぶやいた。「まったくもう」もっとなにか言おうと言葉を探している様子をありありとのぞかせて、ジョンの顔をじっと見つめた。気を遣っているのか、努めて親しみを示そうとしているようだった。

ジョンはヘレンと同じように黙って皿の上に目を落としていた。そのうちついにじっと黙りこくっているのがやりきれなくなって、皿を持ったまま立ちあがると、アーニイの肩をぎごちなく叩いた。「ほんとに残念なことになってしまって、アーニイ」

二人はウィスキーをもう一本空けた。居間の戸棚に二本だけ残っていたのである。

「こんなことになるとわかっていたら、糞忌々《くそいまいま》しい養鶏場なんぞ、絶対にはじめやしなかったのに。な、そうだろうが。家族のために稼ぎをあげたいと思えばこそ、はじめたんだ――来る年も来る年も、食べていくのが精いっぱいなんてのじゃなしに」

気がつくと、仔猫は居間の床に置き放された新しいバスケットを目敏《めざと》く見つけて、中にもぐりこんで眠っていた。「ね、アーニイ、ヘレンといろいろ話があるでしょう。仕事はぼくがいつもの時間に起きて、かたづけておくから」いつもの時間というのは、朝の七時のことである。

「そうか。おれも今夜ばかりは頭がぼうっとしているからな。すまないね、ジョン」

ジョンもベッドにはいったが、一時間近くも寝つけなかった。アーニイが静かにホールをぬけて寝室にはいるのが聞こえたが、その後はひっそりと静まり返って囁《ささや》き声ひとつしない。アーニイは父のクライヴとはあまり性格が似ていないものとみえる。親父なら、きっとしばらくは声をあげて男泣きに泣いて、罰当たりなことまで喚《わめ》きちらすだろう。そうやって心の整理をつけて、あとはもっぱら妻を慰めてやるにちがいない。

高く低く響く耳障りな音に、ジョンは目をさました。言わずと知れた鶏たちの騒ぎだ。それにしてもいまごろなにごとだろう？　これまでにない異様な騒がしさではないか。表に面した窓から外を覗《のぞ》いてみた。夜明け前の薄闇の中で、鶏舎の正面の両開きのドアが開いているのが見えた。中から明かりが射して、草をまばゆく照らしだしている。ジョンはテニス・シューズをつっかけるや、紐《ひも》も結ばずにホールに急いだ。

「アーニイ！——ヘレン！」ぴったりと閉まっている二人の寝室のドアの前で大声で呼びかけた。

その足で外へ駈けだした。いまや鶏が押し寄せる白波のように、鶏舎の正面の幅広いドアからつぎからつぎにとくりだしていた。いったいなにごとが起こったのだろう？「こら、中に戻れ！」ジョンは腕を振りまわして威嚇《いかく》しながら、鶏の群れに向かって怒鳴りたてた。

小型の雌鶏《めんどり》どもは目が見えないのか、さもなければ自分たちのやかましい鳴き声でジョンの声など耳にはいらないのだろう。なおも続々と鶏舎から溢れだしてくる。仲間の頭上へばたばたと羽ばたいて、あたりを白々と覆いつくす群れの中に再びもぐりこむ鶏もいる。

ジョンはメガホンがわりに両手を口にあてがった。「アーニイ！　ドアが！」鶏舎の中に向かって叫びつづけた。アーニイは中にいるにちがいないのだ。

雌鶏の大群の中にとびこんで、改めて懸命に押し戻そうとした。だが所詮、手におえるはずもなかった。歩き馴れていない鶏どもは酔っ払いそっくりの千鳥足で、よろめいては互いにぶつかったり、前にのめったり、尻餅《しりもち》をついたりしながら、とめどなく押し寄せてくる。歩いている仲間の背中の上にまで何羽となくうずくまっている。みんな寄ってたかってジョンの足首に嘴《くちばし》をつきたてた。ジョンは群がる鶏を蹴ちらしてもう一度正面の入口にひき返そうとしたが、足首といわず下肢といわず矯《た》められた嘴でつっつかれる痛さにたまりかねて、足をとめた。何羽かがとびあがって襲いかかろうとしたが、羽根の力が足りなかった。こいつらは気が狂っている――ジョンははっと思いだした。急に冷水を浴びせられたように背筋が凍りついて、鶏舎の横の鶏がまばらなあたり目がけて駈けだし、さらに裏口に向かって走った。裏のドアの開け方は知っていた。数字を合わせて開ける錠がかかっているのである。

ヘレンがバスローブ姿で鶏舎の隅に立っていた。中にはいるやいなや、まず第一にヘレンが目にとびこんできた。裏のドアが閉まった。

「いったいなにが起こったんだ？」ジョンは大声をあげた。

「あたしが檻《おり》を開けたの」

「開けたって――なぜ？――アーニイはどこ？」

「あの人なら、中にいるわ」ヘレンは奇妙に落ち着き払っていて、夢うつつのまま立って話しているかのようであった。

「じゃ、アーニイはなにをしているの？　何だって鶏舎を閉めきってしまわないのさ？」ジョンはヘレンの両肩を揺すって、正気づかせようとしたが、思い直して手を離すや、裏のドアに駈け戻った。

「また鍵をかけてしまったわよ」ヘレンの声がした。

ジョンは大急ぎで鍵を開けようとしたが、数字が目に入らなかった。

「開けないで！　鶏がこっちに来てもいいっていうの？」ヘレンはにわかに敏捷な動きを見せて、ジョンの手を錠前から引き離した。

ここに到ってジョンは悟った。アーニイはこの鶏舎の中で殺されかけているのだ。鶏につつきまわされて死にかけているのだ。しかもヘレンがそう企んだのだ。アーニイが悲鳴をあげているにしても、ジョンの耳に届くはずもなかった。

ヘレンの顔に微笑が浮かんだ。「そうよ、あの人はここにいるわ。きっと鶏たちが殺してしまうでしょうね」

喧騒に紛れてよくは聞きとれなかったが、唇の動きでそれとわかった。ジョンの胸は早鐘を打ちはじめた。

と、ふいにヘレンががっくりと膝《ひざ》を折って頽《くずお》れかかった。ジョンは支えてやりながら、アーニイを救けることはもはやできないのだと直感した。もはや悲鳴もあげていないにちがいないのだと思った。

やがてヘレンは身を起こした。「あたしといっしょに来て。ね、いっしょに鶏を見物しましょうよ」ジョンの袖《そで》を引く手は弱々しかったが、有無を言わせぬ顔で壁づたいに正面のドアに誘った。

足どりはおそく、入口までふだんの四倍も距離があるような気がした。ジョンはヘレンの腕を摑《つか》んだ。「アーニイはたしかにここにいるんだね？」ききながらも、夢でも見ているような、いまにも意識が薄れていくような気がした。

「そうよ」ヘレンは半ば目を閉じたまま、またしてもジョンに微笑みかけた。「あたしがおりてきて、裏口のドアを開けたの――そうしておいて二階に戻って、アーニイを起こして言ったのよ、〝アーニイ、鶏舎の様子がおかしいわ。行ってみたほうがいいわよ〟って。あの人はおりていって裏口から入ったわ――それを見届けて、あたし、レバーを使って檻を開けたの。それから――レバーを引いて正面のドアも。あの人は――鶏舎のまんなかにいたわ。あたしが床に火をつけておいたから」

「火を？」ジョンははじめて白い煙が正面のドアのあたりに立ちのぼっているのに気づいた。

「ここには燃えるものなんてたいしてありゃしないわ――飼料用の穀物があるだけで」ヘレンは続けた。「鶏の餌《えさ》なら外にはいくらでもころがっているし、そうでしょう？」ヘレンの笑い声が響いた。

ジョンはヘレンをひきずるようにして足を早めて正面のドアに向かった。どうやらひどい煙ではない。いまや鶏は芝生を埋め尽くしているばかりか、白い柵を越えて道路にまで溢れだして、互いにつっつきあってはあるいは鳴き交わし、あるいは悲鳴をあげている。あてどなくさまようのろまな軍勢さながらで、あたり一面、雪が降り敷いたように見えた。

「大変だ、こいつら、母屋のほうへ向かっているぞ！」ジョンは言いながら、ヘレンの足首に襲いかかる何羽かを蹴散らした。

二人は二階のジョンの部屋にはいった。ヘレンは表に面した窓の前にうずくまって、じっと外を見つめた。朝日が左側から昇って、金属製の鶏舎の屋根を茜色《あかねいろ》に染めている。薄い煙が正面のドアの横木から、渦を巻いて立ちのぼっていく。鶏はためらうように戸口でぼんやり立ちどまってはあとから押し寄せてくる仲間に突きとばされている。まばゆいばかりの朝日には戸惑う様子もなく——鶏舎の電灯の方が明かるいせいで——むしろ周囲も頭上も広々と開けていることに呆気《あっけ》にとられているらしい。鶏が首をのばしてただじっと空を振り仰いでいる光景など、ジョンはついぞ見たこともなかった。ヘレンのそばに膝《ひざ》をついて、彼女の腰に腕をまわした。

「みんな行ってしまう——逃げていってしまうよ」ジョンは奇妙な放心状態に陥っていた。

「いいから逃がしてやりましょう」

火が母屋までひろがるおそれはない。風もなく、鶏舎は優に三十ヤードは離れている。ジョンは我ながら常軌を逸しているのがわかった。ヘレンと同じと言ったらいいのか、それとも鶏と同じと言うべきなのだろうか。それでいて一方では、延焼するはずはないなどとまともな判断を下していることにぎくりとした。

「これでみんなおしまい」正確には最後の一団ではないが、もはや残り少なくなったはずの群れが鶏舎からよろよろと出てくるとヘレンはつぶやいて、つとジョンのパジャマの上衣の胸をつかんでひき寄せた。

ジョンは優しくキスをして、やがてしっかりと唇を重ねた。これまでガールフレンドと交わしたこともないような激しいキスだったが、不思議なことにそれ以上の欲望は湧かなかった。生きていることをひたすら確かめあうキスといえた。互いに向きあってひざまずき、ひしと抱きあった。鶏も奇怪な声を張りあげるのをやめて、ただ興奮して戸惑っているだけの鳴き方に変わった。オーケストラの演奏と同じで、メンバーの一部は手を休め、一部は再び楽器を奏《かな》でて、たえず悠然と和音が響きわたっているのに似ている。どのくらいこうしてしっかりと抱きあってひざまずいていただろうか。膝頭《ひざがしら》の痛さに促されてジョンはようやく立ちあがると、手を貸してヘレンも立たせた。窓の外に目をやったジョンが言った。

「きっともう全部外へ出てしまったよ。それに火もひろがっていない。ぼくたちやっぱり――」

しかしアーニイを探さなければならないという義務感は彼方に押しやられ、心の負担はまったく感じなかった。夜中だったのか明け方だったのか、いずれにせよ降って湧いたようなこの椿《ちん》事《じ》も、ヘレンのキスも、夢の中の出来事のような気がした。スーパーマンのように鶏舎の中をとびまわっていたいつかの晩の夢と同じように。いま握っているのも、ほんとうにヘレンの手なのだろうか？

またしてもヘレンががっくりと膝をついた。カーペットの上に坐りこみたそうな素振りに、そのままあとに残して、ジョンはパジャマのズボンの上からブルー・ジーンズをはいた。階下におりて、慎重に気を配りながら正面のドアから鶏舎にはいった。中は煙がたちこめて霞んでいる。しかし身をかがめると、少なくとも五十羽は越す鶏が、床に倒れているアーニイと覚《おぼ》しきものをついばんでいた。煙に巻かれた鶏の死骸も床にころがり、白い煙がふわふわと漂っているように見える。その死骸にも生き残った仲間が嘴を突きたてて眼を刳《えぐ》っている。ジョンはアーニイに近寄った。勇気を奮いおこしてやってきたつもりだったが、改めて目のあたりにすると、覚悟も挫《くじ》けた。血にまみれた骨だけになって横たわっている身体にパジャマの切れ端がいくつかへばりついている。ジョンは凄まじい勢いで再び外へとびだした。思わず息を呑《の》んだ拍子に、煙に巻かれそうになったのである。

ジョンの部屋では、ヘレンが鼻歌まじりに窓の敷居を叩きながら、芝生の上に相変わらず群がっている鶏をじっと眺めていた。雌鶏《めんどり》たちはしきりに芝をかきわけて地面をひっ掻いている。よろめいたり横倒しに倒れる鶏もいるが、たいがいは尻餅《しりもち》をつく。つね日ごろ、前に倒れまいとして、すり足ばかりしているせいだった。

「ほら、見て！」ヘレンの目には笑いころげて涙がたまっていた。「草ってどんなものかも知らないのよ！　でもやっぱり草が好きなのね！」

ジョンは咳払いをして切りだした。「ね、何て説明するつもりなの？——ぼくたち、何て言えばいいの？」

「ああ——そうね」そうきかれてもヘレンはいささかも動じる様子もなかった。「そう——アーニイは物音を聞きつけておりて行ったの——あの人、ほら、素面《しらふ》ってわけじゃなかったでしょう。それで——たぶんレバーを引き間違えてしまったのよ——そうじゃなくて？」

（榊優子訳）

ゴキブリ紳士の手記

Notes from a Respectable Cockroach

わたしは引越しをした。

以前にはワシントン・スクェアの角にあるホテル・デュークに住んでいた。わたしの一族は何代にもわたって、つまり少なくとも二、三百世代にわたってそこに住みついていた。だが、もはやわたしはごめんこうむる。あそこはすっかり駄目になった。曽々々祖母——お好きなだけ遡《さかのぼ》っていただいてけっこうだが、ともかくわたしが話したとき彼女はまだ生きていた——は人々が革のにおいのするスーツケースを携えて、馬に引かせた車で到着した古き良き昔を語った。人々はベッドで朝食を取り、カーペットに少しばかりのパン屑《くず》をこぼした。むろん、意図あってしたことではなく、わたしたちも場所柄をわきまえていて、バスルームの隅とか階下のキッチンを居場所にしていた。いまでは比較的安全にカーペットの上を好き勝手に歩きまわれるようになったが、それというのもホテルの客は石も同然の目しかもたず、わたしたちが見えないか、たとえ見えたとしても踏みつける元気もない——さもなければ、ただ笑うだけだ。

歩道の端までのびたホテル・デュークの緑色の日除けは、いまではぼろぼろで穴だらけなので雨除けの役にはたたなくなっている。四段のコンクリートのステップをのぼると、マリワナやすえたウイスキーのにおいがこもり、照明も不充分な薄汚いロビーがある。つまるところ、いまでは客もほかにどんな客が滞在しているかなど知りたいと思う必要がなくなったのだ。人々はそれぞれロビーをふらつき、そうすれば顔見知りにぶつかることもあるわけだが、あげく、不愉快な言葉のやりとりになることが多かった。ロビーの左手はいちだんと暗くなっていて、ドクター・トゥマッチズ・ダンスフロアーと呼ばれていた。入場料は二ドルで、ロビーと仕切るドアの所で払うのだ。音楽はジュークボックス。お客は反吐《へど》ボックス。いや、ほんとの話だ！

ホテルは六階で、わたしはいつもエレベーター、つまり近ごろではイギリス人のまねをしてリフトというあれに乗ることにしていた。床とリフトのあいだの僅か半インチの隙間《すきま》をとびこえて、機械の操作をしている運転係のわきの隅っこに危険もなく走りこめるというのに、あの陰気なコンクリートの通気管をよじのぼったり、階段から階段へと這《は》いのぼったりしなければならない理由があろうか？　どの階でも、わたしはにおいでわかる。五階、ここではピストル騒ぎがあって、リフトの前に血やはらわたがたっぷりとび散ったおかげで、この一年以上は消毒薬のにおいがする。二階はすりきれてはいてもカーペット敷きなので、ほこりっぽいにおいに、かすかな尿のにおいが混じる。三階はザワークラウト（ここの床はタイルで、だれかがザワークラウトの罎《びん》を床に落としたにちがいない）のにおいが鼻をつく、というような具合だ。たとえば三階でおりたいのにエレベーターは停まらないとき、わたしはつぎに動きだすまでじっと待っているわけで、そうやっていれば、いずれは三階に行ける。

一九七〇年、国勢調査の紙がまわってきたときに、わたしはホテル・デュークにいた。これには笑った。だれもかれもが用紙をもらって、だれもかれもが笑っていた。ここにいる人々のほとんどには、たぶんはじめから家庭などありはしないだろうに、国勢調査はたずねるのだ。「あなたの家には部屋がいくつありますか?」「手洗いはいくつありますか?」「子供は何人ですか?」などと。それにまた、あなたの妻は何歳ですか? などと。英語、いや、あたりで聞こえる何語であろうと、ゴキブリにはわからないと人々は考えている。人々は、ゴキブリにわかるのは不意についた明かり、つまりそれは「逃げろ!」という意味だが、そのくらいのものだと考えている。だが、わたしたちほど長年にわたって、ということは、つまりメイフラワー号の到着よりはるか以前から、広く世間を這《は》いまわっていれば、あたりのおしゃべりくらいは察しがつく。そんなわけで、デュークのろくでなしどもが書き入れようともしなかった国勢調査の用紙に書いてあることなら、だいたい理解できたのだ。その用紙に自分が書きこむことを想像すると愉快だった——べつにおかしくはなかろう? このホテルにいる人間のだれよりも、わたしのほうこそ先祖代々住みついている住民なのだ。わたしは(変身したフランツ・カフカではなく)ゴキブリであり、妻の年齢は知らない。いや、それを言うなら、何人の妻がいるかも知らない。先週は七人いたが、しかし、あれから何人が踏みつぶされただろう? 子供について言うならば、二本足のお隣さんの自慢話じゃないが、とても数えきれるものではなく、数えろと国勢調査が求めるのなら数えないでもないが(多けりゃ多いほど楽しかろう)、どだい無理な話だ。つい先週、三階(ザワークラウトの階)の妻二人から産まれようとしていた卵のことを思いだす。ああ、あのときはわたしも急いでいた——口にだすのも恥ずかしいが——食べもののにおいをかぎつけて、およそ百ヤード先と見当をつけたわたしは、それにありつきたかったのだ。チーズ風味のポテト・チップだ、とわたしは思った。妻たちにあんなにもあわただしく「こんにちは」と「さよなら」を言いたくはなかったのだが、わたしの必要はたぶん妻たちの必要と同じくらいさしせまっていたし、それにわたしが体力を保持できないとしたら、妻たちは、いや、われわれの種族は、いったいどうなるだろう？　一瞬ののち、わたしは三階妻の一人がカウボーイ・ブーツ（ここのヒッピーはブルックリン生まれだろうと西部ファッションにかぶれている）の下にはさまれるのを見たが、少なくとも彼女はそのとき卵を産んでいたのではなく、わたしと同じように急いでいたのだが、しかし、それは反対方向だった。ごきげんよう、さらば！　それにしても、ああ、彼女がわたしを見もしなかったことはたしかだ。出産をひかえたあの二人の妻と再び会うことはあるまいが、子供たちの幾人かとは、たぶんわたしがホテル・デュークを去る前に会ったことだろう。そんなことがだれにわかろう？

このホテルの人々を見ていると、自分がゴキブリでよかったと思う。少なくともわたしのほうが健康だし、それに、いささかなりともゴミをかたづけている。それが肝心なところだ。昔はパン屑《くず》とか、ときおりは客室で開かれるシャンペン・パーティで出されたカナッペの残りというような形でゴミが出たものだ。ところがいまではホテル・デュークのお客はものを食べない。彼らは麻薬をやり、酒を飲む。古き良き時代のことは曽々々々々父母から聞かされただけである。だが、わたしはその話を信じている。たとえば、ドアの外に出された靴にとびこめば、靴は朝八時に召使いによって運ばれる朝食の盆とともに部屋に持ちこまれ、クロワッサンのかけらで朝食をしたためるなりゆきになる。だがもう靴磨きの時代も過ぎてしまった。それというのも、近ごろでは部屋の外に靴を出しておこうものなら、ただ磨かれないだけでなく盗まれるからだ。いまではバックスキンの房をたらした長髪の怪物やスケスケ姿の連れの女の子がたまには風呂をつかって、バスタブに水の二、三滴も残してくれれば水が飲めるので、せめてそれをありがたいとしなければならない。水をのむにも便器からでは危険だし、わたしもこの齢になってそんなまねをするつもりはない。

それはそうとして、新しく見つけた幸運のことをぜひ話したい。先週小汚い部屋いっぱいの阿呆どもが、なにかのゲームのつもりで床の上の食べものをじかに舐《な》めて――まさに舐めて――いたのだが、歩みもおぼつかない足の下で、もう一人の若い妻がつぶされるのを目のあたりにした(いま考えても尋常な足どりなら危険はないところに彼女はいた)、わたしは、もうほとほといや気がさした。裸の若い男女はいったい何のつもりか、手のないふりをし、犬のまねをしてサンドイッチを食べようとするので、食べものは床いっぱいに散らばり、サラミやピクルスやマヨネーズにまみれて、いっしょになってころげまわるのだ。このときは食べものはたっぷりあったわけだが、ころげまわる体を縫《ぬ》って走るのは危険だった。足よりもさらに危険だ。それでも、サンドイッチを見ること自体が例外的な出来事なのだ。ホテル・デュークにはもうレストランはないし、客室の半分は「アパート」、つまり冷蔵庫と小さなコンロのある部屋になっていた。しかし、食べものらしいものといえばおもにウォトカのブラディ・メアリー用の罐入りトマトジュースだった。卵ひとつ焼く者もいなかった。ひとつにはホテルがフライパンやスチュー鍋《なべ》、罐切りはおろかナイフ一本、フォーク一本置かないせいだが、それというのも盗まれるからだ。また、そういう魔法使いどもはだれ一人出かけていって、スープをあためる鍋などというものを買ったりはしない。だから連中の言葉を借りれば、実入りも少ないのだ。だが、それがこのホテルの「サーヴィス」部門の最悪の部分というわけではない。ほとんどの窓はきっちり閉まらないし、ベッドは一見でこぼこのハンモックといったところ、まっすぐな椅子はいまにも解体しそうで、どうやら一室に一脚あてらしい、いうところの肘掛椅子《ひじかけいす》はスプリングがはじけて身体のやわらかいところを怪我《けが》しかねない。洗面流しはしじゅうつまるし、トイレットも水が出ないか、それとも狂ったように流れっぱなしか、どちらかだ。そして、泥棒！　わたしも二、三目撃した。メイドが合鍵をわたすとなに者かが部屋にはいり、スーツケースの中味を腕にかかえこんだり、ポケットの中、さもなければ汚れた洗濯物に見せかけた枕カバーに入れて逃げる。

それはともかく、一週間ほど前、たまたま空室になっていたデュークの部屋で食べもののかけらや少しばかりの水を探しまわっていると、黒人のベルボーイが革のにおいのするスーツケースを持ってはいってきた。続いてアフターシェイヴ・ローション、それにむろんタバコ、つまり、まっとうなにおいのする紳士がはいった。彼はスーツケースを開けて紙を何枚か取りだすと、ライティング・テーブルの上に置き、それからお湯を出そうとして、なにか独り言をつぶやき、水が流れっぱなしのトイレットをとんとん叩いた。シャワーをためしてみればバスルームいっぱいに水がとびちる始末に、とうとう彼はフロントに電話した。言っていることのおよそは理解できた。要するに、一日あたりの部屋代から見て、これこれが不満足なので、部屋をかえてもらえますか？　というわけだ。

隅にひそんでいたわたしは喉《のど》が渇き、腹をへらしながらも興味津々《しんしん》だったが、といってカーペットの上に姿を現わそうものなら、この同じ紳士に踏みつぶされるだろうことは承知していた。姿を見られればわたしも苦情リストの中にはいることもよく知っていた。古いフランス窓が風にあおられて開き（風の強い日だった）紙が部屋の四隅に散った。窓はまっすぐな椅子の背を立てかけて閉めるほかなく、それから彼はののしりながら紙をひろいあつめ、悪態をついた。

「ワシントン・スクェアか！　ヘンリー・ジェイムズが墓の中で寝返りするだろうぜ！」

彼が蚊《か》でもぴしゃりとやるように自分の額をたたきながら、この言葉を吐いたことを思いだす。

栗色のよれよれの制服を着た、酔っ払いのベルボーイがやってきて窓をいじっていたが無駄だった。冷たい風が吹きこんで窓はすごい音をたてており、タバコの箱まで動員して抑えるほかなく、さもなければテーブルもなにも吹きとばされていただろう。つぎにベルボーイはシャワーにかかったが、じっとにらんでいるだけで自分がずぶぬれになったあげく、おもむろに「技術者」を呼ぶ、と言った。このホテル・デュークで技術者とは彼一流のジョークで、わたしとしては話題にしたくない。その日技術者は現われず、ベルボーイの悪印象が駄目押しになったのだろうと思うが、紳士は電話を取りあげて言った。

「できれば、だれか素面《しらふ》の者をよこして、スーツケースを運ばせてもらえないかね？……いや、金はとっといてくれたまえ、チェックアウトするから。それから、すまないがタクシーを呼んでほしい」

わたしが決心したのはそのときだ。紳士は荷物をまとめており、わたしはすべての妻たち、兄弟姉妹、子供、孫、曽孫に心の中で別れをつげて、革の匂う美しいスーツケースに乗りこんだ。そして、蓋《ふた》のポケットに這《は》いこみ、ひげそり石鹸やアフターシェイヴ・ローションのにおいが馨《かぐわ》しいプラスチックの袋のひだの中におさまった。ここなら蓋が閉まってもつぶされないですむ。

三十分後、わたしは厚いカーペットが敷かれ、だが、ほこりっぽいにおいはない、前より暖かい部屋にいた。紳士は毎朝七時半にベッドの中で朝食を取る。わたしは廊下にいて、ドアの外の床に置かれた盆の大ご馳走――かき卵の残りもあれば、さらにロールパンについたママレードやバターまでたっぷりある――にありつける。だが、きのうはホールで白い上衣をつけたボーイが両方の足でわたしを踏みつけようとやっきになり、そのたびに失敗しながら三十ヤードも追いかけてきて、あぶなく命を落とすところだった。わたしはまだまだすばしこいし、ホテル・デュークでの生活が多くのことを教えてくれた！

むろん、キッチンの下見はリフトで往復して、もうすませてある。キッチンにはかすめとるものはいっぱいあったが、まずいことに、ここは週に一度燻蒸《くんじょう》される。燻蒸のせいで少し気分が悪そうな四人の女性に出会い、何なら妻にと思ったが、彼女たちはキッチンでがんばるということだった。わたしとしても階上を動くつもりはない。競争相手はいないし、たくさんの朝食の盆があるし、たまには深夜のスナックの残りもある。どうやらわたしもいまでは老いたる独身者というところだが、妻と目した女性が来てくれるものなら、まだまだわたしの中に生命はある。ともかく、わたしなら手をふれない――いや、口に出すのもはばかられるようなものを食べていた、あのホテル・デュークの二足動物よりは、まだしもわたしのほうが健全だと考えている。彼らは賭けをしてそんなものを食べているのだ。賭け！　それでなくとも人生はすべて賭博ではないか？　だとしたら、なぜわざわざ賭けなどするのだろう？

（中村凪子訳）

空巣狙いの猿

Eddie and the Monkey Robberies

エディの仕事はドアを開けることだった。以前は大道音楽家のハンクのためにカップをかかえてお金を集めてまわっていたのだが、若いハンクは、リコーダーの演奏ぐらいではとても詩作を続けてゆけるほどの収入は得られなかったし、それにまた、家主の苦情を無視してエディを飼っておくことは困難だったのだ。で、ローズという別れたばかりのガール・フレンドにエディを譲り、職についた。そしてローズがジェーンと知りあいで、ジェーンは前科者、そういうわけでエディはいま、よその家のドアを開けているのだった。

若くて賢いカツラザルのエディは新しい仕事をすぐに覚え、階段の柱とか椅子の背もたれとか、何でも近くにあるものにぶらさがって、ドアへ、そしてゴールへと、たいがい楽々と接近した。エール錠のつまみ、ボルトをはずすボタン、それにたぶんドア・チェーンなんかもあるだろう。すばやい指がめまぐるしく動いて何でもはずしてしまう、というか、とにかくあれこれ試してみて、最後にはなにもかもはずしてしまうのだ。

そうやって、大柄ながっしりした身体にブロンドの髪の女ジェーンを、普通は彼女のベルやノックを聞いてから、中に入れるのだった。ときによると、手提袋をさげた彼女がまだ玄関の石段をあがるとか、前庭の小道を歩いてくるとかしているうちに、エディは早くもドアを開けている。エディが窓からはいり、ジェーンはドアの外で必ずちょっと立ちどまって、中にいる人に話しかけるかのようになにかもぐもぐ呟《つぶや》く。それから彼女は中にはいり、ドアを閉めるのだった。

「キャップルーン！」この家はすばらしい、それに階下のホールの花瓶に黄色い薔薇《ばら》がたくさんいけてあって、エディにはいいにおいがした。

だぶだぶのコートのポケットからジェーンがバナナを取り出し、しなびて黒くなった皮を半分むいた。エディが感謝をこめてオーッと叫び、全部むいてから皮を戻すと、ジェーンはそれをポケットにしまった。家の奥のほう、キッチンと食堂のほうへ彼女はすでに歩きだしていた。

食堂のひきだしを開き、一瞬のうちに目当てのものを見つけると、すぐさま彼女は何本もの銀のスプーンやフォークやナイフを手提袋に詰めこみにかかった。食堂のテーブルから、塩と胡椒《こしょう》の銀器セットを取った。そのあと居間にはいると、銀の額におさめた写真が飾ってある電話テーブルへ一直線に進んだ。それを袋につっこみ、もうひとつ、見たところ翡翠《ひすい》らしい柄のついたすてきなペーパー・ナイフも。そこまででやっと三分も経ったろうか、エディはもうバナナを食べ終え、ジェーンが小声で名前を呼び、コートをひろげ、するとエディがぽんととびあがった。手と足の二十本の指、それと長い尻尾を使って、幼いころ母親にしがみついていたように、しっかりと彼はセーターに包まれた豊かな胸にしがみついた。

彼らは家を抜けだした。エディの耳に、車の低い唸《うな》りがだんだん大きくなって、彼らは車にはいり、ジェーンがどさりと坐って、車が走りだした。女たちが話しはじめた。

「楽なもんよ、あんな家、ほんと、楽ちんだったらないのさ」ジェーンが生き返ったような声で言った。「もっとも寝室まで覗《のぞ》いてはみなかったけどね」

「銀は？」

「ばっちりよ！　ハッハッ！――ああ、これで酒がおいしく飲めるわ！」

年下のローズが、慎重に運転した。ローズは二十一歳、彼女たちが空巣狙いを働いたのは夏にはいってこれが七度目か八度目だった。彼女たちは二十一歳、最初の結婚に破れ、そのあと二か月前にボーイ・フレンドと仲違《なかたが》いしていた。彼女にはジェーンのような人間が、なにかちょっと変わった刺激がぜひとも必要だったのだ。とはいえ、ジェーンの二の舞を演じて刑務所暮らしをするのは、できることならごめんこうむりたいものだが。「で、どうするの？　今度はパンスンビーの家？」

「そういうこと」と、ジェーンがタバコをうまそうにふかしながら答えた。二週間前からたびたびパンスンビー家に電話をかけてみたのだが、いつかけても誰も出てこなかった。ここ一週間のうちに二、三度、ジェーンとローズが大きな家の周囲を車で流して、人の気配のないことを確かめた。故買屋のトミーは暇がなかったとかで、その家を見張っていなかったのだ。家の人々は休暇で出かけているのだ、とジェーンは考えた。七月だもの。ほとんどの家が留守で、だれか近所の人とか、たぶん掃除婦あたりが植物に水をやりにくるぐらいのものだろう。ただ、パンスンビーの家は、たとえば防犯ベルなんかつけてあるのではないか？　なにしろあのへんはとびきりの高級住宅地だから。「もう一度電話してみるべきかもね」と、ジェーンは言った。

「番号、いまわかる?」

ええ、わかってるわ。ロ ーズは道路沿いのバー兼ステーキハウスの駐車場に車を止めた。

「おまえはここにじっとしているんだよ、エディ」後ろの座席の、乱雑にひとかためにしてあるビニールのショッピング・バッグやレインコートの下に、ジェーンがエディを押しこんだ。本気で言っていることをわからせるために、ごてごて指輪をはめた手でエディを軽くたたいた。

頭のてっぺんをこつんとやられた。ほんのちょっぴりエディは腹が立った。ほどなく、車内が不快なほど暑くならないうちに二人の女が戻ってき、車を出して、しばらく走ってからまた止めた。エディはいまだに後ろの座席にうずくまったままで、頭頂の白い帽子のような毛のほかは、そこに放りだしてあるなにやかにやに紛れてほとんど目立たなかった。彼はローズが出ていくのを見ていた。彼のやるべき仕事があるときは、いつもこういう手順でことが進むのだ。まず先にローズが出ていき、やがて戻ってくる、そのあとジェーンが彼をコートの下にかかえて車から連れだすのだった。

ジェーンは鼻唄を歌いながらタバコをふかしていた。ローズが戻ってきた。「窓はどこも開いてないし、裏手の窓は鍵がかかってるわ。だれもいないわよ、ベルも押してみたし、表からも裏からもドアをノックしてみたから大丈夫。何という家でしょう!」みるからに裕福そうという意味で言ったのだ。「たぶん裏手の窓を破るのが一番ね。そこからエディをはいらせればいいわ」

その一帯は贅沢《ぜいたく》をきわめた高級住宅地で、芝生は広く、樹木は丈高くのびていた。ローズとジェーンはいつものように、狙いをつけた家に最も近い曲がり角をまわりこんだ所に車を止めていた。

「ガレージにだれかいる様子はない?」と、ジェーンが念を押した。前に二人で考えたのだが、電話がないとか、あるいはパンスンビーの電話とは別の電話があるガレージに、使用人が住みこんでいないともかぎらないのだ。

「いるもんですか、もしいたら、そう言うわよ。その綴織《つづれおり》のバッグ、まだ空けてないんでしょ」

ジェーンとローズはそれにとりかかり、たくさんの銀器やその他の品物を着古したグレイのレインコートでくるみこむと、前の座席に坐ったまま、後ろの座席にそれを置いた。

「エディを煙突からはいらせようか?」と、ジェーンが言った。「このへんはいやに静かだもの、窓を破るってのはどうも気に入らないわ」

「でも、煙突は苦手なのよ、この子。あの家は三階建だもの。ずいぶん長い煙突だわ」

ジェーンはしばらく考えたあと、肩をすくめた。「どうってことないじゃない? 下までおりていくのがいやなら、またあがってくりゃいいんだし」

「そして、そのまんまそこで動けなくなったらどうするの——屋根の上で?」

「そうなったら——惜しい猿をなくしましたねってことになるわけよ」

数週間前、ジェーンの友人が所有するロングアイランドのとある家で、エディを使って練習してみたのだ。それは平家建のコテッジだったから、煙突の高さは地上十二フィートそこそこだった。エディは煙突の中をおりるのをいやがったが、梯子《はしご》からローズが励まし、玄関のドアの鍵をはずしたらこれをやるからと、ジェーンがレーズンとピーナッツを用意して待つ中で、とにかく二、三回はどうにかやりとげた。エディは咳きこみ、目をこすり、キーキー騒ぎ立てた。次の日、再挑戦ということで、エディを屋根に放りあげ、煙突を指さし、声をかけ、そしてこのときはうまくいって、彼は首尾よくおりていき、ドアを開けた。だがローズは、彼の額に苦痛の皺《しわ》が寄って小さな老人のように見えたことを覚えている。あとで風呂に入れてブラシをかけてやったとき、どんなに喜んだか覚えている。エディは愛《いと》しさに胸が痛くなるような笑顔を見せて、彼女の手を握りしめたものだった。そんなわけでローズは、エディの成功を危ぶみ、自分自身とジェーンのことも気がかりで、ためらっていた。

「じゃ、いいわね？」と、ジェーンが言った。

「チッチッ」と、なにかがはじまろうとしていることを悟って、エディが声をあげた。ぽりぽり耳を掻き、注意深い目で二人の女を交互に見つめた。彼はジェーンのもとで暮らしているけれど、ローズのほうが声が優しくて、聞いていて好きだった。

ゆっくりとだが、ことは進みはじめた。

ジェーンとローズは依然として平静な態度を保っていた。戸口で直面しかねない障害、たとえば、何の用かときかれたりするようなことが実際にあれば、一時間四ドルの掃除婦として使ってもらいたいとローズは言うことにしている。申し出を受け入れる人がいれば、ローズは嘘の名前を名のり、毛頭守るつもりはないけれども日取りを決める。そういうことが前に一度だけあった。狙いをつけた家の下見をするのがローズの役目だが、ある家で、つい五分前に電話をしたときは応答がなかったのに、ノックしたら人が出てきたのだった。ある地区で、ときには一時間で三軒を荒らして仕事を終えると、そこには二度と足を踏み入れない。ニュージャージーのレッド・クリフにあるジェーンのアパートに本拠を置き、ローズの車で、そこから百五十マイルほども遠征するのだ。何らかの理由で別行動を取らねばならない場合は、決めておいた道路沿いのカフェとかドラッグストアで落ちあうことにしているから、車のないほう（ジェーン）はタクシーかバスで、もしくは歩いてそこまで行く羽目になる。二人が組んで仕事をはじめてからいままで、二か月のあいだに一度だけ、あれはローズがおそらく余計なことまで心配したあげく逃げだしてしまったときだったが、やはりそういうことがあったものだ。きょうのランデヴーの場所は、さきほどパンスンビー家に電話するために立ち寄ったバー兼ステーキハウスだった。

ジェーンが軽いウール・コートの下にエディをかかえて、パンスンビーの邸宅の、堂々たる前庭の小道を歩きだした。ここにはすてきなものがどんなにたんとあることか、ジェーンもちょっと想像がつかなかった。綴織りのバッグと呼んでいるこの手提袋に、きっと詰めきれないほどあるにちがいない。ベルを押し、待ってから、今度は真鍮《しんちゅう》のノッカーでコンコンとやってみた。だれも出てきっこないけど、もしも近所の人が見ているといけないから、やっぱりここはひととおり芝居を打っておかなくては。コートの下にエディを抱きつかせたまま、しばらくしてからジェーンは邸内の車道を歩いて勝手口にまわった。またノックした。扉もその上のひとつきりの窓も閉まっているガレージを含めて、どこもひっそりかんとしていた。

「エディ、また煙突だよ」ジェーンはささやいた。「煙突よ、わかった？　登るの、あそこまで！　見えるだろ？」彼女は指さした。彼女の姿は楡《にれ》の大木の陰に隠れて、どこからも人目につくおそれはなかった。見たところ少なくとも四本の煙突が屋根から突きでている。「煙突、それからドア！　いいね、エディ？　よしよし！」建物の角に垂直に立っている雨樋《あまどい》に、エディをつかまらせた。

エディはときどき数インチすべり落ちたりしながらも、多少でこぼこのある煉瓦《れんが》の外壁に何なく手掛かりを見つけて、するする登っていった。突然その姿が屋根の上に現われ、束の間、空に黒い影が浮かんだと思うと、跳躍し、かき消えた。

ジェーンは彼が煙突のてっぺんにひょいと姿を現わし、覗《のぞ》きこみ、しりごみして、別の煙突へと走っていくのを見た。励ましの声をかけるのははばかられた。煙突が詰まっているのだろうか？　とにかく様子を見ていよう。いまから心配したところではじまらない。もっとよく見えるように後ろにさがったが、エディの姿は見えず、そこで彼女は玄関にひき返した。エディがボルトをはずすのが聞こえるはず、だがなにも聞こえなかった。人目が気になり、ほんの形ばかりに彼女はベルを押した。

静寂。エディの奴、煙突の途中でひっかかっちまったんだろうか？

歩道を歩いてきた男、三十歳ぐらい、包みをかかえた男が、通りすがりにジェーンに視線を投げた。車が走り過ぎた。ローズは角を曲がった所の車の中にいて、ここからは見えない。エディは動きがとれなくなったのかもしれない、煤《すす》にやられて、のびているのかも。時間がどんどん過ぎていく。大事を取ってひき揚げるべきか？　だが一方では、エディは実に役に立つし、これから先まだたっぷり二か月は夏の稼ぎどきなのだ。

もう一度、家の裏手にとって返した。屋根を見あげたが、エディの影も形もなかった。鳥がさえずっていた。どこか遠くで車がギヤを入れ替えた。ジェーンは裏手の窓に近づき、と同時に、大きなアルミの流しにひらりと猿がとび乗った。煤で真っ黒、頭のてっぺんの毛まで薄黒く汚れ、丸めた手の甲でしきりに目をこすっている。彼は窓をたたき、足を踏みかえ踏みかえしてとびはねながら、ここを開けてと訴えた。

なんで窓を開けるように仕込んでおかなかったのだろう？　とにかく、こうなったら取りかかるしかない。要するに錠をはずしさえすりゃいいんだから――外からでもジェーンは仕掛けを見ることができた。「ドア！」と、はいることさえできればどこからでもかまわないわけだから、勝手口のドアのほうを指さしたのだが、エディのほうは玄関のドアに向かう習慣が身についていた。

エディがとびおり、ノブの回る音が聞こえた。

だがドアは開かない。ジェーンは押したり引いたりしてみた。

「チチチッ」とエディの、苛《いら》だちか不満を示す声が聞きとれた。ボルトが堅すぎるのだろうとジェーンは思った、あるいは旧式の錠前で、内側から鍵を使わなければ開けられないとか。それにどうかするとエディの力ではどうにもならないボルトもあるのだ。にわかに、ジェーンはパニックに襲われた。もう十分か二十分も経ったはず。ローズが気をもんでいるだろう。道路沿いのステーキハウスへと、もう走り去ってしまったかもしれない。ジェーンはローズと車の所に戻りたかった。もうひとつ、窓を破るという手があるが、大きな音を立てるのも、そのうえエディを連れて歩いて立ち去るのも不安だった。

再び、努めて急いでいないふうを装いつつ、ジェーンは邸内の車道をひき返して歩道に出た。角を曲がり、ローズがまだ車の中で待っているのを見てほっとした。

「ねえ、エディがドアを開けられなくてね、あたしこわくなっちゃったのさ。ひき揚げよう」

「え？　エディはどこ？　まだ中にいるの？」

「裏手のキッチンよ」開けてある車の窓ごしにジェーンが声をひそめて言った。彼女はそちら側のドアを開けた。

「でも、エディを置いてくわけにはいかないわ。だれかいたの――だれか見てる人がいたの？」

ジェーンは乗りこみ、ドアを閉めた。「そうじゃないけど、でもとにかくずらかろうよ」

警察は猿を、あたしたちがいままでにやった空巣狙いと結びつけて考えかねない、とローズは思った。閉めきった家の中に猿がいることをどうして説明できるだろう？　もちろん、エディを発見した人がすぐに警察へ知らせるとはかぎらない、彼を動物愛護協会か動物園へ送るだけにするかもしれない。いえ、それよりも、エディは窓を破って逃げることもできなくはないはず――でもそのあとはどうなるの？　自分が筋道立てて考えていないことは認めるけれども、とにかくエディを出してやるべきだという気がした。「裏の窓を破ればいいじゃないの？」ローズの手は早くもドア・ハンドルにかかっていた。

「駄目よ、それは駄目！」ジェーンが否定の仕種《しぐさ》をしたが、ローズはもうそこにいなかった。ジェーンは身体をしゃっちょこばらせ、そのままじっと坐っていた。もしローズが押し入りをだれかに見られたら、罪をひっかぶるのはこっちなんだから。ローズはしゃべってしまうにきまっている。しかもジェーンの場合は前科があるのだ。

若いアベックが腕を組みあい、笑ったりしゃべったりしながら歩いてくるのと、ローズは自分を叱咤してゆっくりすれちがった。パンスンビーの家。すごい家だわ、名前までついている。〈五梟荘《ごきょうそう》〉ですって。ローズは邸内の車道を進んだ。まだ平静を保ってはいたものの、一刻も時間を無駄にしたくないので、玄関のベルを押すふりをしてはいられなかった。

キッチンに、エディがテーブルの上にしゃがんで（ローズは横手の窓から見た）、どうやら砂糖入れらしきものを逆さにして振っており、さらに、ちょっと見たところでは、なにか大きな皿のようなものが黄色いリノリュームの床に割れて散らばっているようだった。きっとエディは気も狂いそうになっているのだ。ローズが建物の角をまわりこんだときには、エディは裏手の窓に接する流しの上にいた。彼女は窓を押し上げようとし、努力したすえに諦《あきら》めた。薔薇《ばら》の茂みに白いスラックスの裾《すそ》がひっかかり、彼女はそれをはずした。すぐ足元に握り拳《こぶし》ほどの大きさの石を見つけ、長方形の窓に一度それを打ちつけた。もう一度、まわりに残ったぎざぎざのガラスをたたいたが、そのときにはエディはもうとびだして、嬉《うれ》しそうにはしゃいでいた。

急いでローズはジャケットの下に彼を抱き寄せると、車道に戻った。エディが、たぶん安堵《あんど》のあまり震えているのが感じられた。曲がり角まで行って、車が見あたらないことに気がついた。あたしの車なのに。これじゃタクシーを拾わなくては。それとも例のドライヴインまで歩いていこうか。駄目だわ、とても遠すぎる。タクシーだ。でも、お金をハンドバッグごと車に置いてきてしまった。ああ、どうしよう！　彼女は安心させるようにそっとエディの身体を押さえて、タクシーが流していそうな交差点を探しながら歩きつづけた。ジェーンはどこに行ったろう？　自分のアパートに帰ったろうか？　ドライヴインで待っているのだろうか？　タクシー代を持っていないことがわかったら運転手は何と言うだろう？　だれか友達の家まで行ってくれるよう運転手に告げるわけにはいかないのだ、どうしてかって、エディのこと、ジェーンのこと、ここ数週間自分がやっていることは、友達のだれにも知られたくないから。

よくよくついてないとみえてタクシーは見つからなかった。だが、ショッピング・センター——スーパーマーケット、クリーニング店、ドラッグストアと、ひととおり揃った——にさしかかり、それに幸いジャケットのポケットに小銭があったので、ドラッグストアにはいった。エディをジャケットの下にかかえて、ローズはタクシー会社の番号を調べ、電話した。ショッピング・センターは〈奇跡の買物〉という名前だった。彼女はそれを伝えた。

五分ほどしてタクシーが到着した。こういった土地ではタクシーは派手な色に塗ってあるとはかぎらないので、ローズはそれまで駐車場の小さなコンクリートの安全地帯に立ち、見逃さないよう気をつけていたのだった。

「レッド・クリフまで行ってもらえない？　ジェファーソン通りとマルハウスの角まで」

タクシーは走りだした。ローズの計算では、少なくとも十七マイルはあるだろう。ジェーンがステーキハウスへ向かったとは、いや、そもそもあの店を見つけることができるとは思えなかった。ジェーンは運転が得意ではない。だが彼女も自宅へ帰る道はわかるだろうから、たぶんそうしたにちがいない。ローズはジェーンのアパートの鍵を持っているけれど、それもハンドバッグに入れたままだった。

タクシーがジェファーソンとマルハウスの角に止まった。

「ちょっと待っててくれない？　友達と話して、すぐに戻るから」

「いつまで待ちゃいいんだい？」運転手が振りむいてローズを見た。その目が彼女を見まわし、この女、バッグもなにも持ってない、ということは金を持ってないんだと思っているのがローズにはわかった。「そこになにをかかえてるんだね、猿かい？」

押しこむ暇もなく、エディが腕を、続いて頭をローズのジャケットから突き出したのだ。

「友達のペットなの。送り届けにきたのよ。まずそれをすませてから、戻ってきてお金を払うわ」ローズは車をおりた。

彼女自身の車は見あたらなかった。歩道の縁に何台も車が駐車していた。彼女は、ジェーンのベル、小さなアパートの四つのベルの一つを押した。三回短く、一回長く、ジェーンとしめしあわせた合図のベルをもう一度鳴らし、するとハ心底ほっとしたことにリリース・ボタンが鳴った。ローズは階段をのぼり、三階のドアをノックした。

「あたしよ、ローズよ！」

ドアが開いて、ジェーンがやや怯《おび》えた顔を覗《のぞ》かせ、ローズは中にはいった。

「はい、エディよ。受け取って。タクシーに払うお金がいるの。二十ドルか三十ドル貸して――それよりもあたしのバッグを返してよ」

「なにかあったの？　誰かにあとを尾《つ》けられなかった？」

「大丈夫。ねえ、お金はどこ？　あなたったら、あたしのバッグを持っていっちゃったでしょ？」

ソファへ、エディが大急ぎで駈けていき、もうそこにしゃがんで、煤《すす》だらけの頭を掻いていた。

ローズは自分のハンドバッグを持って階下にひき返し、タクシー代を払った。そのタクシーはメーターがなかったけれども、運転手が言った料金は二十ドル七十セントで、ローズは十ドル札を三枚渡した。「どうもありがとう」彼女はにっこり笑ってみせた。

「どうも！」タクシーは走り去った。

ジェーンの部屋に戻りたくなかったが、話をつけておかなくてはいけないと思った。きちんと説明して、それでもう終わりにしよう、いまがいちばんいい機会だし、幸いにもタクシーの運転手はあれ以上エディのことに触れなかったのだから。ローズはもう一度、合図のベルを鳴らした。

「銀器はどうしたの？」と、ローズはきいてみた。

「いまさっきトミーが持ってったわ。すぐ電話して、取りにこさせたのよ——あっちであたし、びびっちゃって悪いことしたけどね、ロージー、でもほんとにこわかったわよ。窓を破るなんて馬鹿もいいとこ！」

ローズはトミーがもう寄っていったことを知ってほっとした。がりがりに痩《や》せた赤毛のトミーは、どもりで、見た目は無能そうだが、ローズの知るかぎりでは、これまでのところどじを踏んだことはない。「エディを忘れずにお風呂に入れてやってね」と、ローズは言った。

「あんたいつも自分でやりたがるじゃないの。いいから入れてやりなさいよ——コーヒー飲まない？　すぐできるわよ」

「あたし帰るわ」ローズは一度も腰をおろさなかった。「悪いけど、ジェーン、あたし手を引いたほうがいいと思うの。あなたの言ったとおりだわ——あたしはきょう、窓を破るなんていうへまをやらかしたんだもの」

両手を腰にあてがって、ジェーンはローズを見つめ、続いてソファの上のエディに目を投げた。

エディは無毛に近い左手の爪を落ち着かなそうに眺めていた。

「なにかあったのなら」と、ジェーンが言った。「あたしに話したほうがいいわよ。あとの始末をしなきゃならないのはあたしなんだからね」

「何にもなかったわよ。あたしはただやめたいだけ——きょうの分け前はいいの、いらないわ。あたし——キーは車の中に置きっぱなしなのね？　車はどこにあるの？」

「タクシーの運転手はどうだった？」

「何でもないわよ！　タクシー代を払って、それでおしまい」

「運転手にエディを見られたんじゃないの？」

「ええ、まあね。ペットを送り届けにいくんだって言っておいたわ。じゃ、あたしもう帰るから、ジェーン。――さよなら、エディ」こらえきれなくて、ローズは部屋を歩いていき、エディの頭にそっと手を置いた。

まるで言葉が全部わかったかのように、エディは悲しげにちょっと目をあげ、そのあと爪をしゃぶりはじめた。

ローズはドアに向かって歩きだした。「お風呂に入れてやるの、忘れないでね。きっと喜ぶわ」

「くたばっちまえばいいのさ、こんな奴！」と、ジェーンは言った。

階段をおりながら、ローズはいつもよその家のベルを押すときに、またジェーンが仕事をしているあいだ車の中で待っているときに感じるのとそっくり同じように、身体の震えが止まらないほどの大きな不安を感じた。ハンクに電話しよう。ハンク・ホワイト、それが名前で、住まいはグリニッチ・ヴィレッジのどこか。どうにかして電話番号がわかるといいけれど、それというのも電話帳に彼の名前で出ているとは思えないし、出ていなければ、いろんな人に電話であたってみなければわかりそうにもないからだ。エディにかかわることなら、彼はきっと来てくれるだろう。あたしが心配しているのはエディのことなのだ、と彼女は自分の胸に認めた。

そして、それを話せる相手といえばハンクのほかにだれもいないのだった、というのもジェーンはエディを友人たちにも隠しているからで、だれか訪ねてくるときは（たとえそれがトミーでも）必ずエディを押入れに閉じこめ、騒いだりすればあとでお仕置をするというふうなのだ。

ローズはやっと自分の車を見つけた。キーはグラヴ・コンパートメントにはいっていた。車を出し、八十マイルばかり離れた町にある自分のアパートに向かった。

ジェーンは顔を洗い、ブロンドに染めたカーリー・ヘアをとかし、そうやって気を鎮めようとしたのだが、さっぱり効き目がなかった。彼女はペイパーバックを取りあげると、エディめがけてバックハンドで投げつけた。本は横あいからエディにあたった。

「イック、イック！」エディは叫んで、二インチばかりとびあがった。面くらった表情を浮かべ、ジェーンのほうに顔を向けて、また打たれそうになったらとびのこうと油断なく身構えている。

「今夜は押入れにはいっといで！」ジェーンはつかつか歩み寄った。「さっさと行くんだよ！」

つかまえようとした手をエディはなんなくかいくぐり、ソファの上にかかっている額縁入りの絵にとびついた。

絵が落ち、再びソファにおりたったエディが、そこにしばらく前から置きっぱなしになっていた氷嚢《ひょうのう》をつかんだ。彼はジェーンに氷嚢を投げつけた。それは届かずに途中で落ちた。「チチチチチッ！」エディはたてつづけに声を発し、丸い目が、縁だけピンクに染まって、いっぱいに見開かれていた。

何としてでもつかまえて閉じこめなくては、とジェーンは決心した。どんな理由があってか、警察が突然ドアをノックしたらどうなることか？　もしも部屋に踏みこんできたら？　ローズの馬鹿はどんな手掛かりを残してきたことやら？　ローズが持っているのはきれいな顔と高速の車だけ、ほかには何の取柄もありゃしない。ジェーンはソファをおおっているマドラス木綿のシーツを、エディにそれをひっかぶせて搦《から》めとるつもりでめくりかけたが、エディはひらりととんで部屋の中央に逃げた。シーツをひきはがすと、ジェーンはそれを持って接近した。

エディが近距離から灰皿を投げ、ジェーンの頬にぶつけた。灰皿が床に落ちて割れた。

ジェーンの怒りが燃えあがった。

エディがいままではキチネットの流しに乗っかり、果物ナイフを振りまわしながらキーキー叫んでいる。彼はふたつ切りのレモンを取って投げつけた。

「いまいましいエテ公め！」呟《つぶや》いて、ジェーンはシーツを構えながら迫っていった。もう逃げられるものか。

まっこうからエディが身を躍らせたと思うと、両手両足で彼女の左腕に取りつき、親指に嚙みついた。ナイフは途中で落とした。

ジェーンは叫び声をあげた。親指から血が出ている、血が滲《にじ》み、したたり落ちた。彼女は背もたれのまっすぐな椅子をつかんだ。こいつめ、たたき殺してやる！

巧みに椅子をかわしながら、隙《すき》を見てエディはジェーンの足を後ろから襲い、片方のふくらはぎをがぶりとやって、すばやくとび離れた。

「わっ！」ジェーンは痛さよりもまず驚いて叫んだ。彼が後ろにまわったのを見てもいなかったのだ。傷を見て、また嚙まれて出血していることに気づいた。殺してやる！　開いている窓を閉め、逃げられないようにしてから、床にころがっている果物ナイフを拾いにいった。いまはもう、彼の首にそれをずぶりと突きさしてやらなければ気持ちがおさまらなかった。

かがみこんだところへ、背後からエディが頭にとびつき、ジェーンはよろけて倒れた。肘《ひじ》をちょっと痛め、起きあがるよりも早く、エディに鼻を嚙まれた。彼女は鼻がまだそこにあるかどうか、手でさわってみた。

エディがぱっとドアのノブにとびついた。片方の足でそこにつかまり、上の錠に取りついて小さなノブをまわした。そうしながら大きなノブをいっしょにまわすことができれば、ドアは手前に引くだけで開くはずなのだが、そこでジェーンの足音をすぐ後ろに聞きつけ、仕方なしに努力を放棄した。エディはとびおり、と同時に、ナイフの刃先がいやな音をたてて金属のドアにあたった。

「チチッ！」

ジェーンがナイフを取り落とした。エディがそれを拾いあげると、ジェーンの腰から肩へ駈けあがり、ナイフで彼女の頰を突いた。人間の動作、刃物を手にして突いたり、ときにはひき切ったりしているのを見たことがあるので、見様見真似でナイフを使い、そのあといきなりナイフを放りだすと、ジェーンの肩から本棚にとび移り、荒い息を吐きながらフーフーキーキーわめきたてた。血のにおいがし、彼を震えあがらせた。エディはうろたえてジェーンに本を投げつけたが、あたるどころか遠くはずれた。

ジェーンは血が首を流れ落ちるのに気がついた。ちっぽけなけもの一匹しとめられないなんて、どうかしている！　一瞬、呼吸が喉《のど》につかえたような、気が遠くなりそうな心地がし、彼女は深呼吸をして、力を奮い起こした。

バシン！　本がジェーンの胸にあたった。

おやおや！　エディの奴なんて、椅子で一発バシッとかませばいちころよ！

横倒しになっている椅子をつかんだ。椅子を振りあげたときは、エディはもう本棚にいなかった。ジェーンは小さな足がすばやく自分の背中を駈けあがるのを感じ、振り返ろうとして、エディがシーツを持っているのを、シーツをかかえたまま自分の頭によじのぼっていくのを、ちらりと目にとらえた。ジェーンはバランスを崩し、おろそうとした椅子につまずいてひっくり返った。

エディはぴょんぴょんとんで床の上の小山を向こうに越えながら、敵の上に薄い布を掛けひろげた。彼は手近のものを——ホールのドアのそばの床から大きな巻貝の殻を拾いあげ、両手にしっかり握った。シーツの下でかすかにうごめく女の顔に、それを振りおろす。エディは滑って転倒したが、貝殻の溝にかけた指をはなさずに、また振りおろした。ガンッ、その音はエディの耳に快く響いた。ガンッ！　ガンッ！　小山から、ぞっとするような呻《うめ》き声が聞こえた。

そして、先ほどなぜかわけもなくナイフを放りだしたように、エディはわけもなく貝殻をカーペットに投げだし、不安そうにそれを足で蹴った。彼はちょっとぶつぶつ声をたてて、室内にだれかほかにいはしないか、様子をうかがうように、じっと目を凝らした。

聞こえるものはホールの奥の寝室の、時計がカチカチいっている音だけだった。再び血のにおいに気づき、シーツから少し遠ざかった。疲れはてて、エディは溜息をついた。それから窓へと小走りに寄っていき、ちょっといじってみて、すぐ諦《あきら》めた。窓は押しあげねばならず、重たかった。闇が濃くなりはじめた。

電話が鳴った。ジェーンかだれかが電話を取って話しかけるあの見慣れた光景が、エディの頭をすっとかすめた。いつかエディは命じられるか許されるかしてそれをやったことがあるけれど、電話を取り落とし、人が笑ったものだった。いまは電話にも床の上の小山にも、エディは恐怖と敵意を感じた。小山が動きださないかと、絶えず見張っていた。ぴくりとも動かない。エディは喉《のど》が渇いた。流しにとびあがると、いつも飲む前にまずにおいをかいでみる、水かなにかの液体のはいったコップを求めて、見まわし手探りしてみたが、そういうものは見あたらなかった。彼は両手を使って蛇口をまわし、片手をお椀《わん》にして、飲んだ。蛇口をしめようと、お座なりにやってみたが、どうもうまくいかないので、ぽたぽた垂れるままにしておいた。

電話は鳴りやんだ。

そこでエディは冷蔵庫を開け——これをやるといつも叱られてぶたれたので、ちょっぴりそわそわしながら——ライトの点《とも》った内部に果物がないのを知ると、調理したサヤエンドウをボウルからひと摑《つか》み取りだし、もぐもぐやりながらドアを足で蹴って閉め、それから二本の足と片方の腕を使って小走りにそこを離れた。たちまち彼は疲れを感じ、サヤエンドウを放りだすと、眠ろうとしてロッキング・チェアにとびのった。

戸口のベルが鳴ったとき、エディはロッキング・チェアに丸くなっていた。彼は顔をあげた。室内は真っ暗だった。

急にエディは逃げだしたくなった。血のにおいがいっそう不快に鼻をついた。表ドアを開ければ出ていけるのだと気づいたけれども、それは、あの女が、チャラチャラ鳴る鍵束を使わなければ開かない特別な錠をおろしてなければの話だ。彼女はいつも鍵を隠しておく。鍵となると、エディは前に一度、ジェーンとローズといっしょにどこかで、面白半分にいじっているうちに成功したことがあるだけだった。鍵はたいてい堅くて、彼の力では回せないのだ。

リリーン、リリーン。

階下のベルだ、この部屋のドアの、チリンと鳴るベルとは音が違う。エディはベルに関心はなく、ただもう逃げだしたいだけだった。再びドアのノブにとびつき、上の小さいノブを左手でつかんだ。ノブがまわったが、ドアは開かなかった。もう一度、今度は大きいほうのノブもいっしょに、こちらは足でまわしてみた。それからドアの脇柱を押し、するとドアが彼のほうに向かって開いた。エディはとびおりると、階段を音もたてずに、曲がり角では手摺《てすり》の小柱につかまって、ぐるっと弾みをつけてまわりこんだりしながら、駈けおりていった。下のドアはもっとやさしい――と彼は思った――それに、今度だれかがはいってくるときに、そっと抜けだしてもいいわけだし。

エディは丸い白いノブにとびつき、滑り落ち、つぎに二本の足で立ったままノブをまわそうと試みた。ドアが開いた。

「エディ！　エディ！　どうして――」

エディはその声を聞きわけた。「チッチッ！」エディはハンクの腕にとびあがり、狂ったようにキーキーいいながら、そしてどうしても聞いてもらわなければならない、長い悲痛な話があることを感じながら、ハンクの胸にしがみついた。「アイイー！」エディは新しい言葉をつくりだそうとさえした。

「どうしたんだい、え？」優しく話しかけながら、ハンクは中にはいった。「ジェーンはどこ？」彼は階段を見あげた。ドアを閉め、エディをもっと安心できる革ジャケットのふところに入れてやってから、階段を二段おきにあがった。

ジェーンのドアが細く開いていたが、室内から明かりは射していなかった。

「ジェーン？」と呼びかけ、一回ノックした。それから中にはいった。「ジェーン？――明かりのスイッチはどこだい、エディ・ボーイ？」ハンクは手で探り、ほどなくスイッチを見つけた。上の階からおりてくる足音が聞こえ、本能的に彼はドアを閉めた。何だか変だぞ、ここは。彼は仰天してジェーンの居間を見まわした。ここには一度だけだが以前来たことがある。「いったいなにが起こったんだ？」と、彼は呟《つぶや》いた。室内はまさに足の踏み場もない混乱状態を呈していた。押し入りだな、と思った。床の中央に品物を積みあげてある所をみると、あとでまた戻ってくるつもりなのだろう。

ハンクは床の小山に歩みよった。マドラス木綿のシーツをそろそろとめくった。

「ああ、これは！——何てこった！」

エディは怯《おび》えきり、隠れたくて、ハンクのセーターにぴったりしがみつき、目をつぶっていた。

「ジェーン？」気を失うか殴り倒されるかしたのだろうと思いながら、ハンクは彼女の肩に手をかけた。あおむけにさせようとして、彼女の身体がやや硬く、まったくぬくもりが感じられないことに気づいた。彼女の顔と首は赤黒く血に染まっていた。ハンクはまばたきし、まっすぐ身体を起こした。「だれかいるのか？」と、隣室に向かって、自分でも思いがけないほど大胆に呼びかけた。

だれもいないことがわかった。エディがジェーンを殺したのだと、徐々にそれがわかってきた、小さな歯で、あるいはたぶん——数フィート離れて床にころがっている果物ナイフをハンクは見ていた。それから、クリーム色がかったピンクの巻貝が目にとまった。「おりな、エディ」と、彼はささやいた。だがエディはセーターから離れようとしなかった。

ハンクはナイフを、それと貝殻を拾いあげた。ふたつともキチネットの流しで洗って、貝殻の薄いピンクが洗い流されるのを見た。彼は貝を逆さにし、中の水を振りだした。ふきんで拭いて水気を完全に取った。ナイフも同じようにした。ジェーンはエディを攻撃したのにちがいない。そんなことをローズが遠まわしに言っていたではないか？「さ、行くぞ、エディ！よしよし！」

そしてエディは、ハンクのジャケットのジッパーがひきあげられて閉まる、心強い音を聞いた。彼らはもう階段をおりはじめていた。

ジェーンの部屋をあとにするとき、ハンクはドアのノブを拭うことを忘れなかったし、部屋を出たあと、ドアが正常にロックされたことを確かめた。ジェーンの部屋にいたときはすぐ警察に電話しようと考え、また考えなおして、まずエディを無事に家へ連れ帰ってから電話することにした。だが、彼はそれをやらなかった。ローズにすら電話するつもりはなかった。ローズはかかりあいになることを望まないだろう、それに彼女はいっさい口をつぐんでいるだろう。その点は信じてさしつかえないことがわかっていた。どのみち死体はじきに発見されるだろうし、エディに罪を負わせたくないと思った。警察は、もしハンクが電話すれば、彼の知っていることを残らず聞きだすだろう、そして、いくら彼が隠そうとしたところで、エディのことをどうにかして探りあてるにちがいない。

そういうわけでハンクは、二人の若者と共同でアパートを借りている、グリニッチ・ヴィレッジのペリー・ストリートでほとぼりがさめるのを待ち、二日後、ジェーン・ギャリティー、年齢四十二、元秘書が、ニュージャージーのレッド・クリフのアパートで死んでいるのが発見されたことを伝える新聞記事を見つけた。彼女は、正体不明の一人もしくは一人以上の人物、ことによると、彼女の創傷および打撲傷の程度が深くないところからすると、子供による襲撃の被害者となったものである。直接の死因は心臓麻痺だった。

警察はジェーンの前科を突きとめるだろうとハンクは考えた、それと、彼女がつきあっていた仲間たちのことも。それは連中が心配すればいいことだ。ハンクはエディをローズにやったことで自分を責めたが、彼女はエディが好きだったし、彼女と絶交したときはハンクもいささか気が咎《とが》めたものだった。だがいまこうしてエディが戻ってきたからには、二度と彼を手放す気はなかった。エディは、いまいるところで幸せだから、もうドアを開けることに興味を示さない。彼はぶらさがって遊ぶロープとバスケットの寝床があって、どこにもドアのない小部屋をもらい、さらに、ハンクの友達で彫刻をやっている男が、エディのために、居間に立木みたいなものをつくってくれた。ハンクはエディを主人公とし、その一代記にヴェールをかけ、偽装と寓話化を施しつつ、かなり長い叙事詩を書きはじめた。『勝利者の猿』真相はハンクとエディしか知らない。

（吉野美恵子訳）

ハムスター対ウェブスター

Hamster vs *Websters*

ジュリアン、ベティのウェブスター夫婦と十歳の息子ロレンスが、田舎の家と犬とハムスターを手に入れたのは、あまりに突然のことだったし、家族のだれにも思いがけないなりゆきといえたが、そうなるにはそうなるだけの筋道が立っていた。

ある日の午後、フィラデルフィアの冷暖房が完備したオフィスで、ジュリアンは心臓発作を起こした。痛みをおぼえて床に倒れ、ただちに病院へ運ばれた。五日ほどたって回復すると、医者に真顔で忠告された。タバコはやめて、働くのを一日六時間以下に減らすべきだ。フィラデルフィアのアパートに住むよりも、田舎の空気を吸う生活のほうが望ましい。ジュリアンはショックを受けた。まだ三十七歳なのに、と抗議した。

「どんなにご自分を酷使してきたか、わかっておられないようですな」医者は微笑を浮かべ、冷静に答えた。「奥さんとはもうお話ししました。転地には大賛成だと言われましたよ。あなたの健康を気づかっておいでです。たとえ、あなた自身は無頓着でもね」

ジュリアンはもちろん言い負かされた。彼はベティを愛していた。医者の言葉が道理にかなっているのも納得できた。息子のラリーは躍りあがって喜んだ。これからは、土地も木もある広々とした田舎の家に住めるのだ――いまの大きなアパートには五歳のときに引越したので、つまらないコンクリートずくめの遊び場しか知らないけれど、そんな所で遊ぶのよりはずっといい。

ウェブスター一家はフィラデルフィアから十七マイル離れた場所に、四つの切妻窓と一エイカー半の土地がついた二階建ての白い家を見つけた。ジュリアンは車でオフィスに通う必要もなくなった。販売主任から販売顧問へ配置を移されたのだ。つまりは戸別まわりのセールスマンになったのをジュリアンは心得ていた。もっとも、給料はいままでと変わりがない。勤め先のオリンピアン・プールは、あらゆるサイズ、形、色あいの冷水および、温水プール造営工事をひき受け、そのほかにも、吸引式と濾過《ろか》式の清掃器具、浄化装置、消毒液噴霧器、泡発生装置、多種多様の飛込台などを提供している会社である。そして、ジュリアンは相手に良い印象を与えるセールスマンだと自己評価を下した。彼の仕事は、郵送した広告に応じた人々への追いかけ勧誘だから、先方に受け入れてもらえるのははじめからわかっている。彼はけっして強制をしない。穏やかで誠意のこもった態度を示し、問題点があったり余分の費用がかかるのを見こした場合は、あらかじめそのことを明確にしておく。赤みがかった褐色の口髭《くちひげ》を嚙み、しばし頭をひねって、自分の悩みごとを口に出す調子で意見を述べるのだ。

いまでは、ジュリアンは朝の八時に起き、徐々に形をなしてきた庭を散歩し、コーヒーとタバコの代わりにお茶と半熟卵という朝食を取り、新聞に目を通してクロスワードを解き――すべては医者の指示によるものだ――、十時ごろに車で家を出る。四時かそこらに帰宅して、それで日課はおしまいとなる。一方、ベティはカーテンの寸法を測ったり、敷物を買い足したりして、広くなった住まいを家庭らしく整える雑用に機嫌良く取り組んでいた。転校したラリーは、すっかり新しい環境に溶けこんだ。三月のことだった。ラリーが犬を飼いたいと言い出した。家の敷地には、兎《うさぎ》を飼育するための小屋が設けられている。いっそ、兎を飼ってみてはどうだろう？

「兎ってのはやたらとふえるんだ」ジュリアンは言った。「売るんじゃなかったら、始末に困るよ。そんな商売を始める気はないものな。犬にしようや、ラリー」

ウェブスター一家は、テリヤかジャーマン・シェパードの仔犬が手にはいる犬舎を問いあわせるつもりで、最寄りの町のペット・ショップを訪れた。ところが、みごとな外観をしたバセットハウンドの仔犬が目に留まり、ほしかったのはこれだと、ベティとラリーは即座に心を決めた。

「とても丈夫なんですよ！」女店員は耳の垂れた茶と白の仔犬を抱きあげて、いとしげに身体を撫でた。

その点は見た目にもあきらかだった。仔犬は歯をむきだし、よだれを流して、きめの荒い肌に包まれた身をくねらせた。パピー・スプルース、グロウ・パップなどの、犬の骨の形をしたビスケットやヴィタミンの助けを借りれば、さぞや肉がつきそうだ。

「見てよ、パパ！」ラリーは檻《おり》に入れられたハムスターを指さした。「あれは兎より小さいよ。うちのちっちゃな部屋に住めるんじゃないかな」

ジュリアンとベティは、つがいのハムスターを飼うのに同意した。たった二匹だし、こざっぱりとした柔らかい毛も、無邪気でもの問いたげな目も、ぴくぴくと動く鼻も、実にかわいらしい。

「せっかく場所があるんだから、ちゃんと利用しなくちゃね！」ベティはラリーと同じくらい、この日の買物に満足していた。

女店員がハムスターについて教えてくれたことがらを、ラリーはしっかりと頭に刻みつけた。夜は暖かくしてやること。餌《えさ》は穀類なら何でもいいし、人参やカブなどの野菜も食べる。夜行性で、直射日光を嫌う。ラリーはハムスターを兎小屋へ連れていき、方形になった仕切りのひとつに入れた。上下に三つずつ、あわせて六つの仕切りができている。さっそく水と皿に乗せたパンを与え、台所で見つけたスイート・コーンの罐詰を鉢にあけてあてがった。靴の空箱にぼろぎれを詰め、これがハムスターの寝室になればいいな、と思った。名前は何にしよう？　トムとジェリー？　いや、彼らは雄《おす》と雌《めす》なのだ。ジャックとジル？　ちょっと子供っぽい。アダムとイヴ？　名前はゆっくり考えることにした。雄のほうは両耳のあいだに黒い斑点があるので、簡単に見分けがついた。

それから、仔犬がいる。最初の夜、仔犬は餌を食べ、用を足して眠りに落ちたが、午前二時になると、起きあがって遊ぼうとした。ラジエイターのそばに置いた箱を抜け出して、ラリーの部屋のドアをひっかいたものだから、一家全員が目をさました。

「ぼくはこいつが大好きだ！」仔犬を抱いたパジャマ姿のラリーは、寝ぼけまなこで部屋を歩きながら言った。

「ああ、ジュリアン」ベティは夫の腕に身を投げかけた。「何てすばらしい一日でしょう！　都会で暮らすよりましじゃない？」

ジュリアンは微笑んで、妻の額にキスした。たしかにそのとおりだ。彼は幸福だった。けれども、それを口に出して言う気にはなれない。タバコをやめるので辛い思いをしているし、体重もふえてきた。ものごとには様々な面があるのだ。

ラリーは自分一人で使える大きな部屋にこもり、ブリタニカ百科事典を引いて、ハムスターの項を拾い読みした。ハムスターはクリケトゥス・フルメンタリウス目に属し、鼠の仲間を意味するムリダエ科に分類されている。深さ約六フィートの曲がりくねった縦穴を掘る習性がある。穴は三つか四つの小室に分かれ、そのいちばん深い部分に、冬に備えて穀物を隠しておく。雄、雌、子供は別々の部屋で眠る。子供は生後三週間に達すると、親の穴を追いだされ、独力で生きていかねばならない。雌はいちどきに一ダースの仔を産むことがあり、一年のうち八か月を占める繁殖期には、二十五匹から五十四匹の仔が生まれてくる。雌の身体は六週間で妊娠の準備が整う。残りの四か月、つまり冬のあいだは、穴に貯えた穀物を食べて冬ごもりをする。おもな敵は梟《ふくろう》。人間も現在はともかく、昔は穴を掘り返して穀物を奪ったため、ハムスターの敵に数えられる。

「いちどきに赤ん坊を一ダースも！」ラリーは目を丸くして呟《つぶや》いた。学校の友達に子供を売ろうかという思いつきが、ふと頭をかすめたものの、またたくまに消え失せた。そんなことを考えるより、いまは二匹しかいない三フィート四方の仕切りを埋める一ダースのちっぽけなハムスターを思い描くほうが、はるかに楽しい気持になれた。ひょっとすると冬ごもりが始まる前に、六つの仕切りがどれも満員になるかもしれない。

それから六週間近くたって、ラリーが仕切りの前面についた横棒の向こうへ目をやると、十四の小さなハムスターがグロリアと名づけた雌の下に群がって、乳を吸うか、吸おうと努力していた。ラリーは黄色のスクール・バスで家に帰ったところだった。教科書を入れたかばんを地面に落とし、横棒に顔を押しつけた。

「わあ！　凄《すご》いや！　十四――違う、十一、、、匹だ！」ラリーはニュースを伝えに駈けだした。

「ねえ、ママ！」

ベティは二階でミシンをかけ、ベッドカヴァーの縁縫いをしていた。小屋へ行ってハムスターの赤ん坊をほめそやし、ラリーを喜ばせた。「かわいいわね！　ちっちゃな白鼠みたい！」

あくる朝になると、赤ん坊は九匹しか見あたらなかった。ラリーは彼らがころげ落ちないよう、横棒のそばに新聞紙で高さ八インチのバリケードを注意深く築いておいたのだ。あとの二匹はどうしたのだろう？　そのとき、恐怖のうずきとともに、彼はブリタニカ百科事典の記述を思い出した。母親のハムスターは時として、できの悪い、というか元気のない赤ん坊を食べてしまう。そういうことだったのだとラリーは察しをつけた。

四時半に帰宅したジュリアンを、ラリーは小屋へひっぱっていった。

「いやに早いな。そうじゃないか？」ジュリアンは言った。ハムスターは要するに兎の親類なのだから、さして意外な結果ではないが、息子にはしかるべき言葉をかけたかったのだ。さしあたってジュリアンの心を占めているのはプールのことで、彼はブリーフケースを抱えたまま、もう一度場所を見ようと芝生に足をむけた。

父親に従ったラリーは、芝生には冬がめぐってきたとき、ハムスターの一家が穴を掘る余地はたっぷりあるなと考えていた——冬は遠い先のことだけれど。ハムスターにしてみれば、れんがの小屋で藁《わら》に埋もれているよりも、地面の下で冬ごもりをしたいところだろう。百科事典に書いてあるようにして穀物を貯えるのは、彼らの当然の権利なのだ。バセットハウンドの仔犬がこちらへ駈け寄ってきた。ラリーは仔犬の頭を撫《な》でてやり、父親の話に注意を払おうと努めた。

「……それとも、淡いブルーのプールかな、ラリー？　形はどうする？　腎臓形か？　ブーメランか？　クローヴァーか？」

「ブーメラン！」ラリーは一瞬、この言葉の響きを楽しんだ。

ジュリアンは、すぐさま自分の会社にプールを注文しようと思っていた。春から夏にかけて、オリンピアン・プールはきわめて忙しく、とても社員の優先権を尊重してはいられない。しばらく待たされるのは覚悟のうえだ。オリンピアンは一週間でプールを完成するのを誇りとしている。夏の名残りが消えないうちに、プールをつくらせる見こみがないともかぎらないわけだ。

ラリーは放課後に友達を何人か家へ連れてきて、ミルクとクッキーでもてなし、ハムスターを見せびらかした。いまや、赤ん坊がみんなの注目を集めるようになった。抱いてみたいと二人が言ったので、ラリーは母親とひき離しておいてから、抱く許可を与えた。本に書いてあったとおり、ラリーは母親の首の後ろを摑《つか》んだ。

「きみのお母さんは、赤ん坊が生まれても気にしないのかい?」エディ・カーステアズが用心深い口調でたずねた。

「どうして? これはぼくのペットなんだよ。ぼくが世話をするんだもの」

エディは、ラリーの母が近づいてくるのを警戒してか、すばやく背後に視線を走らせた。

「何だったら、ぼくのをやろうか。うちの親が始末しろって言うんだ。でも、父さんは溺《おぼ》れさすのをいやがってね。わかるだろう? だから——きみが欲しければ——」

たちどころに交渉が成立した。翌日の午後四時ごろ、エディは自転車のハンドルにボール箱をくくりつけて訪ねてきた。箱の中味は、まず赤ん坊のハムスターが十匹。二度にわたって生まれたもので、正確に言うと年齢が同じではない。それから、おとなのハムスターが三匹。二匹にはオレンジ色の斑点があり、ラリーはとても美しいと思った。ハムスターの小屋に新しい彩《いろどり》を添えてくれる。エディはあたりをうかがう様子を示した。

「心配するなよ」ラリーは言った。「うちの母さんはなにも言わないさ」

「わかったもんじゃないぞ。まあ、見てろ」家にはいってミルクとアップル・パイでもという誘いを、エディは丁重に断わった。

ラリーはつがいのハムスターを庭に放し、新しい自由を獲得した彼らが、アイリスのにおいを嗅《か》いだり、草をかじったりしながら、少しずつ歩みを進めるさまを、心楽しく見守っていた。

は笑った。

仔犬のミスター・ジョンスンが現われて、ハムスターの片方を追いかけると、ハムスターはまんまとミスター・ジョンスンの裏をかき、すかさずラヴェンダーの茂みに姿を隠した。ラリーは笑った。

二日後、ベティはハムスターの赤ん坊がふえて、小屋にある仕切りがさらに二つ使われているのに気づいた。「どうしたのよ、これ?」

ラリーはかすかな非難の響きを聞きとった。「ああ、学校の友達がくれたんだ。うちにはあいてる場所があるって言ったらね。それに――ぼくは世話をするのがうまいじゃないか」

「ほんとにそうね――いいわ、ラリー、今度だけは。でも、あまりたくさんはだめ。いいわね? いまいるのが、どんどんふえていくんですもの」

ラリーは礼儀上うなずいた。その一方で思いをふくらませた。彼はハムスターのひきとり手になり、ハムスターについて詳しい知識を備え、自分の家に、古い木箱だのボール箱だのではなく、ハムスター専用の小屋を持っているという理由で、学校での地位が高まっていた。そしてまた、おとなばかりか生後三週間を過ぎた子供のハムスターを、いつでも庭に放すことができるのだ。当分は、友人たちがもてあましたハムスターを一手に引き受けてやろう。少なくとも四人はハムスターを飼っていて、数の多さに音をあげている。

ある午後、ラリーの父は三人の男をともなって帰宅し、プールの下見をしに芝生へ足を踏み入れた。ラリーは距離を置いて彼らのあとに続き、ハムスターが掘った穴の出入口に目を光らせた。見つけた出入口は、落葉や小枝を慎重に盛りあげて隠してある。とはいえ、なかには人目につくのもあって、父は一度、母に向かって「モグラのやつらめ！」と言っていた。父は毎朝ジョギングで芝生を二周することになっているが、必ず実行するとはかぎらなかった。

青いオーヴァーオールを着て巻尺を持った作業員の一人が、穴に足首まで落ちこんで、笑い声をあげた。「モグラも少しは手助けをしてくれるってわけだね、ジュリアン？　穴掘りを半分はやっちまったらしいよ！」

「はは！」ジュリアンはおつきあいに笑った。別の作業員に話しかけ、ブーメランの形についで説明し、外側の弧を描く地点を指示した。「あまった土の件はよろしく頼むよ。女房もぼくも、ちょっとした築山《つきやま》をこしらえたいんだ――いわゆるロック・ガーデンさ。あそこにね」彼は自分と梨の木の中間点を指さした。「そりゃあ、青写真にはちゃんと載ってるよ、ジョージ。でも、じかに場所を見れば、イメージがはっきりするだろう」

それは五月下旬のことだった。最初からいるハムスターは、すでに二度目の仔を産んでいた。新入りの独り者は雌《めす》だったが、これと、頭上の黒い斑点から海賊と名づけた雄《おす》とのあいだにも子供ができた。ラリーは小屋に置くハムスターを二十匹程度に保つつもりだった――おとなが三匹に、チビが一ダースあまり――このくらいなら、両親にも文句を言われなくてすむ。ハムスターは夜行性だから、昼間、庭に放したのが人目に触れる心配はなく、ラリー自身も見かけたことがない。けれども、穴を掘ってうまくやっているのはわかっていた。芝生や庭のあちこちで穴の出入口を発見したし、草の実、トウモロコシの粒、ピーナッツなどを午後に出しておくと、つぎの日にはすっかりなくなっているからだ。ラリーは自転車を買ってもらったので、スクール・バスには乗らなくてもよくなり、学校の帰りがけにペット・フードを扱っている村の食料品店に立ち寄って、週三ドルの小遣いをほとんど注《つ》ぎこみ、ハムスターの餌《えさ》を買い入れた。

そうした餌は、そっくり地下に貯えられているのだろうか！　いや、すぐに食べるのかもしれない。冬の準備を始めるにはまだ早すぎる。庭には、生後三週間のハムスターがあふれているはずだった。学校の友達からひきとる際、一匹につき二十五セント、赤ん坊には十セントを要求すれば、餌代が助かるとも思ったが、結局はその気持ちを抑えつけた。ラリーは心の中で、自分をハムスターの守護者とみなしていた。狭苦しい箱に入れられるより、ずっと幸福な暮らしをさせてやる友達なのだ。

「ハムスターの天国！」七月にはいったころ、ラリーは一人呟《つぶや》いた。夏休みのシーズンだった。小屋にいる二匹の雌はそれぞれ子供を産んだ。地下では、もっとたくさんの仔が生まれているにちがいない。ラリーはそう信じていた。百科事典の記述を頼りに、穴のありさまを想像してみる――深さ六フィートの曲がりくねった穴。自分が足を乗せている、この地面が、ハムスター一族の避難所に、貯蔵庫に、安全な寝室に――つまり家庭になっているなんて、ほんとうにすばらしいことではないか！　しかも、地面を見ただけではそれがわからない。父がジョギングをやめたのは幸いだった。ラリーでさえ、うっかりして穴の出入口を踏んづけたときは、穴に足が埋まるのだ。身体の重い父は、もっと深く沈むだろうし、そうなったらハムスター退治を始めかねない――穴を掘っているのはモグラだと、相変わらず勘違いをしているが。庭のハムスターにこっそり餌を与える仕事が報われたのを、ラリーは内心で喜んだ。

　とはいえ、おかげで嘘をつくはめになり、少しばかり良心のとがめを感じた。事の次第はこうだった。

　ある午後、母が台所で言った。「これだけたっても、意外と数がふえないのね。正直言って、あたしはうれしいのよ、ラリー。そのほうが――」

「友達に何匹かやったんだ」ラリーはあわてて口をはさみ、言ったとたんに恐ろしくなった。

「あら、そうだったの。うちのはちょっと変なんじゃないかと思ってた」ベティは笑った。「本で読んだんだけど、ハムスターはモグラと闘って――相手を殺すらしいわね。二匹ばかり、庭に放してみたらいいかもしれない。どうかしら、ラリー？　二匹と別れるのを我慢できる？」

　ラリーはいくらかそばかすのある顔をほころばせた。「ハムスターはきっと気に入るだろうな」

　その後の十日間はまたたく間に過ぎ去った。ともかく、ラリーにはそのように思われた。彼はたびたびベッドに寝そべって、明るい日光を浴びながら、枕に立てかけた本を読んだ。小屋のハムスターはよく太り、幸せに暮らしている。ラリーの父は、七月の終わりから八月にかけて三週間の休暇が取れるのを心待ちにしていた。今年の休みはどこへも出かけない。近くに釣りのできる川があるし、多少の庭仕事は身体にいいと、ジュリアンは医者に言われていた。至福の日々が続いたが、七月の最後の週にプールの作業員が現われて、すべては一変した。

彼らは朝の七時に訪れた。二台の大型トラックがたてる騒音で目ざめたラリーは、寝室の窓からいっさいを見てとった。何と、芝生にブルドーザーを乗り入れている！　廊下で両親が話しあう声がしたあと、ジュリアンは下へおりていき、そそくさと芝生へ向かった。ラリーはその瞬間を目撃した。突然、父の左足が地面に埋まり、父は身をよじって倒れたのだ。

ジュリアンは苦痛のうめきをあげた。

作業員の一人が、そっとジュリアンの両肩をつかんだ。ジュリアンは草の上に坐りこんだ。ベティが芝生へ走り出た。ジュリアンは立ち上がろうとしない。ベティは家に駈け戻った。やがて、医者が到着した。ジュリアンは階下のソファに横たわり、痛みのひどさに、青白い顔をしかめていた。

「骨が折れたんでしょうか？」ベティは医者にたずねた。

「その心配はなさそうですが、念のため、レントゲンをとったほうがいいですね。車に松葉杖を積んであります。いま、取ってきますから、ご主人が何とか車まで歩いてくだされば……」

ブルドーザーは耳ざわりな音を響かせて、芝生をほじくり返している。ラリーは父の足よりも、ハムスターの穴のことが気がかりでならなかった。

ジュリアンは二時間ほどで、松葉杖をついたまま戻ってきた。左足には分厚く包帯が巻かれ、足首が良くなったときのために、下に金属の支えがついている。彼は険悪な形相をしていた。

「あの芝生は蜂の巣状になってるぞ！」ジュリアンはベティに、そして、台所でミルクにドーナツという二度目の朝食を取っているラリーに話しかけた。「作業員が言うには、モグラじゃなくて、ハムスターのせいなんだ！」

「だったら、あれで――穴を掘る作業で少しは追い払えるわよ、ダーリン」ベティはなだめるように言った。

ジュリアンは息子を睨《にら》みつけた。「事ははっきりしてるな、ラリー。おまえはずっとハムスターを庭に放してきた。そのことをわたしたちには言わなかった。つまり、嘘をついたわけだ。おまえは――」

「嘘なんかついてないよ」〝嘘〟というのは父が使う最悪の言葉だったので、ラリーはパニックに襲われた。「だれにもきかれなかったもの――あの――」ラリーは立ちあがり、身体を震わせた。

「おまえは、庭に放したのはつい先日の二匹だけだとお母さんに思いこませたんだから、嘘をついたのと同じだ。真っ赤な嘘をな。芝生は至るところ、穴やらトンネルやらなにやらかにやらでいっぱいじゃないか！」

「ダーリン、興奮しちゃだめよ」ベティは再び心臓発作が起こるのを懸念した。「方法はあるわ――たとえ穴やなにかがたくさんあってもね。駆除業者に頼むのよ」

「そいつは名案だ！　さっそく電話をかけよう！」ジュリアンは電話台のほうへ松葉杖のむきを変えた。

「ジュリアン、あたしがかけるわ。休んでいてちょうだい。まだ痛みがあるんでしょ」

ジュリアンは耳を貸さなかった。ラリーは浅く息をして、そのようすを見守っていた。父はいままで、こんなに怒ったことはない。駆除業者。これはきっとハムスターを皆殺しにする連中なのだ。棍棒を持った男たちが穴のそばで待ち構え、逃げだすハムスターをぶちのめすのかもしれない。ラリーはくちびるをなめた。何匹かを穴から追いたてて、安全な小屋へ戻してやろうか？　作業員はこの瞬間にも、赤ん坊がいる穴をいくつ破壊しているだろう？

ラリーは台所の窓から外を見た。さっき、ブルドーザーはブーメランの片翼に取りかかっていたが、いまは地面にしるしをつけるようにして、反対側の翼へ作業を進めている。けれども、ハムスターは一匹も見あたらない。ラリーは庭のはずれまで隈《くま》なく視線をめぐらした。ハムスターたちが深い穴で身をすくめ、どうしてこんな振動が続くのかといぶかっているさまを思い描いた。だが、彼らの居場所は、地面からほんの六フィートしか離れていない。プールの深さは、ところによっては十二フィートにもなる。

「どいつもこいつも役立たずばっかりだ！」ジュリアンはすさまじい声でどなり、受話器を叩きつけた。

ラリーは息を呑《の》み、聞き耳を立てた。

「ダーリン、あすなら行けると言ったとこがあったじゃない。あそこへかけ直してみたら？」ベティが言った。

ラリーは作業員を見張り、できればハムスターを何匹か救うつもりで、裏口から抜けだした。そのため、まわり道をして、道具小屋へ空箱を取りにいった。工事現場に着くと、ちょうど歯状の突起がついた大きなシャベルが空中に持ちあがり、まさにハムスターの出入口がある地点めがけて、大量の土くれを投げ落とそうとしている。やりばのない怒りに、ラリーの全身は煮えたぎった。やめろと大声で叫びたかった。幸い、ハムスターは必ず第二の出入口をつくっておくのだと、そんな自分に言い聞かせた。

ほっとしたのは一瞬のことだった。ブルドーザーがえぐった所をのぞきこむと、だれかがナイフで切断でもしたように、百科事典に載っていた図そっくりなハムスターの穴の一部が露出している。そして、穴の底には、三、四匹の赤ん坊がいた——わずか四フィートばかり下で、うごめいているのが見えるのだ！　親はどこにいるのだろう？

「やめて！」ラリーは金切り声をあげ、オレンジ色のブルドーザーを操る男に向かって両腕を振りまわした。「下には生きてる動物がいるんだ！」

ブルドーザーの男には声が聞こえなかったらしい。赤ん坊のハムスターがいる穴より深い部分を狙って、またしても巨大な顎《あご》が震えた。

「どうしたんだい、坊や？」作業員が近づいてきた。「あいつらはたくさんいるじゃないか、まったくの話が！」

「だって、あれはペットなんだよ！」

作業員はかぶりを振った。「きみのお父さんは、あいつらにうんざりしてる。芝生はハムスターだらけさ！　見てみろよ。おい、泣くんじゃない！　たとえ何匹かを殺したって、ほかにも百匹はいるんだぜ！」ラリーは背筋を伸ばし、泣いてなどいないのを示そうとしたが、作業員はすでに立ち去っていた。

その日は家じゅうが混乱状態に陥った。作業員が昼食を取っているあいだ、ジュリアンはさらに電話をかけつづけた。ラリーはハムスターのおとなたり赤ん坊なりを救おうと、空箱を抱えて庭をうろついたものの、結局は一匹も見つけられずに終わった。ベティは簡単な昼食をこしらえたが、いまだに気が転倒しているジュリアンはろくに手もつけない。彼はハムスターを自分で始末すると言いだし、穴に火のついた棒を突っこむという、故郷のマサチュセッツで農夫がモグラの穴に試みていた方法を語って聞かせた。

「でも、ジュリアン、駆除業者が――」ベティはすばやく息子のようすをうかがった。「何日か待てば、きっと来てくれるわよ。金曜日ならって言ったじゃないの。むやみと興奮するのは禁物よ。身体に良くないわ」

「調子は上々、タバコが吸えそうなくらいさ！」ジュリアンは立ちあがり、そのはずみに倒した松葉杖を拾うと、タバコが置いてある電話台に歩み寄った。

ベティはこのところ、タバコを一日五本に減らし、ジュリアンがそばにいないときを選んで吸っている。彼女は溜息をつき、皿を見つめているラリーに目をやった。

父さんが癇癪《かんしゃく》を起こしてるのは、とラリーは思う。ここ何か月かタバコをやめていたり、医者の命令で働く時間が少なくなったり――そういった、つまらないことのせいなのだ。ハムスターが原因で、あんなに怒るはずはない。馬鹿げている。ラリーは両親に断わって、テーブルを離れた。

彼は二階へ行き、ベッドの上で泣きじゃくった。こうした状態がそのうち終わるのはわかっていたし、思いきり泣くと気分が晴れた。いくらか眠けがさしたとたん、ブルドーザーの音が響いて、はっと我に返った。作業がまた始まったのだ。ハムスターが！　もう一度、空箱でハムスターを救う努力をしてみようと考え、ラリーは階段を駆け降りた。ちょうど裏口からはいってきたジュリアンと、あやうく衝突しそうになった。

「ベティ、きみはまさかと思うだろうよ！」ジュリアンは皿洗いをしている妻に声をかけた。「あのいまいましい芝生で下が掘られてないとこは、一フィート四方も残っちゃいないんだ！　ラリー――うちの敷地をめちゃめちゃにするとはおまえも呆《あき》れたやつだな、ラリー！　自分の家の敷地だってのに！」

「ジュリアン、やめて！」ベティは言った。

「だいたい、きみが気づかなかったなんて、とても信じられないね！　ぼくは松葉杖の片方で探ってみた――どこをつついても、ずぶりと埋まったぞ！」

「ええ、あたしは松葉杖で探りまわったりはしなかったわ！」ベティは言い返しながら、ジュリアンに自分の精神安定剤（古い薬で、少なくとも二年は服用していない）を与えるべきか、ここはやはり一家の主治医に電話すべきかと思案していた。また心臓発作を起こしでもしたら？　「ダーリン、あたしのリブリウムを呑《の》んでみない？」

「ごめんだね！　そんな暇はないよ！」ジュリアンは松葉杖の向きを変え、また外へ出ていった。

　忍び足で裏口を出たラリーは、ハムスターの小屋に立ち寄って、海賊とグロリアがボールに入れた小麦の粒を食べ、七匹か八匹の赤ん坊が干し草の中で眠っている光景を目にし、心がなごむのをおぼえた。

「おい、ラリー！」父の声がした。「薪《たきぎ》を集めてこい！　小枝を拾うんだ！　そこいらをまわってな！」

そんな役目も父親もいやでたまらず、ラリーは深々と息をした。父はハムスターをいぶり出す気なのだ。ラリーは重い足どりで言いつけに従い、生垣や薔薇《ばら》の茂みの下に落ちている小枝を拾い集めた。五分もすると、もっと機敏に動けとジュリアンにどなられた。母が庭に現われて、あいまいに抗議する声が聞こえたが、彼女もまた父の恐ろしい仕事を手伝わされた。ベティは道具小屋から、トマトの支柱にするはずだった何本もの杭を取りだした。

バーベキュー用のグリルが置いてあるテラスのほうへ歩きかけたとき、ラリーはあるものを見て、その場に立ちすくみ、それから微笑を浮かべた。つがいのハムスターが月桂樹の木かげに後足で立って、不安そうなそぶりをしながら、なにごとかを話しあうような声を出している。

「ラリー、そいつをグリルの所へ持っていけ！」ジュリアンに命じられて、ラリーは足を動かした。

もう一度視線を投げると、ハムスターは消えていた。目の錯覚だろうか？　いや、そうではない。たしかに見たのだ。

ブルル、ドシン！　ブルドーザーが新たな土くれに襲いかかった。

ベティがラリーのそばに来て、グリルの炭に少量の灯油を注ぎ、マッチを擦った。ラリーはおとなしくその上に小枝を乗せた。

「杭を取ってちょうだい」ベティは言った。

ラリーは従った。「これでハムスターを突き刺したりはしないよね?」不意に涙がこみあげてきた。彼は父と拳《こぶし》で対決したかった。父と取っ組みあいをして、男と男の闘いができるなら、弱虫みたいに泣きべそをかいたりはしないのに。

「とんでもないわ」母の声は、なにかの危機が迫っているときの癖で、いやに甘ったるい。

「いぶし出すだけよ。そしたら、あなたがつかまえて、小屋に戻してやればいいでしょ」

ラリーはそんなことをひとことも信じなかった。「じゃあ、チビたちはどうなる? 地面の下に残しておくの? 親なしで?」

ベティは溜息をつくばかりだった。

ラリーは顔をしかめ、松葉杖の先で地面をつついている父に目をやった。火のついた杭を突っこめるように、見つけたハムスターの穴をひろげているのだ。

「これをお父さんに渡しなさい」ベティは長さが三フィートはある、燃えている杭を二本さし出した。「火が消えても大丈夫。身体から離して持つのよ」

ラリーは杭を掲げて芝生を歩いた。

「はは!」作業員の一人が笑った。「そんなもんじゃ、とても足りないぜ!」

ラリーは聞こえないふりをした。ジュリアンの顔を見ずに、杭を手渡した。

「ありがとう」ジュリアンはただちに、煙の出ている一本を直径四インチの穴にさし入れた。

杭は僅か数インチの部分を残して、地面の下へ呑みこまれた。「さて、これでよし!」ジュリアンは満足げに言った。「こいつを持ってろ。ついてこい」

ラリーはもう一本の杭を再び手にした。炎は消えていたが、煙がひどくて一瞬目を閉じた。父は穴をふたつ発見していて、つぎのは一ヤードばかり先にあった。そこへ二本目を突っこんだ。

「いいぞ! もっと杭を持ってくるんだ、ラリー!」

ラリーはテラスへひき返した。プールの穴は相当深くなり、ブーメランの形がほぼできあがっていたが、そちらへは近寄らないようにした。破壊されたハムスターの穴を、これ以上目に入れたくはないので、一瞥《いちべつ》する気にもなれなかった。とはいえ、地上で二匹のハムスターを見かけたことが、彼を大いに力づけた。ひょっとしたら、煙で窒息しないうちに、みんなが逃げられるかもしれない。ラリーは父のもとへ杭を運びつづけた。六本、八本、たぶん十二本にはなる。日は沈みかけていた。ブルドーザーはひきさがり、眠りにつこうとするかのように、歯のついたシャベルをおろした。

「出ておいで、ハムスター!」ラリーは言った。「もうすぐ暗くなるよ! 夜が来るよ!」脱出できる穴がいくつか残っているにちがいない。

長方形の広い芝生は、十二か所で煙があがっていた。ラリーが嬉しくなったことに、二、三本の杭からは地上に煙が出ていない。彼は先ほど父に言われ、何本かに火をつけ直したのだった。仔犬のミスター・ジョンスンは煙を嫌って、屋内に退却している。

ジュリアンはあけすけな笑みを浮かべ、松葉杖をつきながら、ベティが番をしているテラスの火へ歩み寄ってきた。作業員はもうひきあげていた。「これでやつらもちょっとは知恵がつくさ!」彼は庭に視線をめぐらした。「ラリー、火の消えた杭を集めてこい。いいな?」

「あたしがするわ、ジュリアン」ベティが答えた。「中にはいって、ひと休みしてよ。その足首で動きまわるなんて、いけないにきまってるでしょうが。お医者さまが知ったら、発作を起こすんじゃないかしら」

「はは」

ラリーは父の顔を見るのを避けた。こんなときに笑うのは、正気の沙汰とは思えなかった。彼はテラスの片隅に立って、ハムスターが地上に現われはしないかと目を凝らしていた。でも、赤ん坊はどうする! 生まれたてのは目が見えないから、何匹かはかわいそうに、どちらへ逃げればいいかもわからないだろう。

ベティは完全に火の消えた杭を三本抱えてきて、炭火の中へさしこんだ。

「灯油を足せよ! どうやら成功しそうだぞ!」ジュリアンは言った。

「熱やら煙やらは、薔薇に害があるわよ、ジュリアン」

ジュリアンは自分で灯油を注ぎ、容器を取り落とした。一瞬、炎が燃えあがり、彼もベティもあわててとびのいた。容器の中味はいくらも残っていなかった。ジュリアンはまたしても笑った。ベティはいっそう神経を昂《たかぶ》らせ、いくぶん腹を立てていた。

「もうたくさんよ、ジュリアン。おしまいにしましょう。ラリーとあたしがあとかたづけをするわ。だいぶ暗くなってきて、あまりものが見えないし」

「テラスの明かりをつけよう」ジュリアンはびっこをひいて家にはいり、照明を灯《とも》したものの、テラスが明かるくなったぶんだけ、芝生は一段と深い闇に沈んだ。ジュリアンは懐中電灯を持ってきた。懐中電灯と松葉杖を同時に使うのはむずかしいが、彼が地面を照らし、ベティとラリーがまだ煙の出る杭をつっこんでいないハムスターの穴を捜すというわけだ。

三人はこの思いつきを実行に移した。ラリーは歯を食い縛り、怒りと涙を抑えつけた。彼はほとんど呼吸ができなかった。煙のせいもあるが、必死で息を詰めていたからだ。見憶えのないおとなのハムスターが、怯《おび》えた目をこちらにむけて、茂みの中へ逃げこんだ。ラリーは頭に血がのぼり、燃えている杭を芝生に叩きつけた。杭の先が折れ、炎は消えた。

「なにをやってるんだ、ラリー？」父がどなった。「杭を拾え！」

「いやだ！」ラリーは答えた。

「このごたごたは、きさまのせいなんだぞ！」ジュリアンはわめき、ラリーに詰め寄ろうとした。「言われたとおりにしないなら、こっぴどくぶちのめしてやる」

「ジュリアン、お願いよ、やめて！」ベティが言った。「もうやめましょう！　家にはいりましょう！」

「杭を拾わないと――」ジュリアンはよろめいた。松葉杖の一方が地面に深くはまりこんだのだ。

ラリーはすぐ近くにいたのだが、とっさに暗がりへ退き、芝生に突きささっている杭を身軽によけた。

「まあ、たいへん！」ベティは叫び、足首の白い包帯をくっきりと闇に浮かびあがらせたジュリアンのほうへ――プールの穴に沿ってカーヴを描きながら――駈け寄った。たちの悪い煙を吸って、途中で咳をした。

ラリーは消防車のサイレンを聞きつけた。パトカーかもしれない。闇に紛れて、彼は目につくかぎりの杭をつぎつぎとひき抜いていき、芝生の上に投げ出した。かなり乾燥している草があちこちでくすぶりはじめた。煙の濃い所では呼吸を止め、いくらか空気がきれいになると息をした。ジュリアンは体勢を立て直した。相変わらず、さっきと同じことをどなっていた。

ラリーは気にしなかった。消防車の警鐘がけたたましく鳴り響いた。いいぞ！燃えさしがスニーカーの片方にとびこんだため、すぐにぬいで叩き落とし、紐《ひも》をほどいてはき直した。

消防夫が家の横に集まっている！ホースを引き出して！テラスの明かりで、ラリーには彼らの姿が見えた。二、三人がホースを構えた。

フレー！ラリーは内心で歓声をあげたものの、ハムスターが溺《おぼ》れては困ると思い返した。あまりたくさんの水をかけないように頼むつもりで、テラスをめざして駈け出した。

ベティが芝生で悲鳴をあげた。「ハムスターが！嚙むのよ！」三匹か四匹が彼女の足首にまつわりついている。

ジュリアンは松葉杖の先で一匹を小突いた。「この野郎！」彼とベティはハムスターに取り巻かれていた。もう一度松葉杖で突こうとして、彼はバランスを崩し、芝生に転倒した。一匹がすかさず彼の顔を齧《かじ》った。別のは前腕に鋭い歯を立てた。ジュリアンは手首にしがみつくハムスターを振り切って、何とか起き上がった。「ベティ！——消防夫に言って——」

その瞬間、ホースから吐きだされた水が、さながら破城槌の勢いでジュリアンの腹にあたった。彼は呼吸ができなくなり、あおのけざまに倒れた。たちまち、半ダースほどのハムスターが襲いかかった。

「ジュリアン、どこにいるの？」ジュリアンを探そうか、それとも消防夫に事情を話そうかと、ベティの心は乱れた——彼らは芝生が火事だと思っているのだ！　彼女は消防夫を選んだ。

「気をつけて！」走りながら大声で呼びかけた。「気をつけてください！　主人が芝生にいるんです！」

「何だって？」横むきにほとばしる水の向こうから、男の声が返ってきた。

ベティはそちらへ近づき、息を切らして叫んだ。「火事じゃありません！　ハムスターをいぶし出そうとしただけで！」

「なにをいぶし出す？」

「ハ、ハ、ハムスターよ！　水を止めて！　その必要はないわ！」

ラリーは、テラスのそばの暗がりで様子をうかがっていた。水のせいで、煙は前よりも濃くなっている。

キャンヴァス地の太いホースは渋々ながらのように、少しずつ張りを失い、ぐにゃりと地面に垂れた。

「どうしたんです、奥さん？　ひどい煙じゃないですか！」ゴム引きの黒いコートと立派な赤いヘルメットを身につけた、大柄な消防夫が言った。

あたりが静まり返ったとたん、ジュリアンの悲鳴が全員の耳に届いた。苦悶の響きがこもっているが、何度も叫びつづけたものか、声が嗄《しわが》れていた。

一ダースを上まわるハムスターが、煙で狂乱状態に陥り、ホースの水でショックを受けたあげく、災難の元凶はこいつだと言わんばかりに、ジュリアンを襲ったのだ。彼はこぶしを突きだし、まんなかを摑《つか》んだ松葉杖を無器用に振りまわして、何匹かの攻撃をかわした。いためた足首をまたひねり、すさまじい痛みを感じて、立ちあがろうとするのを諦《あきら》めた。なによりもまず、ハムスターの歯が自分の肌に食いこむのを防ぎ、ふくらはぎや、煙を出す草の上で半ば横たわった身体を支えている、前腕を護らなくてはならなかった。

「助けてくれ！」ジュリアンは叫んだ。「ぼくを助けてくれ！」

ありがたい！　消防夫の一人が近づいてきた。懐中電灯を持っている。

「うへっ、何だ、こりゃあ？」消防夫は厚手のブーツで二匹のハムスターを蹴とばした。

ラリーは懐中電灯の明かりが届く所へ駈けていった。たくさんの、何十匹ものハムスターが目にはいり、味方の戦士を数限りなく得たように、彼の胸は高鳴った。生きていたのか！　無事に、元気いっぱいで！　ラリーは出し抜けに足を止めた。消防夫が、僅かに持ち上げた父の身体を地面に落としたのだ。一体どうしたのだろう？

ハムスターに猛烈な勢いで手を嚙まれ、消防夫は思わず力をゆるめたのだった。ちっぽけな生きものたちはブーツを這《は》いあがり、ころげ落ち、また這いあがろうとする。「おい、ピート！　手を貸せよ！　斧を持ってこい！」彼はテラスの方向へ声をかけた。地面に倒れている男を、まわりに群がるハムスターから護るため、さかんに足を踏み鳴らした。そして、威勢のいいアイルランド語で悪態をついた。こんな話をしたところで、どこのだれが信じてくれるやら！

「こいつを――追っ払ってくれ！」ジュリアンは片手で顔を覆い、くぐもった声で言った。ハムスターが鼻に食いついていた。

　ラリーは暗がりからすべてを見ていた。少しも心配をしていないのが自分でもよくわかった。父などはどうなってもかまわない！　テレビの画面をみているようなものだ。もちろん、気がかりなことはある。是非ともハムスターを勝たせてやりたい。父をやっつけ、うちまかしてほしい。たとえ父がプールの穴に落ちたって、なにも感じはしないだろう――プールまではかなりの距離があるけれど。ハムスターは土地と、家庭と、子供を守る権利を持っている。ラリーはその場でとびはね、無言の応援団よろしく、空中にパンチを振るった。すると、ひとりでに声がでた。「がんばれ、ハムスター！」叫びながら、海賊とグロリアを連れてきて、この闘いに参加させようかと考えた――でも、彼らが助太刀をするまでもない。ハムスターはいくらだっている！

　斧を手にした別の消防夫が現われた。二人の消防夫は、それぞれの首にジュリアンの腕を巻きつけて、身体を助け起こした。ジュリアンはがっくりと頭を垂れていた。

テラスの明かりが三人を照らし出したとき、足元のハムスターたちが芝生の暗がりへ逃げ帰るのをラリーは目に留めた。父の淡い色をしたズボンとシャツは血まみれになっている。

母の顔にはまるで血の気がなかった。ラリーがそれに気づいたつぎの瞬間、母はタイルを張ったテラスの床に倒れた。気を失ったのだ。消防夫の一人が彼女を抱きあげ、彼らが明かりを全部つけておいた居間に運びこんだ。

「こっちのほうは病院行きだな」一番背の高い消防夫が言った。「彼は失血状態だ」

身体を支えられたジュリアンの足元には、赤いタイルを覆う血だまりができていた。

ラリーは身を縮め、爪を嚙んだ。

「車で連れていこう」

「それが最善の策かね」

「なにか打つ手があるかい？」

「ほうぼうから血が出てるぞ！」

「車に乗せろ！　担架だ、ピート！」

「そんな暇はない！　彼をかついで、すぐに出発するんだ！」

ジュリアンが消防車の停まっているドライヴウェイへ運ばれていく最中に、ベティは意識を取り戻した。隣近所の人々が集まって、火事について質問を浴びせている。ジュリアンはいったいどうしたのか？

「ハムスターだよ！」消防夫の一人が答えた。「芝生にハムスターがいるのさ！」

隣人たちは呆気《あっけ》にとられた。

ベティは病院へついていくと言ったが、やめたほうがいいと消防夫に説得された。近所に住む女が二人、彼女につきそうことになった。

頸静脈を二か所切ったジュリアンは、病院へ着くまでに大量の血を失っていた。医者は止血帯を巻き、傷口を縫った。輸血が施された。治療ははかばかしい効果があがらなかった。注入した血はそばから流れでた。ジュリアンは一時間とたたずに死亡した。

ベティはその夜、鎮静剤を打たれ、翌朝になって夫の死を知らされた。おとなの知恵というもので二日間はショックにひたすら身を委《ゆだ》ね、そのあいだも、家を売ってよそへ移ることをずっと考えていた。ラリーは、起こったことを事実としては理解しても、気持ちの上で父の死をすぐには受けとめかねた。母は二度とハムスターを見たくないに決まっているので、小屋に連れ戻したものたちを、生きのびるチャンスのある場所に放そうと思い立った。ボール箱におとなと赤ん坊のハムスターをおさめ、何回かに分けて、自転車で往復した。家から半マイルと離れていない所には、樹木も下生えも豊富で人家は一軒もない森がひろがっていた。

そして、父が死んだことを、ラリーはついに認識した。死んだのは、ハムスターが必死になって嚙みついたせいだ。とはいえ、ある意味で、父はみずから災いを招いたのではないだろうか？　時間をかけて、みんなしてブーメラン地域のハムスターを救い、そのあとでプールをこしらえるわけにはいかなかったのか？　父をとても愛してはいたけれど、また、愛する義務があるのをわきまえてはいたけれど——たしかに、父親としてはそんなに悪くもなかった——ラリーはいまでも、なぜかハムスターの味方をしていた。母の気持ちを考えると、海賊とグロリアも、やはり手離さなければならない。最後まで残しておいた彼らと何匹かの赤ん坊を、ラリーはある朝、自転車に積みこんだ。いちばん好きだったこのつがいと別れたときは、再び涙がこみあげてきた。けれども、彼は涙をこらえ、自分がやっと一人前の男になったのを感じていた。

（大村美根子訳）

鼬《いたち》のハリー

Harry : A Ferret

齢のころが一、二歳見当と思われる鼬《いたち》のハリーは、十五歳の少年ロラン・ルモアニエがこよなく大切にしている宝物だった。ロランが十五歳である点は疑う余地がない。彼は十五歳と十四歳の違いを重視し、会う人ごとに自分の年齢を吹聴した。十四のうちはまだ子供だけれど、十五になれば大人の仲間入りができるのだ。彼は声が低くなったのを喜び、毎朝の歯磨きをする前に、鏡で口のまわりやもみあげの下を調べて、髭《ひげ》の伸び具合を確かめた。愛用の剃刀《かみそり》で念入りに顔をあたるのだが、それよりも髭を見るほうが楽しくて、剃るのは週に一度と決めていた。

大人の仲間入りをしたおかげで、ロランはパリでトラブルに巻きこまれた——少なくとも、母親の意見ではそうだった。いくつか年上の少年少女と遊び歩いているうち、十八歳を過ぎた六人といっしょに警察へ呼びだされ、マリファナ所持に関して警告を与えられたのだ。ロランは十八と言っても通るほど背が高く、よく間違えられることがある。母はこの出来事に動転したあげく、祖母の忠告を今回だけは完全に受け入れて、オルレアン近郊の持ち家に住まいを移した。両親は彼が五つのときに離婚していた。転居の際には、女中兼料理人のブリジットと、ロランが生まれる前から一家に奉公し、車の運転をはじめ雑用のいっさいをこなすアントワーヌ老人が同行した。ブリジットとアントワーヌは夫婦ではなく、どちらも独り者だった。アントワーヌはロランが笑いぐさにするくらい齢を取っていて、不可思議にも生き残った前世紀の遺物にふさわしく、ロランがブルー・ジーンズ姿で昼食のテーブルについたり、ラ・スルスと呼ばれる屋敷の絨緞《じゅうたん》やワックスがけした床の上をはだしで歩いたりすると、眉《まゆ》をひそめて非難の意思を表明した。パリを離れたあと、ロランは家から八キロ先のラマルティーヌ中学に転校し、前学期はほとんどここへ通ったが、いまは学校が夏休みにはいっていた。

田舎の生活には正直なところ退屈し切っていた六月下旬のある日、彼は母のおともをして、庭木をみつくろうために植木屋へ足を向けた。店のあるじはユーモアのセンスを備えた気さくな男だったが、週末に兎《うさぎ》狩りへ行ってつかまえたという鼬を見せてくれた。檻《おり》に入れられた鼬は、身体がアコーディオン式にでもなっているのか、いやに小さく縮こまることができるし、つぎの瞬間には体長を三倍に伸ばして、藁《わら》でつくった穴ぐらにすばやく潜りこむ。ロランはすっかり心を奪われた。体毛は黒と薄茶とクリーム色のぶちで、鼠に似たところも栗鼠《りす》じみたところもあり、何とも茶目っ気たっぷりな感じがする。

「気をつけて！　そいつは嚙みますよ！」ロランが金網に手をかけると、植木屋は言った。

そのときはもう針のような歯で嚙まれていたが、ロランは血の滲《にじ》む指をこっそりとハンカチでくるみ、ポケットに入れた。「これを売ってくれない？　檻もつけて？」

「どうしてまた？　あんたも兎狩りをするんですかい？」植木屋は微笑んだ。

「百新フラン払うよ。百五十だ」ロランはちょうどそれだけの金額を身につけていた。母は数ヤード向こうで椿《つばき》を検分している。

「そうですねえ——」

「どんな餌《えさ》をやればいい？」

「ちっぽけな草はもちろん食いますよ。それから、血です」植木屋はロランの耳元に顔を寄せてつけ加えた。「たまには生肉をやってください。そういう好みになっちまったんでね。家の中で放しちゃだめですよ。つかまえられっこないんだから。こんなふうに、干し草を入れて暖かくしておくこと。トンネルは自分でこしらえます」

藁《わら》のトンネルに潜りこんだ鼬は、身体の向きを変えて、低い位置に鼠ふうの耳がつき、目尻の垂れた眼が黒く輝いている、表情豊かな顔を突きだした。ほのかに憂《うれ》いを帯びた、考え深げな様子をしている。ロランはふと、鼬が二人のやりとりに耳を澄まし、飼い主が変わるのを望んでいるのではなかろうかという気がした。

彼はポケットから百五十フランを取りだした。「この金額でいいだろう？——檻もこみで？」

ロランの母が口だしするのを恐れたらしく、植木屋はすばやく背後に視線を走らせた。「嚙まれたときはたまねぎを突きつけておやんなさい。たまねぎに食いつかせたあとは、もう嚙まれる心配がありません」

マルグリット・ルモアニエは息子が鼬を買ったのを知ると、呆れて迷惑そうな反応を見せた。

「檻は庭に置いてちょうだいね。家へ持ちこんじゃ困りますよ」

アントワーヌは沈黙を守ったものの、ピンクがかった白い顔に、ふだんにも増して渋い表情を浮かべた。檻が革張りのシートに触れるのを嫌って、ジャガーの後部に大量の新聞紙を敷き詰めた。

帰宅したロランは台所でたまねぎを手に入れ、家の裏手の芝生に檻を置いた。たまねぎをそばに用意して、檻の戸を僅かに開いた。鼬は一瞬ためらったのち、勢いよく外へとびだした。敷地の横にひろがった森へ駈けこみ、姿が見えなくなった。ロランは落ち着けと自分に言い聞かせた。戸を開けたまま檻を森のはずれへ運び、急いで裏口から家にはいった。台所のまな板の上に、めあてのもの、つまりステーキ肉のかたまりがのっていた。それを薄く切りとり、すぐさま森へひき返した。

森を一周して鼬を檻のほうへ追いやろうと思い、ゆっくりと歩みを進めた。鼬は木にものぼれるのだろうか。植木屋の店先で立ちあがったとき、鋭い爪がロランの目に留まった。ピンク色をした前足の裏は人間のてのひらそっくりで、指の先に小さな肉球があり、親指の動きは自由自在だ。不意に胸が高鳴ったことに、ほんの数ヤード向こうで、鼬が姿勢を正し、鼻をうごめかしていた。かすかな風がそちらへ吹いているので、血のにおいを嗅《か》ぎつけたらしい。ロランはその場にしゃがんで、生肉をさしだした。

鼬は用心深いそぶりを示して、いったん後足で立ってから少しばかり前進し、敵を警戒する視線をあたりに向けながら近づいてきた。やにわに生肉をくわえて奪いとったすばしっこさに、ロランは呆気《あっけ》に取られた。鼬は頭と首をせわしなく動かし、しなやかな身体を縮め、茶と黒の背中の毛を逆立てて、生肉を噛み砕いた。全部を食い終わると、満足げにピンクの舌で顔をなめ、ロランを見つめた。

ロランは、生肉の追加を取りに台所へとんでいきたい衝動に駆られた。とはいえ、いきなり動いては鼬を脅かすことになる。

「待ってろよ！　よかったらいっしょにおいで」鼬を檻に戻そうとして、彼は優しく声をかけた。夕闇が迫っているし、姿を見失いたくはない。

鼬は芝生のへりまでついてきた。ロランは台所でさらに肉を切りとり、肉の下の紙にたまった血を大匙一杯分すくって、コーヒーカップの受け皿に注いだ。それを庭へ持ち帰った。鼬は先ほどと同じ場所にとどまって、足を一本あげ、待ちかねたと言わんばかりに目を凝らしていた。受け皿には肉ものっているのに、まずは血のほうに取りかかり、仔猫がミルクをなめるのとそっくりな仕草で、一滴も残さず飲みつくした。ロランは微笑んだ。鼬はまたもや顔をなめてロランを見つめ、肉を口にくわえて、でたらめな方向へ草地を駈けだしたが、檻を目にすると、まっしぐらにそちらへ走り寄った。

ロランは喜んだ。このぶんでは、ポケットに入れたままのたまねぎを使う必要はなさそうだ。しかも、鼬は自分の意志で檻におさまった。ロランは檻の戸を閉めた。「おまえをハリーって名前にしような。どうだい？　ハリーだよ」英語を勉強しているロランは、ハリーがヘンリーの略称であることを知っていた。同じような発音のヘアリーは〝毛深い〟という意味だから、うってつけの名前に思えたのだ。「さあ、ぼくの部屋を見せてやろう」ロランは檻を持ちあげた。

家の中で、階段を降りてきたアントワーヌと出くわした。

「ロランさま、その動物を家に持ちこんではいけないと、お母さまがおっしゃったではありませんか」

ロランはいくらか反《そ》り身になった。彼はもはや、召使いに指図をされる子供ではない。「そうだったね、アントワーヌ。でも、それについてはお母さんに話しておくつもりだよ」彼は精いっぱいの低くて太い声を出した。

自分の部屋にはいり、床のまんなかに檻を置いて、廊下へ電話をかけに行った。パリにいる親友ステファンの番号をまわし、ステファンの母親とやむなく言葉を交わしてから、ようやく相手を電話口に呼びだした。

「新しい友達ができてね」ロランはわざと外国訛《なま》りを響かせた。「彼は鋭い爪を持ってるし、血を飲むんだよ。なにものだかあてられるかい？」

「ええと——ヴァンパイアかな？」

「残念でした——母さんがこっちへくるんで、あんまり話しちゃいられないんだ」ロランは口ばやに言った。「答は鼬さ。名前はハリー。血に飢えてるんだぞ！　殺し屋だぞ！　もしかしたら、パリへ連れて行くかもしれないよ！　じゃあな、ステファン！」

ルモアニエ夫人は階段をあがりきって、廊下をこちらへ歩いてきた。「ロラン、アントワーヌから聞いたけど、あの動物を家に持ちこんだそうね。庭で飼うんなら許すと言ったはずよ」

「でも――寒い目にあわしちゃいけないって、植木屋に言われたんだ。夜は冷えるものね、ママ」

母はロランの部屋に足を踏み入れた。ロランはあとに続いた。

「ほら！　穴の中で眠ってるじゃないか。こいつはとっても清潔なんだよ、ママ。ちゃんと檻に入れておく。べつに問題はないだろう？」

「どうせ外へ出すんでしょ。あなたのことだからね、ロラン」

「出さないって約束するよ」ロランは約束を守る気がなかったし、母がそれを見抜いているのもわかっていた。

一分後、ロランは干し草に潜りこんでいるハリーを、渋々庭へ運んで行った。ハリーはぐっすりと眠っているらしい。植木屋の話によると、鼬は血を吸った獲物に寄り添って、暖をとりながら眠ることがあるという。そうした野蛮なところに、ロランはたまらない興奮を覚えた。

母が立ち去ったとたん（裏口から見張っていたのだ）、檻の戸を開けて、干し草をいくらか取りのけると、ハリーは眠たそうに頭をもたげた。ロランは微笑を浮かべた。

「ぼくの部屋で寝かせてやるよ。今夜は楽しくやろうな」ロランは囁《ささや》いた。

ハリーを抱きあげ、干し草をもとどおりの形に直した。ハリーはおとなしく抱かれている。シャツのボタンをひとつはずし、ハリーを胸元につっこんで、ボタンをはめた。檻の戸を閉め、掛け金をかけた。

部屋に戻って、箪笥《たんす》のいちばん上から空のスーツケースをおろすと、セーターを二枚敷いた上にハリーを置き、セーターの袖《そで》をはさんで蓋《ふた》を少し開けておいた。廊下のテーブルにのせてあるきれいな灰皿を持ってきて、バスルームの蛇口をひねって水を充《み》たし、スーツケースの中に入れた。

それから、ベッドに寝ころんで、本棚に隠してあったタバコに火をつけ、すでに二度か三度読んでいるジェームズ・ボンドのページを開いた。ハリーにどんなことを仕こもうかと想像をめぐらした。まずは、ロランがどこへ行くときも上着のポケットにおさまっていて、ひと声命令されるととびだすという芸当を覚えさせる。また、首輪と引き綱をつけておく。ハリーはとても小さいので、首輪は、もしかすると引き綱のほうも、特別誂《あつら》えにしなくてはならない。ロランは、パリの革細工師に製作を頼み、たっぷり報酬をはずむ光景を思い描いた。すばらしい！　たとえばパリのレストランなどで——まあ、オルレアンでもかまわない——引き綱をつけたハリーがポケットから登場し、ロランの皿に盛られた肉を食べでもしたら、さぞや面白いことだろう。

ロランと母が、近所に住む母の男友達で、退屈きわまりない人物である古美術商を招き、食卓を囲んでいる最中に、ブリジットがはいってきてルモアニエ夫人に耳打ちした。

「奥さま、お邪魔して申しわけございませんが、アントワーヌが嚙みつかれました。ひどく取り乱しております」

「嚙みつかれた？」ルモアニエ夫人はたずねた。

「鼬だそうです——ロランさまのお部屋で」

ロランは笑いたいのを我慢した。アントワーヌはベッドのしたくを整えにいって、ハリーに襲われたのだ。

「鼬ですと？」古美術商が口を出した。

母はロランに目をやった。「ロラン、ちょっと失礼して、あの動物をお庭に戻していらっしゃい」彼女は怒っていたし、息子と二人きりならば、もっと言いたいことがあったにちがいない。

「失礼します」ロランは言った。玄関ホールに出ると、玄関脇の狭い手洗いにいるアントワーヌの長身が目にはいった。かがみこんで、濡《ぬ》れたタオルを足首にあてている。血だ、とロランはうっとりしながら考えた。アントワーヌほど齢とっていて、とても血が通っているとは思えない生きものから、ハリーは血を吸いとったのだ。

階段を二段ずつ駆け上がり、乱雑なありさまになった部屋に足を踏み入れた。アントワーヌはベッドのしたくを途中でやめたらしかった。アームチェアが一脚、ハリーを探そうとしたのか、それで身を護ろうとしたのか、斜めの位置へひきだされたままになっている。きちんと整えられていないベッドを見るのは、ロランにとって、爆発事故どころではない異様な出来事を意味した。アントワーヌは終油の秘蹟が迫ってでもいないかぎり、ベッドをこんな状態にはしておかない人物なのだ。ハリーの姿を求めて、ロランは室内を見まわした。

「ハリー？――どこにいるんだ？」ハリーが苦もなくのぼれそうな長いカーテンを見あげ、簞《たん》笥《す》の中やベッドの下を覗《のぞ》いてみた。

部屋のドアは閉まっていた。アントワーヌはハリーを閉じこめようとしたのだ。何の動きも見られないのに、ベッドカバーのひだがなぜか目についた。

「ハリー？」

ロランはベッドカバーの上べりをつまんだ。すると、布地が揺れ動いた。ベッドカバーと毛布のあいだに潜《ひそ》んでいたハリーは、身を起こして、激しい不安をたたえた目をこちらへ向けた。ロランはハリーの新たな美しさに感じ入った。黒い小さな顎《あご》から足を乗せたベッドカバーにかけての胴体は、ベージュの色あいでいかにも柔らかそうだ。毛がまんなかのほうへずっと押しつけられていたせいか、みごとな茶色の毛並みは縞《しま》模様をなしている。後足はどこがつけ根でどこが先やら定かではなく、身体全体が二筋に分かれ、ベージュのふんわりしたかたまりに見える。きゃしゃな二本の前足でベッドカバーのひだを探っているのは、しっかりと立っているのだからバランスを取りたいのではなく、緊張した人間がよくやるような、神経質な仕草なのだろう。きっと、ハリーはこう問いかけているのだ。「大男がぼくを追いたてて、脅かして、つかまえようとしたけれど、あれはなにものなんだい？」けれども、ロランが見守っているうちに、ハリーの顔に浮かんでいた恐怖は薄らいできた。ハリーは身を低くして、いくらか前へ進みでた。今度はこう言っている。「嬉《うれ》しいな、きみが来てくれて！　ぼくはいったいどうなるの？」

ロランはなにげなく手をさしのべた。ハリーはとたんに腕を這《は》いあがり、シャツの胸元に潜りこんで――シャツはオープン・カラーだった――、ウエストのあたりを小さな爪でひっかいた。ロランの目には説明のつかない涙があふれた。ハリーになつかれたのが誇らしいのか？　今夜、ハリーを庭へ出さねばならないのが腹立たしいのか？　説明がつこうがつくまいが、涙には詩的な価値がある。なにかしら重要な意味がある。

ロランはハリーをシャツの下から取りだして、カーテンの上に乗せた。ハリーは黄色のカーテンを天井まで一気によじのぼり、ロランが両手で裾《すそ》をひろげると、布のスロープを駈けおりた。ロランは笑って手を放した。ハリーはまっすぐに垂れたカーテンを再びよじのぼった。見るからに楽しげな様子だった。ロランはカーテンをおり切ったハリーをつかまえて、スーツケースに押しこんだ。「すぐに戻ってくるよ！」今回はスーツケースの蓋《ふた》を閉め、背もたれが垂直な椅子を横向きに立てかけた。

食事がすまないうちに食堂へひき返し、ブリジットに肉をもらったあとで、ハリーを庭へ連れていくつもりだった。ところが、食事はもう終わったらしい。食堂にはだれもいなかった。古美術商は応接間に席を移し、コーヒーの盆が置かれたテーブルの前に腰をおろしている。向かい側の部屋から、母とアントワーヌのやりとりが聞こえてきた。ドアがきちんと閉まっていないのだ。

「……わたくしの言いつけにそむきました」アントワーヌは老人特有の震えがちな声で喋《しゃべ》っている。「奥さまのお言いつけにも！」

「あまり深刻に受けとっちゃいけないわ、アントワーヌ。ロランは必ずあの動物を庭へ……」

ロランはその場を離れた。盗み聞きは紳士のすべきことではない。とはいえ、「ロランさまはわたくしの言いつけにそむきました」というアントワーヌの言葉は癇《かん》にさわった。あの老人はいつから、自分がロランを支配できると思いこんでいるのだろう？　応接間を覗いて、古美術商が白いズボンに包まれた脚を組み、宙を睨《にら》んでタバコをふかしている姿に目をやり、どうしたものかと考えた。コーヒーを飲みたい気はするけれど、そのために退屈な思いをさせられてはかなわない。彼は食堂を通り抜け、台所に足をむけた。

「ブリジット、鼬《いたち》にやる肉をくれないか？　できたら生のが欲しいんだ」

「ロランさま、アントワーヌは大変なショックを受けておりますよ。鼬は野獣《ベート・ソヴァージュ》なんです。その点を心得ておおきになりませんと」

ロランは如才《じょさい》なく答えた。「わかってるよ、ブリジット。アントワーヌが噛まれたのは気の毒だった。鼬は庭へ連れていく。檻《おり》に入れてね。いますぐに」

ブリジットはかぶりを振って、冷蔵庫から仔牛の肉を取りだし、気の進まない様子で一片を切り分けた。

血はついていなくても、生肉にはちがいない。ロランは大急ぎで部屋に戻り、そっとスーツケースの蓋《ふた》を持ちあげた。びっくり箱の趣《おもむき》で、たちまちハリーが身を起した。前足と歯を使ってロランの貢《みつ》ぎものを受けとり、くわえた肉を動かしてまわりから食べていった。

ロランは大胆に手をさしのべた。「今夜は庭で寝てもらうよ、悪いけど」

またたく間に、ハリーはシャツの袖口《そでぐち》の隙間《すきま》にとびこんで、ロランの肩へ這《は》いあがり、ウエストへ這いおりた。ロランはそんなハリーをあやしながら、別の手に檻を持ち、堂々たる足どりで階段をおりた。

外は暗かったが、台所の窓からさす明かりでものの見分けはついた。ハリーを檻に入れ、戸を閉めて、掛け金をかけた。ブリキのマグにはまだ水がたっぷり残っている。「あしたまた会おうな、ハリー！」

ハリーは後足で立ちあがり、ピンク色をした前足の裏を金網に押しあて、黒い鼻をうごめかして、何度も振り返りつつ芝生を遠ざかっていくロランのにおいを嗅《か》いでいた。

あくる日の日曜日、ロランが数週間前に定めた儀式を守って、朝の八時にブリジットがお茶を運んできた。ベッドに寝たままだれかに熱い飲みものを手渡され、それでようやく目がさめるというふりをすると、一段と大人の気分が味わえるのだ。

それから、ブルー・ジーンズ、テニス・シューズ、古びたシャツを身につけて、ハリーに会うため庭へ向かった。

檻は消えていた。少なくとも、昨夜置いた場所には見あたらない。ロランは庭の至るところを調べ、右手にたち並ぶポプラのかげへまわり、そこから家のそばへ歩を運んだ。台所では、ブリジットが母の朝食を盆に用意していた。

「鼬の檻をよそへ移したやつがいるんだよ、ブリジット。どこにあるか、知らないかい？」

ブリジットは盆の上に身をかがめた。「アントワーヌが持っていきましたわ、ロランさま。どこに置いたかは存じません」

「でも——アントワーヌは車を使ってる？」

「さあ、どうでしょうか、ロランさま」

ロランは外に出て、ガレージを覗いた。車はちゃんとおさまっている。身体を一回転させて、周囲に視線をめぐらした。アントワーヌは檻を道具小屋に入れたのだろうか？　道具小屋のドアを開けてみた。中にあるのは芝刈り機と園芸用具ばかりだ。森。ハリーを森に放せと母が命じたにちがいない。ロランは顔をしかめ、全速力で駈けだした。

イバラの茂みでシャツが裂け、思わず足を止めた。老人のアントワーヌがそんなに奥深くへ踏みこんだはずはない。この森には道らしい道が通っていないのだ。

うめき声が耳に届いた。気のせいだろうか？　声の出どころがよくわからないまま、ためらわずに同じ方向へ歩き続けた。今度は枝の折れる音がして、またしてもうめき声が聞こえた。間違いなくアントワーヌの声だ。ロランは歩みを進めた。

木々のはざまに、なにやら黒っぽい斑点がちらついた。アントワーヌは色の濃いズボンをはき、たいていはダーク・グリーンの綿ジャケットをつけている。ロランは立ち止まった。黒っぽい斑点が僅か三十フィート前方に迫ったのだ。だが、おびただしい木の葉が視界をさえぎっている！　アントワーヌとおぼしき姿に左側から一筋の陽光が降り注ぎ、悲鳴に近い声があがった——赤ん坊が泣いているような、か細い声だ。

いくぶん怯《おび》えながらも、ロランはそちらのほうへ歩み寄った。ようやくアントワーヌの頭と顔が、血を流している片目がはっきりと見て取れた。そのとき、ハリーが彼の腿《もも》にとびかかった。アントワーヌの平手打ちもむなしく、ハリーはすでに喉《のど》を襲っている。というか、顔を。

アントワーヌはよろめいて、地面に尻もちをついた。

助けに行かなくては、とロランは思った。棒きれでハリーを追い払うのだ。けれども、身体が金縛りになって、どうしても足が前へ進まない。アントワーヌはバックハンドの一撃を試みたものの、手にした枝は木の幹にぶつかって、まっぷたつに折れてしまった。彼は再び足もとをぐらつかせた。

あいつに少しは思い知らせてやるのもいいな。ロランはいつしかそう考えていた。

アントワーヌはぶざまな格好で立ちあがり、なにかを——たぶん石だろう——ハリーに投げつけた。白いシャツの前面は血に染まっていた。ハリーは不可思議な小さい弾丸さながらに、ありとあらゆる方向から襲撃をくり返す。いまや、アントワーヌは逃げようとしている。茂みの中をおぼつかない足どりで歩いて行く。ハリーはアントワーヌの左手にとびつくなり、歯を立ててぶらさがったらしい。それとも、木洩れ日の加減でそんなふうに見えるのだろうか？アントワーヌはまたもやころんで、下生えに姿を消した。

ロランはあえいだ。すっかりこの闘いに加わった気分で、何秒かは息ができず、動悸も激しくなっていた。それから、アントワーヌが倒れているはずの場所へ、思いきって歩み寄った。あたりはしんとして、落葉や小枝を踏む彼の足音だけが耳に響いた。黒と白と緑の服が、そして、血まみれの顔が目にはいった。アントワーヌはあお向けに横たわっていた。両眼が血を流していた。

ハリーはアントワーヌの喉に食いついている！

頭はアントワーヌの顎《あご》の下に埋まって見えないが、胴体と尻尾がアントワーヌの胸元に垂れていた——まるで毛皮の襟巻《えりまき》をしたような按配《あんばい》だ。

「ハリー！」ロランはかすれた声で呼びかけた。

ハリーは聞きつけた気配を示さない。

ロランは棒きれを拾いあげた。「ハリー、やめろ！」声をひそめて言ってみた。

ハリーは喉の反対側へ移ったが、嚙みつくのはやめなかった。

「アントワーヌ？」ロランは棒きれを構えて近づいた。

ハリーは頭をもたげ、緑色をした襟の折り返しまで後退した。胃が目に見えてふくらんでいる。大量に血を吸ったのだ。アントワーヌはまったく身動きをしない。ハリーはロランに気づき、いくらか前へ進んで、後足で立ちかけたものの、胃袋の重さによろめいて前足をおろし、アントワーヌが腕を投げ出しているそばへとび降りて、落葉の上に寝そべると、眠りにつくように頭を傾けた。陽光がその身体をまだらに彩っていた。

ハリーが休息したので、ロランの怯《おび》えはかなりおさまったが、今度はアントワーヌが死んだのではないかと思われて、人の死という可能性に心がおののいた。彼はもう一度アントワーヌの名を呼んだ。乾いて黒ずんだ血が眼窩《がんか》にこびりついている。目玉は予想していたとおりえぐられたらしいし、少なくともほとんどが食いつくされたにちがいない。服だの顔だの、あたり一面にひろがった血が黒っぽく固まって、新たな血が流れていないのは、心臓が止まった証拠だろう。自分の振舞を意識する暇もなく、ロランは眠っているハリーの横にしゃがみこんで、アントワーヌの手首を取り、脈を探った。数秒間はそのままじっとしていた。それから、恐怖に襲われて手首を放し、すかさず立ちあがった。

アントワーヌが死んだのはハリーのせいではなく、心臓発作が原因なのだ、とロランは考えた。とはいえ、だれかがアントワーヌを発見すれば、ハリーはもちろんよそへ連れていかれるし、場合によっては狩りたてられて殺されるだろう。ロランは背後のラ・スルスの方角をうかがい、アントワーヌに視線を戻した。ともかく、アントワーヌをどこかに隠さなくては。この老人には嫌悪を覚えるが、それは相手が死んでいるからだ。ハリーに対しては愛情を感じ、保護してやりたいと願っている。ハリーは結局のところ、わが身を護って闘ったにすぎない。アントワーヌは図体の大きな誘拐者だったし、ひょっとするとハリーを殺そうとしたのではないだろうか。

腕時計に目をやると、時刻はまだ九時半をまわったばかりだった。

ロランは不揃いに伸びた下生えのあいだを駈け抜けた。ラ・スルスの芝生まで来たとき、ブリジットが裏口の階段近くで花に水をやっているのを見て、足を止めた。彼女が家にはいってから道具小屋へ行き、熊手とシャベルを持って森にひき返した。

アントワーヌの横たわっている場所が墓穴には最適だと思い、すぐそばの地面にシャベルを突き立てた。骨の折れる労働は気持ちを鎮め、パニックのいくぶんかを取り除いてくれた。ハリーは相変わらず、ロランが穴を掘っている側とは反対の、アントワーヌのかたわらで眠りこけている。ロランは憑《つ》かれたように働きつづけた。身体を動かせば動かすほど、さらに多くのエネルギーが湧いてくるようだ。目の前のアントワーヌを見て、恐怖に駆られているのは自覚していた。パリでもここでも見慣れていた、生きている化石が、本物の屍体になり変わったのだ。アントワーヌが起き上がって小言を浴びせ、前に読んだ物語の幽霊や屍体のように、何やらぞっとすることをしでかしはしないかと、半ば期待する気持も働いた。

次第にくたびれて、作業の進行がのろくなったとはいえ、決意のほどは少しも揺るがなかった。正午までにいっさいを終えなくてはならない。昼食どきには、母とブリジットがアントワーヌの行方を探すだろう。その折に聞かせる話を頭の中でまとめてみた。

充分な深さの墓穴ができあがった。ロランは歯を食い縛り、緑のジャケットとズボンのわきをつかんで屍体をころがした。アントワーヌは顔を下にして穴へ落ちた。そのはずみに腕がかすって、ハリーはまだ眠り足りない顔つきで身を起こした。ロランはシャベルで穴に土を投げ入れ、荒い息をした。埋めた穴を踏み固め、あまった土はあたりに撒《ま》き散らして、森にはいりこんだ人の注意を引かないよう気を配った。熊手で枯れ枝や落葉を引き寄せているうちに、地面のありさまはまわりと区別がつかなくなった。

それから、疲労に麻痺した腕でハリーを抱き上げた。ハリーはひどく重い――ピストルの重さだとロランは考えた。再び眼をつぶってはいても、すっかり眠りこんでいるわけではない。頭をしゃんと立てていたし、目の高さに身体を持ちあげると、目蓋《まぶた》を上げてロランを見つめた。ロランはいつも肉をあてがっているから、ハリーに噛みつかれる心配はない。ある意味で、彼はアントワーヌをハリーにあてがったのだ。ハリーを抱いて家へ向かう途中、檻を見つけて手を伸ばしかけたが、さしあたってはこのままにしておこうと思い直した。芝生の手前で、日ざしにあたためられた岩のそばにハリーをおろした。

ロランは熊手とシャベルを道具小屋に戻した。小屋の横に設けられた水道で、できる限り念入りに手を洗い、ブリジットと出くわしかねない台所を避けて、玄関から家にはいった。二階にあがり、さらに手を洗って、シャツを取り替えた。そのあいだ、トランジスター・ラジオをつけっ放しにしておいた。いまはそれほど怯えていないが、ぎこちない動作——転ぶとか、ものにつまずくとか、階段で足をもつれさせるとか——をやらかしそうな気分だったのに、そんなことはなにひとつしなかった。

母がドアをノックした。ノックのしかたですぐにわかるのだ。

「どうぞ、ママ」

「どこに行ってたの、ロラン？」

ロランはラジオを傍《かたわ》らに置いて、ベッドに寝そべっていた。彼はラジオの音量を下げた。

「森だよ。散歩してたんだ」

「アントワーヌを見なかった？　お昼に呼んだマリーとポールを迎えにいく時間なの」

ロランは思いだした。昼食には客が来るのだ。「森で会ったよ。今日は休みを取って、オルレアンに行くとか言ってたな」

「ほんとうに？——鼬を森に放していたでしょう？」

「うん。もう放したあとだった。檻が森の中に置いてあったよ」

母は当惑した表情を浮かべた。「ごめんなさい、ロラン。でも、あれはペット向きの動物じゃないわ。それに、かわいそうなアントワーヌ――あの人の気持を考えてやらないとね。鼬を怖がってるのよ。無理もないわ」

「わかってるよ、ママ。べつにかまわない」

「いい子ね。でも、アントワーヌがそんなふうに出かけてしまうなんて――オルレアンで映画を見て、夕方に戻るつもりなんだわ、車で行ったのかしら？」

「オルレアン行きのバスに乗るんだってさ――ぼくのことを怒ってるんだ。二、三日帰らないかもしれないなんて言うんだもの」

「馬鹿馬鹿しい。それはそうと、大急ぎでマリーとポールを迎えにいかなくちゃ。まったく、あの動物のおかげでとんだことになったじゃないの、ロラン！」母はちらりと笑みを見せてたち去った。

ロランは夕食の際に肉を確保しておき、ブリジットが床について、母が自室にひきとった十時半ごろ、それを持って外へ出た。先ほどハリーを置き去りにした岩に腰をおろし、七、八分待っていると、ハリーが姿を現わした。ロランは微笑み、声をあげて笑いそうになった。

「肉だぞ、ハリー！」家からは充分離れていたが、声を忍ばせて言った。

再び痩身《そうしん》になったハリーはレアに焼いたラムを受け取ったものの、今日はたっぷりと餌《えさ》にありついたので、ふだんのような熱意は示さなかった。ロランははじめてハリーの頭を撫《な》でた。昼間のうちに森へ来て、ポケットに入れたり命令を下したりをくり返し、ハリーを訓練するさまを思い描いた。ハリーには檻の必要がない。

二日後、ルモアニエ夫人はパリに住むアントワーヌの妹宛に、折り返し電話を乞うという電報を打った。妹は電話をかけてきて、アントワーヌからは何の連絡もないと述べた。

アントワーヌが衣類をそっくり置いて、上着やレインコートさえ持たずに出て行ったのは、何とも腑《ふ》に落ちない話だった。ルモアニエ夫人は警察に届けることにした。

警官が到着し、質問を始めた。ロランは最後にアントワーヌを見たときのことをきかれ、彼は午前十一時のバスをつかまえると言って、オルレアンへ続く道のほうへ歩いていったと答えた。アントワーヌはいっぷう変わった頑固な老人だと、ルモアニエ夫人が人となりを説明した。銀行預金の通帳が残されていたので、警察はアントワーヌが預金をおろすなり新しい通帳を請求するなりしたら、その旨通報するよう銀行に依頼するという。彼らはロランの案内で家の近くを歩きまわった。アントワーヌが森に運びこんだ檻は、戸を開けたまま放置されていた。オルレアンへの道は森の右手で、アントワーヌを埋めた場所とは逆方向だった。警官たちはそちらばかりを調べていた。ロランの話を真に受けているらしい。

ロランは夜ごとに、日中もたいてい一度は、見とがめられずに家を出て、ハリーに餌を与えた。たまにはハリーが近寄って来ない夜もあり、そんなときは兎かモグラを襲っているのだろうと察しをつけた。ハリーは野生であって野生ではなく、慣れてはいても気を許せるほどではないのだ。また、ハリーのしたことをさして重要視する気持ちにはなれなかった。むしろ、アントワーヌは心臓発作で死んだと思っているほうがいい。さもなければ——かりにハリーが殺したのを認めるとしても、その場合は、現実とも現実でないともいえる物語の殺人者と同列に置いて考えた。彼には罪がないし、ハリーだってそうなのだ。

なによりも楽しい空想は、ハリーを銃より優れた秘密兵器に見立てることだ。秘密というのはだれにも知られていないからだが、ステファンには打ち明けるつもりだった。大嫌いな数学教師をハリーに殺させてはどうかと、しきりに思いをめぐらした。ステファンとは文通を続けていたので、ハリーがアントワーヌを殺した事件をフィクションの形で書き送った。「きみは信じないかもしれないね、ステファン」ロランは手紙の終わりにこう記した。「でも、これは実話なんだ。警察に問いあわせれば、アントワーヌは失踪したって答が返ってくるぞ！」

ステファンは返事を寄こした。「鼬の物語は一言だって信じやしない。おおかた、アントワーヌが出ていったことから思いついたんだろう。きみみたいな主人を持ってたら、逃げだすのが当然さ。でも、けっこう面白かったよ。もっとお話はないのかい？」

（大村美根子訳）

山羊《やぎ》の遊覧車

Goat Ride

山羊《やぎ》のビリーはプレイランド・アミューズメント・パークでいちばんの呼びものであり、そして、いちばん楽しんでいるのもビリー自身で——子供たちでもなければ、大人一ドル五十セント、子供七十五セントの入場料を払ったうえに、はてしもなく二十五セント玉や十セント玉をすいあげられる親たちでもなかった。ハンク・ハドソンのプレイランドはけっして安くはなかったが、町やその周辺ではただひとつの子供向きの娯楽施設だった。

毎日、夕方の七時ごろ、金色と白の車を引いたビリーが出場すると、かん高い声援や喝采《かっさい》がおこるのだった。支持者からこれほどの声援を受ければ、アメリカ合衆国の大統領でも勇気りんりんだろうが、ビリーもにわかに燃えたつのだった。ミッキーの手で念入りにブラシをかけられた粗い白い毛と筋肉のかたまりとなったビリーはギャロップで走りだし、子供やおとながしがみついている白い柵の前を駈けぬけた。子供もおとなも柵にはりついてビリーの道を開けながら、「フレー!」「ワーッ!」と叫んで喝采をおくるのだった。この最初のひと走りはビリーのはやる気持ちをすこし鎮め、あわせて人々にビリーの出番を知らせることになる。「山羊の遊覧車」の乗り場まで来ると、ビリーは磨きあげた蹄《ひづめ》でのめるようにして急停止し、息もはずませていないのに、効果をねらって鼻息を荒らげてみせる。料金はおとなも子供も二十五セントで、子供なら四人、おとなら二人、それに御者のミッキーを乗せることができる。ビリーのお気に入りの赤い髪をしたミッキーは前部のベンチに坐って手綱を取る。

「ハイ、ハイ！」手綱でビリーの背を打ってミッキーが声をかけると、最初ビリーは頭を前にのめらせて歩きだし、車が動きはじめると頭をあげてトロットにうつって、いたずらだろうとお恵みだろうと、アイスクリームやポップコーン菓子がさしだされれば、いつでも止まるつもりで左右を見まわしながら進んだ。ミッキーはちょっと鞭《むち》をふるったが、それは実際の必要というよりは演技で、打たれたビリーは少しも痛くなかった。ハンクがミッキーを怒鳴るときはビリーにも察しがつく。はやくひとまわりして、つぎのお客を乗せろというのだ。「山羊の遊覧車」のコースは射的場をまわり、メリーゴーランドとアイスクリームやポップコーンのスタンドのあいだの人ごみをぬけて、賞品にボールをあてるボール投げのスタンドをまわって大きく8の字をえがき、それを二度くり返すことになっている。ミッキーの鞭が役に立たないと見れば、ハンクがやってきてビリーの尻を蹴とばして、ポップコーンやピーナッツの袋からひき離すことになるのだった。ビリーもお返しをするのだが、彼の蹄はハンクではなく車を蹴とばすことになってしまう。それでもビリーは、たとえ忙しい週末だろうと疲れを感じることはなかった。そして翌日が休園日であれば、棒杭につながれて角で突く相手も、喝采してくれるお客さんもいないので、とうに食べてしまった芝生を角で掘り返した。左の角が曲がっているので土につっこむのに都合がよく、それでビリーは気がおさまるのだった。

ある日曜日、ハンク・ハドソンともう一人の男が「山羊の遊覧車」の乗り場に近づいてきて、のばした掌《てのひら》を下に向け、ミッキーにストップの合図をした。男は小さな少女を連れていて、その子は興奮してぴょんぴょんとびはねていた。ハンクは話しながらビリーの肩をぴしゃぴしゃたたいたが、小さな少女は、父親がビリーの片方の角を手でおさえてやるまでは、さわることもできないでいた。いつものビリーならば、角を摑《つか》まれると頭をぐいとあげ、相手がバランスをくずす前にひょいと力をぬいてみせてお客を笑わせる。ところが、いまビリーは好奇心をおこして、ぱりぱりしたアイスクリームのコーンの残りを食べつづけながら、横に開いた瞳を持つグレイ・ブルーの目で、角のあいだの毛を撫《な》でている小さな少女を穏やかに見つめていた。ビリーの車に乗っている四人の子供が出発しろと騒いでいた。

ハンクは男からたくさんの紙幣を受けとった。彼は人の多いほうに背中を向けて、念入りに金をかぞえた。ハンク・ハドソンは腹のつきでた大男で、その広くて平べったい尻をビリーは一、二度角で突いてやったことがある。ウェスタン・ハットをかぶり、カウボーイ・ブーツをはき、もみ皮色のズボンのつきだした腹の下にベルトがぶら下がっている。ぬめぬめしたピンク色の唇から兎《うさぎ》のような前歯が二本見え、小さなブルーの目をしていた。そこへ女房のブランチが仲間入りし、なりゆきを見守っていた。彼女は赤っぽい茶色の髪をした小ぶとりの女だった。ビリーはこの女にはあまり関心をはらわなかった。ハンクは金をポケットにしまうと、ミッキーにビリーの車を動かすようにと言い、ビリーは走りだした。その日、ビリーは十二回から十五回のいつもの務めをすませたが、閉園時間になって連れていかれたのは小屋ではなかった。

ミッキーは入口の近くでビリーを車からはずし、ビリーは荷おろしゲイトが開いているトラックのほうへ引いていかれた。

「さあ、あれに乗るんだ、ビリー」ハンクは怒鳴り、本気だということを見せるためにビリーを蹴とばした。

ミッキーは前からひっぱっていた。「おいで、ビリー！　さよなら、ビリー・ボーイ！」

ビリーはトラックに渡したがたがたの板をのぼり、すると、ゲイトが音をたてて閉まった。トラックは発車し、はげしく揺れる長いドライヴがはじまったが、ビリーは苦もなくバランスを取った。彼は暗闇をながめていたが、街灯のあるところではとびすぎる木々やぽつりぽつりと散在する家が見えた。やがてトラックは乗り入れ道にはいって大きな家のそばに止まり、ビリーは綱をほどかれて地面にひっぱりおろされた——おりるにはジャンプしなければならなかった。若い女が家から出てきて、微笑みながらビリーを撫でた。それからビリーは車庫に差し掛けになっている小屋に引かれていった——なによりも好奇心のせいで引かれていくことを許したのだ。そこには水の容器があり、女が野菜やレタスをまぜあわせたものを入れた容器を持ってきてくれ、それはなかなかうまかった。

ビリーは駈けだして屋敷の広さを調べ、葉っぱの少しも味見してみたかったのだが、男が彼をつないだ。その人はやさしく話しかけて首を撫で、家にはいっていき、家の灯はすぐにきえた。

翌朝、男は車ででかけていき、それから女と小さな少女が出てきた。ビリーは綱で引かれて、のんびりとした散歩をした。元気いっぱいのビリーはとんだりはねたりしていたが、女が彼を差し掛け小屋に戻しにいくと悟るまでは綱に引かれることにも不満はなかった。気づいたとたんにビリーは頭を下げて前へとびだし、綱が女の手を離れたと感じると、駈けだして、小さな木の幹に、それでも手加減しながら角をつきあてた。

小さな女の子は大喜びで歓声をあげた。

綱が白い鉄製のベンチの下にひっかかり、ビリーはぐるぐるとベンチのまわりをまわったので綱が短くなり、今度はベンチを角で突いてひっくり返し、首を振った。彼は首につけたベルを鳴らすのが好きで、駈け寄ってくる女と小さな少女を楽しそうに見た。

女は綱をひろいあげた。すこし怖がっているようだった。それから彼女は手近な石像に綱のはじをしばりつけたが、ビリーとしては迷惑だった。なにかを食べているふとった少年のような小型の像は、小さな岩造りの池のそばに立っていた。ビリーはひとりぼっちだった。あたりを見まわし、草を少し食べた。草はうまかったが、すでに短く刈ってあった。彼は退屈した。人の姿はなく、ときおりの小鳥や、ちょっと彼を見つめ、そしていなくなった栗鼠《りす》一匹のほかはなにも動いていなかった。ビリーは綱をひっぱってみたが、はずれなかった。綱はその気になれば嚙み切れるのだが、味の不快さを思ってやめにし、かわりに思いきり駈けだすと、ぐいとあとにひきもどされ、地面にほうりだされた。すぐさま立ちあがったビリーは、やりがいのある仕事とみて、これまでになく高くとびはねた。

ビリーは再び駈けだし、今度は懸命に力をこめ、顎《あご》のひげが地面をこすった。堅くて重いものが胸にあたり——まだ馬具をつけていたので——後ろでガシャン！ と音がし、続いてバシャッ！ と像が水に落ちる音がした。ビリーはそのまま力をゆるめず、懸命に動かす足の勢いでたちまち像は池のふちからひきずりあげられた。生垣をぬけ、石を敷いた通路に出ると後ろにひきずった像はガチャン！ と音をたてて、さらに軽くなった。彼は花を見つけ、立ちどまってつまみ食いをした。このとき、走ってくる足音を聞きつけ、振り返ると、この家の主婦とミッキーと同年配の少年がこちらに向かっていた。

女は気が転倒しているようだった。少年が像の残骸から綱をほどき、ビリーは差し掛け小屋にひきたてられていった。それから女は少年に大きな鉄の釘をわたし、少年はそれをハンマーで地面にうちこんだ。そしてビリーの綱はその釘に縛りつけられた。

少年はにっこりして言った。「おまえはそこにいろよ、ビリー！」

二人は立ち去った。

一日ほどたつと、ビリーはますます退屈してきた。綱の一部を齧《かじ》ってみたが、自由に歩きまわってみたところで、またつながれるだけだと思いなおしてやめてしまった。食べものはよかったが、することもなく鉄杭につながれているよりは、にぎやかで人がたくさんいるプレイランド・アミューズメント・パークで四人の子供とミッキーを乗せた車を引いているほうがよかった。一度、男が小さな少女をビリーの背にまたがらせたが、男は手綱をごく短く持っているので、ビリーには面白くも何ともなかった。そして、ビリーはなにかに尻ごみし、小さな少女はすべり落ちて――少女を背に乗せるのもそれが最後のようだった。

ある午後、やや大型の黒い犬が芝生に駈けこんできて、ビリーを見ると吠えだし、嚙みつこうとした。ビリーは犬に嘲笑《あざわら》われているような気がして、かっとなった。ビリーは鉄の杭をひきぬく決意で、頭を下げて前にとびだし、すると綱が切れて、かえって好都合だった。犬は走りだしており、ビリーは全速力でしゃにむに追った。犬は温室のかどをまわりこんだ。ビリーは急いでかどをまがろうとして温室に近寄りすぎ、片方の角がガラスにあたって、ガラスがこわれた。怒りで目がくらんだ彼は理由もなく――小気味のいい音がする以外は――温室を襲った。

ガチャン！――ドス！――ガラガラ！　またガチャン！

犬は吠えたてながらビリーの踵《かかと》に嚙みつき、ビリーは蹴ったがあたらなかった。ビリーは攻撃に転じ、犬を追い駈ける山羊の蹄《ひづめ》が芝生にとどろいた。犬は黒い閃光となって屋敷から消え、通りをまっしぐらに走った。ビリーはそのあとを追ったが、もはや敵は退散したと判断して、まもなく追跡を中止した。ビリーは調子に乗って生垣をひっくり返すと、鼻嵐を吹き、体をゆすってフルオーケストラのような音でベルを鳴らした。それから頭を高くもたげて、とことこと通りを歩き、自分の芝生のほうへ戻っていった。ところが、とある門のわきにあった花が彼をひきつけた。そのとき、どこかの家で悲鳴があがった。ビリーはすぐさま歩きだした。

さらに叫び声や怒鳴り声がした。

そして警官の呼子《よびこ》がひびいた。警官はビリーを捕えると角と馬具をつかんでねじりあげ、警棒で尻をたたいた。手荒にあつかわれた仕返しに、ビリーは角で警官の腹を突き、地面をころげまわって悶絶《もんぜつ》する男を愉快そうに見ていた。そこへ四、五人の少年がとびかかってきて、ビリーを横倒しにおさえこんだ。それからどなるやらひきずるやらの騒ぎがおこり——やがてビリーは鉄杭とこわれた温室の芝生に戻っていた。ビリーは昂然《こうぜん》とたちはだかり、息を荒らげて人々をにらみつけていた。

その夜、その家の主人はビリーをトラックに乗せ、横にもなれないほど引綱を短く、しっかりと縛りつけた。ビリーは遠くから陽気なシンバルの音やメリーゴーランドの音楽のにぎわいを聞きつけた。遊園地に帰ったのだ！

ミッキーがにこにこしながら駈け寄ってきた。「やあ、ビリー！　帰ってきたね！」

ハンクは笑っていなかった。下唇を連きだし、首を振りながら、にこりともせずに連れてきた男と話していた。車に戻っていく男のほうも不機嫌そうだった。その夜、ビリーはすぐ馬具と車をつけ、閉園時間までに十二回ほどいつものコースをまわった。ビリーを小屋に入れ、餌《えさ》をあたえながら、ミッキーとハンクは大声で笑っていた。ビリーはホットドッグやポップコーンでもう満腹していた。

「ビリーだ！……ビリーが戻ってきたよ！」寝なれた藁《わら》のベッドで眠りにおちながら、ビリーの耳に人々の叫び声がこだましていた。

ビリーは以前と同じ日常に戻り、まんざら捨てたものじゃない、と思っていた。少なくとも退屈はしない。週に五日、昼間は人気《ひとけ》のない園内をぶらつき、草はあまりはえていないが、ホットドッグのパンや、たいていはまだ幾粒かのこっているピーナッツの袋がすててあった。すべてが相変わらずだった。そんなわけで、忙しいある夜、ミッキーが車をはずし、ハンクに引かれて、馬でもはいりそうな箱を後ろにつけた自動車の所へ連れていかれたビリーは驚いた。

これからどうなるのかをビリーは悟った。ハンクはビリーをどこかへやろうというのだ。ビリーは足をつっぱって動こうとせず、仕方なくハンクともう一人の男がビリーの尻をかかえて箱にわたした板に乗せ、三番目の男が箱の中から角をひっぱった。ビリーは身体をひとひねりして、地面に着地し、さっそく自由へととびだした。

自由！　だが、どこへ行けばいいのだろう？　遊園地にはフェンスがめぐらしてあり、車の出入口だけが開いているので、ビリーはそこに向かった。二人の男が行手をさえぎろうとしたが、ビリーがつっかかると、怯えた兎のようにとびのいた。やがてビリーは薄暗がりの中で気づかずに車の横腹を角で突いてしまい、あやうく自分のほうがひっくり返るところだった。すると車の中にいた人が叫びをあげた。大男が二人とびかかってきて、ビリーをおさえこんだ。そして、男三人でビリーをかかえ、後ろに家畜運搬車をつけた自動車に連れもどした。今度は足をひとつに縛られ、ハンクが自分でビリーの足を摑《つか》んで横倒しにした。ビリーはむなしく蹴りつけていた。この瞬間、ビリーはハンクを憎悪した。これまでもハンクが好きだったことはなかったが、いま、ビリーの内部で敵意が爆発したのだった。そして再度、ビリーは水平の位置からハンクが家畜運搬車の男からたくさんの紙幣を受けとるところを目撃した。ハンクはだぶだぶのズボンのポケットの奥にそれを押しこんだ。そして箱の扉が閉まった。

今度はさらに長いドライヴが続き、ビリーには、刈りたての乾草や湿った土のにおいから、田舎に来たのだとわかった。また馬のにおいもした。先ほどの男たちがビリーの足をほどき、藁《わら》とバケツの水がある小屋に入れた。

——ドン、ドン——ビリーはみんなに、そして自分自身に、まだ闘志はたっぷり残っていることを示すために、力いっぱい小屋の壁を蹴りつけた。それから彼は息を吐き、身体をふるわせて、首につけたたくさんのベルを鳴らし、後足から前足へと、くり返しとびはねていた。

男たちは笑い、立ち去った。

翌日、ビリーは広い草原《くさはら》のまんなかにある木の杭につながれた。今度は綱ではなく鎖だった。彼は馬なぞどうでもよかったのだが、鼻声をだし、怯えたような一頭に襲いかかろうとした。その馬は手綱を取っていた男からいったんは逃げだしたが、いかにも従順に足を止め、男はまた馬をとらえた。ビリーは、何とも退屈な朝だと思ったが、草はびっしりとはえているので、それを食べた。やがて、子供用のサドルがビリーにつけられたが、あたりに子供の姿は見えなかった。ここには三人の男がいるようだった。一人は馬に乗り、ビリーを引いて、柵で囲われた円形のコースをトロットでまわった。馬がトロットで走ればビリーはギャロップで走った。その男は満足そうだった。

それが数日間続き、馬のすることはだんだん複雑になっていった。まず歩き、それから足を高くあげて歩調を取る。ひざまずく。柵の外で男がかけるレコードの音楽にあわせてギャロップの歩調で横に動く。男たちは金属片がついたリボンでビリーになにかをさせようとした。ビリーはなにを求められているのか理解できず、リボンを食べはじめたので、男たちはビリーの口からリボンをひったくった。一人の男が気合を入れようとビリーの尻を蹴とばし、また訓練をはじめた。ビリーはあまり熱心ではなかった。

二日ほどのち、ビリーと男たちは馬もいっしょに、ビリーが見たこともないような大群衆の集まった所へ出かけた。人々のほとんどは、まんなかのだだっ広い場所を囲んで大きな円をえがいて坐っていた。ビリーはサドルをつけていた。男たちの一人が馬に乗り、ビリーを引いて——馬に乗った大勢の男女にまじって——長い行列に加わって演技場を二まわりした。音楽と喝采《かっさい》。つぎにビリーはわきのほうへ連れていかれ、男は馬をおりてそばに立った。手近な壁は一部へこんでいて、馬が暴れてあとにすさり、蹴りつけたりしながら近寄ってきて、騎手をふりおとしたりしたときなど、難を避けるのに好都合だった。つぎにビリーと男は、家畜囲いのような屋根のない場所に行き、そこでは見物客が柵にもたれて乗りだしていたが、そのとき、だれかがシュウシュウと音をたてるホットドッグのようなものをビリーの背中に落とした。男がそれをはらいのけ、踏みつけようとしたときに、バン！　と大きな音をたてて爆発した。

ビリーははじかれたようにとびだし、気がつくと演技場のまんなかにいた。観衆から歓呼のどよめきがおこった。道化師の衣裳をつけた男が、ビリーを受けとめようとしたのか、それともかわそうとしたのか、大きく両手をひろげて立っていた。ビリーは道化師をめがけて体当たりを食わせようとしたが、道化師はすばやくゴミ罐にとびこみ、ビリーの角が音をたててゴミ罐にあたって、ゴミ罐は道化師を入れたまま何ヤードもころがった。観衆は大喜びでさわぎ、ビリーの血がわきたった。すると、気の強そうな大柄な男が走ってきて、つっかかるビリーの角を摑み、ビリーと男はいっしょに倒れた。だが、ビリーの後足は自由なので、ありったけの力で蹴とばした。男は悲鳴をあげてビリーをはなし、ビリーは意気揚々と小走りに立ち去った。

だれかが発砲した。ビリーは気にもかけなかった。それもこれも、この愉快な騒ぎの一部だった。ビリーはもっと相手がいないかと見まわすと、今度は馬に乗った男に向かったが、別々の方向から走り寄ってくる二人の男に気をそらされた。どれをねらおうかと迷い、手近な男に決めるとスピードをあげた。ビリーはその男の腰のあたりにつっこんだが、一瞬ののちには首にロープをかけられていた。

ビリーはロープを投げた男に向かったが、三人目の男が体ごとビリーにとびかかり、胴に抱きついた。ビリーは体をひねり、左の曲がった角で相手の腕を突いたが、男はもちこたえた。だれか別の男がビリーの頭をなぐりつけ、気が遠くなった。見物客の歓声が続く中を自分が運ばれていくことを、ビリーはぼんやりと意識していた。

ドスン！

ビリーは家畜運搬車の中に投げだされた。おもにビリーの世話をしていた男が今度は足を縛っていた。腕から血を流していて、不愉快そうになにかつぶやいていた。

そろって牧場に戻ったその夜、男はビリーを鞭《むち》で打った。ビリーは家畜小屋につながれていた。男はビリーを怒鳴りつづけていた。長い丈夫な鞭でうたれると――少し――痛かった。もう一人の男がそれを見ていた。怒ったビリーは小屋の壁に頭突きをくらわせ、その反動で男に体当たりしようとした。男は後ろにとびすさり、小屋の戸を閉めると、その戸にビリーの角がぶつかった。男は立ち去った。ビリーの気が鎮まり、尻や背中に鞭の痛みを感じはじめるまでには長い時間がたっていた。その夜、ビリーはだれもかれもが憎かった。

翌朝、男たちは三人がかりでビリーにつきそい、家畜運搬車に連れていったが、ビリーはいそいそと乗りこんだ。どこへでも喜んで行くつもりだった。

再び長いドライヴが続いた。ふと、ビリーは車の下に変わった音を聞きつけた。車はプレイランド・アミューズメント・パークの正面にある砂利敷の橋をわたっていた。車は止まり、ビリーはハンクの声を聞いた。ビリーは外に連れだされた。帰ってきて、ビリーはむしろ嬉《うれ》しかった。だが、ハンクは嬉しそうには見えなかった。ハンクは難しい顔をして地面を見つめ、ビリーを見つめた。やがて男たちは車で戻っていき、彼らがいなくなると、ハンクはビリーになにか言い、笑った。彼は片手でビリーの馬具を摑み、車やお客が立ち入らない、草のはえた片隅に連れていった。だが、ビリーは食べるどころではなかった。背中の痛みははげしくなるし、たぶん演技場でなぐられたせいだろうが、頭がずきずきしていた。

ミッキーはどこだろう？　ビリーはあたりを見まわした。たぶん今日はミッキーの休みの日なのだろう。

日暮れになり、ビリーは、やはり今日はミッキーもお客もだれも来ない日なのだと考えた。やがてハンクが灯をつけると、いつものとおりではないにしても明かるくなり、ハンクはビリーを車につないだ。変だ、とビリーは思った。ハンクはこれまで一度もビリーの車に乗ったことがなかったのだ。

「さあ、行こうか、ビリー、いい子だ」ハンクはなだめるような調子で言った。

だが、ビリーは彼の恐怖を感じとった。車はハンクの体重で、何人もの人が乗ったようにきしんだ。

「ハイ、ハイ、ビリー。落ち着いてな」ハンクは声をかけ、ミッキーがいつもするように、手綱で打った。

ビリーは動きだした。怒りを車を引くことに置きかえるのはいい気分だった。トロットはやがてギャロップになった。

「ドウ、ドウ、止まれ、ビリー」

ハンクがそう命じると、ビリーはますますスピードを速めた。そして木につきあたり、車輪がはずれた。ハンクは止まれ、とわめきたてた。ハンクは車からころげ落ち、ビリーは後ろを振り返ると、まわりこんで止まった。ビリーは地べたに坐りこんだハンクに襲いかかった。立ちあがりかけていたハンクはビリーに突かれて倒れた。

「ドウ、ドウ、ビリー」まだ手綱をとっているつもりか、ハンクの声は、ことさらにやさしげだった。彼はよろめきながら片手で膝《ひざ》をおさえ、片手で頭をおさえながらビリーのほうに進んだ。

どうやら風向きが変わったようだ、と見てとったビリーは向きをかえ、ポップコーンのスタンドを盾《たて》にして、再び攻撃した。ハンクは懸命に小走りで逃げたが、ビリーは、その大きな、やっつけ甲斐のある尻につっこんだ。「ウーッ！」ハンクはみごとにのけぞり、地面にくずれおちた。

後ろに半分ほどになった車を引いていることも忘れ、ビリーはハンクのまわりをぐるぐるとトロットで走った。ハンクが血でよごれた顔をあげた。ビリーは頭を低く下げ、いままでは自分と同じ高さにある身体を襲った。そりのある角とねじれた角がどこかにあたり、ハンクは後ろにひっくり返った。アッパーカットを食らわせたビリーは角を引き、ちょっと後ろに下がったが、またつっかかっていった。

「ドス！」ハンクの体はだんだんやわらかくなっていくようだった。

ビリーはもう一度つっかかり、ちょっと後ろに下がると、今度は車の残骸を引いたまま気難しげにハンクの体を踏みこえた。どす黒い血が、踏みかためられ、草一本ない土に流れていた。気がつくと、ビリーはもうそこを離れ、頭をもたげてトロットで駆けていた。後ろに引いた車の重さはまったく感じなかった。まだあるのだろうか？　だが、ビリーは後ろでとびこえたばかりの藪《やぶ》ががさがさと音をたてたのを聞き、屋台のかどに車がぶつかるのを感じた。

ハンクの女房が出てきた。「ビリー！……」うわずった声で叫んだ。

ビリーは燃えのこっていた怒りに体をふるわせ、一瞬、彼女につっかかろうとしたが、鼻息をあらげ、体をゆすっただけだった。

「ハンク！　どこにいるの？」彼女はいそいで遠ざかった。

「ハンク！」悲鳴があがり、その響きにビリーはとびあがって駆けだしたが、車の出入口のわきにある門柱にぶっつかり、残っていた車輪がはずれた。

ハンクの女房は、まだどこかで叫んでいた。

ビリーは道路に出ると、最初に出あった未舗装の道にはいり、暗闇の中をひたすら走り、田舎へと走りつづけた。一台の車がスピードをおとし、男がビリーになにか言ったが、ビリーは走りつづけた。

やがて、とうとうビリーは足をゆるめてトロットになり、そして歩きだした。あたりは森が点在する野原だった。ビリーは森にはいり、横になって眠った。目をさますと夜が明けかかっていて、喉《のど》が渇いていた。空腹よりも喉の渇きをおぼえた。彼は農家を見つけ、柵の内側には家畜用の水があった。その水に近づくことは難しいが、どこか近くに水があるはずだと思い、ビリーは小走りで進んだ。斜面に流れている小川が見つかった。そのあと、ビリーはそのあたりに茂った草を食べた。まだ馬具に車軸が一本ついているのが邪魔だったが、しかし、そんなことより重要なのは彼が自由だということだった。どこだろうと自分の好きなほうに行けるのだし、見わたしたところ、草と水はどこにでもある。

冒険が呼んでいた。

そこでビリーは別の未舗装道路にはいり、進みつづけた。午前中をつうじて車は二台しか通らず、その度にビリーは足を速めたが、車からおりてビリーの邪魔だてをする人はいなかった。

やがて、ビリーはあるにおいを嗅《か》ぎつけて歩調をゆるめ、鼻をあげてもう一度嗅ぎなおした。まもなく彼は牧場に黒と白の山羊を見つけた。その一瞬、ビリーは友情よりも好奇心を感じた。

彼は山羊のほうに進み、柵の入口に歩み寄ると、金色と白色の車軸を後ろにひきずりながら牧場の中へ入った。その山羊はつながれていた。

彼女は頭をあげ——その山羊は雌《めす》で、ビリーもいま、それを悟った——穏やかな驚きを見せて彼に目をやったが、口の中のものは噛みつづけていた。彼女の後ろには長くて白い、屋根の低い家があり、その近くでは紐《ひも》につるされた洗濯ものがひるがえっていた。納屋もあったし、どこからか「モー」という牝牛《めうし》の鳴き声も聞こえた。

家から女が一人出てきて、鍋《なべ》にはいっていたものを地面にまき、ビリーを見ると、びっくりして鍋を落とした。それから彼女は恐る恐るビリーに近づいた。ビリーは動かず、もぎとったばかりの極上のクローヴァーを食べつづけていた。女はエプロンをシッシッと追いはらうように動かしたが、いかにもおざなりで本気ではなさそうだった。彼女はビリーにじっと目をすえて近寄ってきた。そして彼女は笑った——感じのいい笑いかただった。ビリーは笑いについては一家言をもっており、彼女の笑いがたちまち気に入った。気のおけない、楽しそうな笑いだったからだ。

「トミー！」彼女は家に向かって呼びかけた。「ジョジェット！　出てきて、ここにいるものをごらん！」

すぐに家の中から小さな子供が二人出てきて歓声をあげ、それは遊園地の子供たちの歓声にちょっぴり似ていた。

彼らはビリーに水をくれた。女は勇気をふるいおこして、ビリーの馬具から車軸をはずした。

ビリーはずっとクローヴァーを噛みつづけていた。その人たちの行動に攻撃的な様子はないことがビリーにはわかっていたし、事実、彼のほうも襲いたいような気は少しもしなかった。女と子供たちがビリーを納屋に呼び寄せると、彼は従った。だが、だれもビリーをつながなかった。女は、おまえがしたいようにしていいのだよ、と言っているようで、ほっと気持ちが安らいだ。また道路に出て歩いていったとしても彼女はとめないだろう、とビリーは考えた。ビリーはここが好きになった。しばらくすると男が一人やってきてビリーを見た。男は帽子をぬぎ、頭をかいて、それから彼も笑いだした。日が沈むと、女はもう一頭の山羊の綱をほどき納屋に引いてきたが、ビリーはそのあたりを歩きまわっていろいろと見物していた。豚が何頭かいて水呑みがあり、柵をへだてて鶏や家鴨《あひる》がいた。

「ビリー!」男が呼び、ビリーが自分の名前を聞きつけてそちらを見ると、男はまた笑った。男はビリーの馬具を感心したようにゆすってみた。そして、馬具をはずすとどこかへ持っていった。

納屋は清潔で、藁《わら》が入れてあった。男は皮の首輪をビリーにつけ、それからビリーを軽くたたいて話しかけた。ルーシーと呼ばれているもう一頭の山羊はビリーのそばにつながれ、女が小さなバケツに乳をしぼった。

ビリーは口を開け、「メェエー!」と言った。

するとみんなが笑った。ビリーは木馬のように前後に跳ねた。ハンクの記憶、その血の記憶は、きのうよりももっと昔におこした癇癪《かんしゃく》の記憶と同じように急速に消えていった。それにしても、これまではだれにたいしても、何にたいしても、しなかったような酷《むご》いことを、ハンクにしてしまったことは彼にもわかっていた。

翌朝、納屋にはいってきた女は、ビリーがまだいるのを見て驚きもし、また、とても嬉《うれ》しそうでもあった。彼女はビリーになにかやさしい言葉をかけた。どうやら、これからもつながれることはないぞ、とビリーは、ルーシーといっしょに牧場に駈けていきながら考えた。それでこそフェアプレイだ！

（中村凪子訳）

鼎談

ミステリ好きに捧げるハイスミス読本

菊地千尋*1
小山　正*2
（司会）戸川安宣*3

戸川　パトリシア・ハイスミスというと隠れもない大作家なのですが、現在手にはいる邦訳書が非常に数少ないせいもあって、日本での評価は今一つ高くない。

ぼく自身の読書体験から言うと、もう二十年近く前になりますが、日本での長編初紹介に当たる『慈悲の猶予』を読んだときの衝撃は今でも忘れられません。こういうミステリのいき方もあったのかと、目を洗われるような思いでした。その頃はまだ学生でしたが、以後ハイスミスというと、片っ端から本を買い集めたものです。

小山　ハイスミスと聞いただけで……（笑）

戸川　今度、その『慈悲の猶予』を、『殺人者の烙印』というタイトルで創元推理文庫に入れることができるようになったのを機会に、この大作家の精髄を一人でも多くの人に知っていただきたいと思っているしだいです。

その第一弾として、本書が相応《ふさわ》しかったかどうか、いささか心許ないのですが、引き続き『殺人者の烙印』を刊行しますので、この機会に是非、女史の長短編を熟読していただくよう、まずはお願いしておきます。

菊地　さすが、宣伝上手ですね。（笑）

戸川　さて、まずは女史の経歴に沿いながら、話を進めていくことにしましょう。

彼女は一九二一年、というから日本流にいうと大正十年ですか、の一月十九日に、テキサス州のフォートワースという小さな町で生まれました。現在、六十五歳ということになります。父親はドイツ系アメリカ人のジェイ・バーナード・プラグマン、母親はメアリ・コーツ。ですから、本名というか、生まれたときの名は、メアリ・パトリシア・プラグマンでしたが、両親は彼女が生まれたときには離婚していたようですね。この両親は写真で見るとなかなかの美男美女ですね。*4

小山　顔といえば、若い頃のパトリシアも美人ですよ。

菊地　訪問記の著者が、その頃のハイスミスはデビュー当時のシモーヌ・シニョレを髣髴《ほうふつ》とさせる、と書いています。*5

小山　それが、今はスゴイですね。（笑）

戸川　南川三治郎さんの『推理作家の発想工房』*6中、随一の迫力ですね。いや、実際、ハイスミスの凄《すご》さはまず顔にある、と言ったら女性にたいして失礼になるけれども、作品の凄さを象徴しているようで、ぼくは圧倒される思いで、彼女の近影を見ましたね。

菊地　迫力といえば、彼女の声というか、話し方もスゴイようですね。訪問記にも、「ウィスキー声」で、「彼女の声は重々しい感じで、しゃがれており、辛辣《しんらつ》な調子だった。ローレン・バコール*7がハンフリイ・ボガートをひどくどなりつけているような感じだった」と、表現しています。

戸川　それはさておき、幼いパトリシアは母親の連れ子になるのですが、数年後——ノエル・ロリオの訪問記によると、それは三年後だそうですが——母親はスタンリイ・ハイスミスと再婚します。ただしスタンリイが嫌ったためのようですが、パトリシアは母方の両親に預けられます。その後、ハイスミス夫妻はニューヨークへ引っ越すことになり、パトリシアはなついていたおばあさんの許から引き離されて、六歳のときにこの大都会へ出て行くわけです。

菊地　ハイスミスのインタヴュー*8などを見ると、母親との折り合いが悪かったようです。はっきり母が嫌いだと言っています。母は、最初の夫も二度目の夫も、それに娘であるパトリシアも、少しも愛していなかった、と彼女は考えていますね。彼女はおばあちゃん子で、この祖母は大変好きだったそうです。二度目の父スタンリイと母親の口論はずいぶん聞いていたようで、そういうものから耳をそむけるために自分の殻に閉じ籠《とこも》ることを覚えた、と言っています。十二歳くらいになると、二度目の父親とも気が合うようになったそうですが、結局のところ「気が合う」程度にすぎなかったようですね。

戸川　そういう少女時代を送った後、ニューヨークでジュリア・リッチモンド・ハイスクールからバーナード・カレッジの文学部に進むわけですが、ハイスクールの頃からジャーナリズムに興味を持ち、校内雑誌の編集に携わったりします。一九四二年に大学を卒業。在学中からいろいろものを書いていたようですが、文壇に認められたという意味の第一作は一九四五年の「ヒロイン」です。この短編は〈ハーパーズ・バザー〉に掲載されたのをハーシェル・ブリッケルによって一九四五年度のアメリカの雑誌に発表された短編ベスト22の一つに選ばれ、注目されました。これは、後に"The Snail-Watcher and Other Stories"という短編集に収録されています。

小山 「ヒロイン」は、一九六六年(昭和四十一年)の〈ミステリ・マガジン〉六月号に、深町眞理子さんの訳で紹介されていますね。「ミステリとノン・ミステリのボーダーライン上にある」と評されるような、サイキック・スリラーです。住み込みで子供を見る家庭教師に応募してきた女の人の話なんですが、これがちょっと変わった人で……まだ採用が決まらないうちから自分に違いないと決め込んで荷物なんかまとめて来ちゃったりしている。この人が、自分は絶対子供を守らなくっちゃならないという固定観念に取《と》り憑《つ》かれて……最後には家に放火して、燃えさかる火の中に子供を助けるため嬉々《きき》として飛び込んで行く、というオチなんですが……怖い話ですね。

菊地 子供を助けるために放火するっていうのは、チェスタトン的発想じゃないですか。

小山 あなた、チェスタトン好きですねえ。

菊地 ええ好きです。……つい、週刊文春してしまった。[*9](笑)

小山 確かに、逆転の発想めいたところはありますね。でも、心理描写が非常に細かくて固定観念が実際に放火という行動に結びついていくあたりは、ものすごく説得力があって、読み終えてからなにかぞっとしましたね。「ヒロイン」というタイトルにも含みがあって、この女の人というのは自分で舞台を作って……つまり子供を助ける、という役どころに合った舞台を自分で作り上げて、自分がその主人公を演じている。自作自演のヒロインなんです。

戸川　そういう小説を二十四歳のときに書いちゃったわけですね。それ以前の作品については何かあるでしょうか。

菊地　発表はしていないようですが、自分では小説を書き始めたのは十六か十七歳の、高校在学中だと言っています。学校の図書館から本を盗む女の子が、図書館には監視装置がついていることを知っていたので、いろいろ策を練るという話のようです。彼女の書きたいものは、その頃からまったく変わっていなくて、そういう何か追い込まれたような人間を書き続けているようです。だから、いわゆる「推理小説」の形式は踏襲していないわけです。また、探偵の仕事には興味が持てないし、伏線を張るのもへただ、と自分ではっきりと言っていますね。それから、デビュー当時、彼女は推理小説を読んだことがなかった、と言っています。「今でも、推理小説がどうして読まれているのか、よくわかりません。わたしはアガサ・クリスティもコナン・ドイルも、読んだことがありません。トルストイやドストエフスキー、ヘンリ・ジェイムズ等を愛読しています」と、答えていますね。さらに、「わたしは推理小説家ではありません」と言って、「秘密から生じる緊張に心を引かれるのです。そして、わたしたちの誰にも起こりうる犯罪の展開というものに魅了されます。犯罪者の動機、行動が、わたしを引きつけます。実際、現実に生きている人が、わたしには面白いのです。自分の本能を意識している人が。これがわたしの原動力です」と、説明してます。[*10]

戸川 この後イギリスに移住して……結婚したのはこの頃ですか？

菊地 二十七歳の時だそうです。インタヴューの中で、結婚してしばらくイギリスの田舎に住んでいた、と言っている部分がありますから、結婚してすぐイギリスへ行ったか、イギリスで結婚したか、というところじゃないでしょうか。

戸川 すぐ離婚しちゃったの？

菊地 「式から少しして、結婚を破棄した」と言っています。子供を生むのが、というより育てるのが嫌だったそうです。自分は古風な人間だから、仕事はきちんとやりたいけれども、育児は自分には荷の勝ちすぎる仕事だ、と考えていたようですね。[*11]

戸川 そうすると、結婚したのが一九四八年。その二年後の一九五〇年に、長編第一作の『見知らぬ乗客』を発表するわけですね。ここで、まずハイスミスの作品をリストにしておくと、あとの話に便利だと思います。

Strangers on a Train 1950『見知らぬ乗客』（角川文庫）
The Blunderer 1954（英題 Lament for a Lover 1956）『妻を殺したかった男』（河出文庫）
The Talented Mr. Ripley 1955『太陽がいっぱい』（角川文庫）
Deep Water 1957『水の墓碑銘』（河出文庫）

A Game for the Living 1958
This Sweet Sickness 1960
The Cry of the Owl 1962『ふくろうの叫び』（河出文庫）
The Two Faces of January 1964『殺意の迷宮』（創元推理文庫）
The Glass Cell 1964
The Story-Teller 1965（英題 A Suspension of Mercy 1965）『殺人者の烙印』（創元推理文庫）
Those Who Walk Away 1967
The Tremor of Forgery 1969『変身の恐怖』（筑摩書房）
The Snail-Watcher and Other Stories 1970（英題 Eleven 1970）短編集『11の物語』（ミステリアス・プレス文庫）
Ripley Under Ground 1970『贋作』（角川文庫）
A Dog's Ransom 1972『プードルの身代金』（講談社文庫）
Ripley's Game 1974
The Animal-Lover's Book of Beastly Murder 1975 本書
Kleine Geschichten für Weiberfeinde 1975 （英題 Little Tales of Misogyny 1977）短編集
Edith's Diary 1977

Slowly, Slowly in the Wind 1979 短編集
The Boy Who Followed Ripley 1980
The Black House and Other Stories 1981 短編集
People Who Knock on the Door 1983

リストの中に一つだけドイツ語のタイトルがありますが、これはこの一九七五年の短編集がチューリッヒのディオゲネス出版社からオリジナルが出たためで、英語版は一九七七年に、あとからイギリスで刊行されています。

このほかに"Miranda the Panda Is on the Veranda"というジュヴナイルを、ドリス・サンダーズと一九五八年に共作し、一九六六年には"Plotting and Writing Suspense Fiction"という、タイトルどおりのサスペンス小説作法の本を出しています。

菊地　ノエル・ロリオの記事によると、『見知らぬ乗客』は初めての長編ではなかったようです。第一、第二作が出版社から拒否され、三作目の『見知らぬ乗客』がようやく七番目の出版社に採用された、と書いてありますから。

戸川　その『見知らぬ乗客』はヒッチコックによって映画化され、一躍有名になったわけですね。これはヒッチコック自身が原作を気に入って採用したそうですね。

小山　ええ。ヒッチコックは一九四八年にプロデューサーとして独立しています。ですから、『見知らぬ乗客』が発表された一九五〇年には、自分で好きな原作を選んで映画を作れる身分になっていたわけです。本が発売された週に、もう映画化権を獲得した、といいます。で、ヒ

ッチコックはチャンドラー……レイモンド・チャンドラーですね、あの……に脚本を依頼するんですが、できあがったものはヒッチコックの気に入らなくて、別のオーモンドという人に書き直させます。結局、部分的にはヒッチコックの大胆な脚色があったり、結末にいたっては大幅な改変がなされていたりして、原作とは多少違ったものになってしまうんですね。[*12]

戸川　その仕事をしているころの、チャンドラーの書簡とメモが残ってるんですが、彼にとっては面白い仕事だったようですね。

小山　ええ。それにヒッチコックと仕事ができてよかった、とも言っています。

戸川　映画としてはどうですか。

小山　技術的なことについては、『映画術』の中のトリュフォーとの対談[*13]でいろいろ述べています。

やはり、原作と映画を比べてみると、ヒッチコック独特の原作に対する方法とアプローチがあることがわかりますね。原作はやたらと心理描写が多くて映像化しにくい小説ですが、さすがヒッチコック、映像化しやすいシチュエーションを作り出して原作にうまくはめこんでいます。たとえば、原作では主人公の一人ガイ・ヘインズは建築家なんですが、映画ではテニス・プレイヤーになっています。ラスト近くに、原作にはないテニスのシーンがあるんですが、ここが一つのヤマになっていて、テニス・プレイヤーというキャラクターがここへきて俄然生きてくるんです。建築家では地味ですからね。

それからクライマックスもきわめて効果的な映像処理が施されています。原作ではラストシーンは船上のパーティですが、これじゃクライマックスとしてのインパクトに欠けるというわけで、ヒッチコックは、二人の主人公を暴走しているメリーゴーランドの上で大格闘させてしまった。まさに手に汗握る大迫力のシーンですよね。その他ハイスミスの原作にない、視覚的に印象に残るシーンがたくさんあります。こうなるともう、アクション映画と言っていいかもしれません。ヒッチコックは映画化する場合の原作の限界をきちんと理解した上でみごとに映像化しているわけです。

戸川 なるほどね。

小山 ですから、映画に関してはハイスミス原作、というよりも、完全にヒッチコックの作品になっていると思うんです。

しかし、ハイスミスの原作そのものにしても、ヒッチコック抜きで考えることができるかどうか……。

ハイスミスも、ヒッチコックに映画化してほしいと考えながら、『見知らぬ乗客』を書いたようなんです。ヒッチコック風の作品を意識していたとすれば、これは処女長編というだけでなく、一つの挑戦であったと考えることができますね。

戸川 『見知らぬ乗客』は、ブルーノとガイという二人の男の交換殺人を扱った作品だけれど、このテーマの最初の例なんじゃないかと思うんです。というのは、ニコラス・ブレイクの『血ぬられた報酬』*14という作品がやはり交換殺人を扱ったもので、アイディアが似ているということを印刷に回したあと気が付いたブレイクが、とくにノートを付して、ハイスミスの作品を読んだこともなければ映画も観ず、内容について耳にしたこともなかった、と弁解しているんです。面白いことに、登場人物の名前まで似通っていたのだから、さぞブレイクもびっくりしたことでしょう。ノートの最後で、理解あるハイスミス女史にたいして感謝を捧げています。ブレイクのほうは一九五八年だから、ハイスミスのほうが早いことは確実なんだけれど。

菊地　……交換殺人というのはドイルにもチェスタトンにもなさそうですね。

小山　……そうですね。でも古くからありそうな発想だと思うんですが……。

戸川　初期のハイスミスは、そういうアイディアとかプロットを大事にしていたようです。一九五四年に出した第二長編 "The Blunderer"（これは未訳ですが）も、未解決の殺人事件の記事を読んだ男が、まったく同じ手口で殺人を犯し、前と同じ犯人による連続殺人に見せかけようとする……という物語なんです。これは一九五九年に行なわれた〈サンデー・タイムズ〉紙のベスト99に選ばれています。

菊地　自分では推理小説には興味がないというようなことを言っているんですけれども、推理小説的な発想は持っているわけですね。

戸川　そうですね。この作品はいずれ本文庫に収録したいと思ってるんですが……。

次の三作目が有名な『太陽がいっぱい』で、発表は一九五五年です。この作品は、一九五七年度のフランス推理小説大賞を受賞しています。

これがルネ・クレマンの手で映画化され、ヨーロッパや日本でも一躍人気を博すわけですね。アメリカ推理作家協会（MWA）賞の外国映画部門賞をとっています。日本ではどちらかというと、アラン・ドロンの出世作として名がとおっているけれども。この作品で、シリーズ・キャラクターになるトム・リップリーが登場するけれど、どうかな、初めからシリーズ化を考えていたのかしら。

小山　そうでもないような気がします。

戸川　ぼくも、これは二作目以降からシリーズ・キャラクターとして考え始めたように思います。発表年を見るとリップリーものの二作目『贋作』が一九七一年、三作目の"Ripley's Game"が一九七七年、四作目の"The Boy Who Followed Ripley"が一九八〇年——と、あとの三作はだいたい発表年が接近してますよね。一作目と二作目のあいだは十六年もあるんですよ。

小山　しかし、『贋作』という作品は十六年という年月をうまく逆手にとって年月を感じさせないようにしている点、うまいと思いました。『太陽がいっぱい』でリップリーに殺されたディッキー・グリーンリーフのいとこなんかが出てきて、リップリーは会いたくなくて避けようとする。いとこをもってきたというのは、十六年のギャップを埋めるハイスミス苦肉の策、だったと思います。とにかく『太陽がいっぱい』の終わり方が、シリーズ化を考えているとは思えませんでしたから。まあ、映画みたいな完全犯罪の失敗を暗示するような結末ではありませんでしたけれど。

戸川　この作品も、映画化にあたって結末を変えられてしまったんですね。

小山　結末が、何というか、道徳的なものになってしまって、完全犯罪を成功させたと思っているリップリーの逮捕を思わせるエンディングになっています。よく知られているように、ルネ・クレマンはレジスタンスの闘士として有名ですから、彼の思想による改変なのかもしれませんね。クレマンの以前の経歴がよく出ていると思います。

この映画に関しては、貧しいアメリカの青年が富裕階級に挑戦するという形をとっていて、資本主義体制の矛盾を衝いたもの、という評価もあるようです。やっぱりこれは「クレマンの映画」で、ハイスミス原作という点に関するウェイトは少ないでしょうね。ハイスミスの描きたかった世界の物語ではないでしょう。

菊地　ハイスミスも、小説と映画は別、と完全に割り切って考えているようですね。クレマンの映画にたいしては、文句なくよくできているけれども、常識的、道徳的な結末と、陳腐なラヴ・ストーリーだけが気に入らない、と言っています。

また、もし自分が、作品の映画化スタッフに加わらないかと誘われたとしても、参加する気はない、とも言っています。

彼女の小説の作り方は、一定の状況に追い込まれた人間がどのように行動するかを、自分の頭の中で展開させていくといった手法のようですから、他人が関わってくるスキはないわけでしょう。

特に、ハイスミスは人と付き合うのが苦手だと言い切っています。そういう人ですから、他人が構成し、キャラクターを演じ、カメラを回したりして作られたものというのは、彼女のイマジネーションとは無縁のものになる、と考えているんじゃないでしょうか。

戸川　映画化された作品はたくさんあるけど……。

菊地　気に入った作品はないようですね。

小山　今話した一九五一年の『見知らぬ乗客』、一九五九年の『太陽がいっぱい』、それに、"The Blunderer" も映画化されていて、タイトルは "Le Meurtrier"。監督は『赤と黒』や『肉体の悪魔』のクロード・オータン＝ララです。一九六六年の作品ですから、もう盛りを過ぎた時期ですね。

『見知らぬ乗客』はリメイク版の "Once You Kiss a Stranger" という映画があって、『死刑台に接吻』というタイトルで日本でも公開されました。監督はロバート・スパー、一九六九年の作品です。

それから、『ハメット』や『パリ、テキサス』のヴェンダースが、一九七七年に "Ripley's Game" をドイツで作っています。ドイツでは同じ年にもう一本、"The Glass Cell" が作られています。

戸川　それは、ぼく観たよ。映画のタイトルが "Die Glaserne Zelle" というんだから、原題そのままだけれど、日本の公開題名は『愛の絆』という恐ろしいものでした。監督はハンス・W・ガイセンドルファー。『禁じられた遊び』のブリジット・フォッセーや、『地獄に堕ちた勇者ども』のヘルムート・グリームが出演している。西ドイツ連邦賞金賞を受賞した作品だそうだけど、なかなかハイスミスの味を出している、と思ったな。その時のパンフレットに監督のインタヴューが載っているのを紹介しますとね、「ハイスミスの本は、犯罪小説のジャンルでは最も人間的であり、そして感性が素晴らしい。ふつうの人間が取り扱われているから、彼女の作品を読んだ人は、その中に自分自身を投影できる登場人物を見出し、その経験を追体験していくのだ」そして、「この映画でわたしたちが作り出した人物像は原作よりも、ハイスミスの他の人物像により近いと思う」とも言っていますね。この発言はなかなか面白いでしょう。

小山　この一九七七年はハイスミスの当たり年で、フランスでも“This Sweet Sickness”が映画化されています。タイトルは“Dites-lui que Je l'Aime”、監督はクロード・ミラーです。ハイスミスは“Ripley's Game”の映画（“Der Amerikanische Freund”というタイトルで、日本でもそのまま『アメリカの友人』の題名で公開されました）は、気に入っていないようですね。

菊地　登場人物の行動がドイツ人的でないんだそうです。それは自分の原作の責任だとしても、リップリー役の俳優が気にくわないみたいですね。

小山　ヴェンダースの渋さは、リップリーものに合っていると思いますけどね。

戸川　リップリーのキャラクターは、非常に大事にしているようですね。

菊地　自分と同じ、本来はヨーロッパ人でないのにヨーロッパに住んでいるアメリカ人というので、感情移入がしやすいのだそうです。絶対にこのキャラクターは殺す気がない、リップリーの晩年まで書くつもりだ、と言っていますから。*15

戸川　それはすごい。ハイスミスのキャラクターはどこか異常だけれど魅力がある、という人物が多いですよね。一見ふつうの人間なのに、よく見るとどこか欠落したところがある。リップリーだったら、殺人という行動を阻止する心理的な抑制が欠けているわけです。非常に深いところで異常なわけで、なんらかの状況下に追い込まれないと、そういう異常さは出てこない。

小山　そういうのは、アメリカでは受けませんね。アメリカでは、もっとはっきりした異常さでないと……たとえば『サイコ』みたいなものは受けるんです。

戸川　だから、ハイスミスはアメリカよりもヨーロッパで受けている。リップリーのようなキャラクターがハイスミスの特徴ですから、そういう人格を受け入れられるところでないとダメなんです。

彼女の描く人物は、ハドリー・チェイスのと似ているように思うんだけど……チェイスをどう思うか、というインタヴューがありましたよね。

菊地　インタヴュアーが、チェスター・ハイムズやボワロ&ナルスジャックと並べて、名前を聞いたことがあるか、ランクはどうつけるか、と聞いているのに答えて、こう言っています……

「チェスター・ハイムズは非常に面白いですね。彼は卓越した作家だと思います。彼は作品をハーレムに持ち込みました。いわば、群衆を社会的舞台装置にしたわけです。ボワロ&ナルスジャックの話の筋は、非常に楽しめるものです。今のところ、それほど意味深いものは感じないのですが、興味はひかれますね。彼らはまさに、『チーム』です。それから、ジェームズ・ハドリー・チェイスですが、もちろん名前を聞いたことはあります。わたしのフランスの代理人が、本を回してくれました。読んだはずですが、どうも思い出せません」[*16]

戸川　すごいコメントだね。（笑）

しかし、若い女性がこういう人物を描くのは、やはり幼少期に人間の暗い面を見てしまったからでしょうね。

小山　そうですね。彼女の描く人物は、幼少期に関わった人たち、つまり自分の家族に原型が求められるんじゃないでしょうか。彼女の短編に「すっぽん」[*17]というのがあります。母一人、子一人の家庭が舞台で、ある日、母親が料理用に生きているすっぽんを買って来ます。生きながらにして料理されてしまうすっぽんを息子がじっと見ているわけです。そのうち、すっぽんにたいして、かわいそうだなって気持ちが湧いてくる。母親が表情一つ変えないで、当たり前って感じで料理していくもんだから、それを見ていてますますすっぽんに同情する。同時に、そうした母親にたいして嫌悪の念すら抱き始める。そして最悪の結末が待っているわけです。この作品の母親の印象こそ、ハイスミスの母親像だったのかもしれません。

戸川　なるほど。女性の描き方が辛辣なのは、さっき菊地さんが紹介してくれた話から推察しても、母親に原因がありそうですね。

さて、その後の作品について、ざっと見ていきましょう。一九六四年の『殺意の迷宮』は、英国推理作家協会（ＣＷＡ）賞のシルヴァー・ダガーを受賞しています。そして、本書に引き続いて創元推理文庫から刊行される『殺人者の烙印』については、自分で割合気に入っているようですね。この作品については、冒頭にも述べましたように、未読の方はとにかく読んでみてください、とだけ言っておきます。ハイスミスの味というものが、最もよく出ていると思いますので。

菊地　ハイスミス自身が出来上がりに満足しているのは、ほかに『変身の恐怖』と『プードルの身代金』、それに“Edith's Diary”だそうです。

そして、「わたしはエンターテインメント作家のつもりです。これからも、きちんとした短編を書いていきたい」と言っています。*18

戸川　そういう意味では、彼女の本質は短編にあるのかもしれませんね。

菊地　一番新しい“The Black House”という短編集などは、「自分の頭の中で展開させる」というハイスミスの物語の作り方が非常によくわかりますね。日常生活の中で突然起こる小事件から、人々がどのような反応を起こすか、という視点で捉えられているのです。ごくふつうの家庭にちょっとした事件が起こるが、事件の当事者が少し変わっているので、おかしなことになってしまう、というストーリーが多いんです。

戸川　というところで、この『動物好きに捧げる殺人読本』はどうですか？

菊地　いろいろヴァリエーションに富んでいると思います。「いい話」(象とかゴキブリとか)から「怖い話」まで。個人的に言いますと、動物の擬人化はあまり好きではないものですから……「鼬《いたち》のハリー」とか「総決算の日」「ハムスター対ウェブスター」みたいな人間の恐ろしさを描いたもののほうが、面白く読めました。

この人は動物が好きだそうですけど、どういう意味で好きなのか、よくわかりませんね。

戸川　動物はどんなものでもみんな面白い、と言っていますね——。

菊地　動物である必然性みたいなものを、あまり感じません。人間でもいいんじゃないかって気がしてしまいます。

ハイスミスの言っている事を聞くと、「虐げられている動物に、人間のサディズムを笑い飛ばすチャンスを与える」というようなことを言っていますけれど——どうも今ひとつわかりません。こういう視点は、動物の側からのものでしょう？　人間的でありすぎるような感じなんです。

ですから、逆に動物が眺められる対象として扱われている作品のほうが、怖い感じがします。ハムスターなんか、サキ風で——。ジョン・コリア[*19]なんかとは全然違った、鬼気迫るものがあります。

一九七九年に"Little Tales of Misogyny"という短編集があって、これはいろいろな女性を題材にしたものなんです。これにたいして、ウーマンリブの方面からだいぶ批判があったようなんですね。女性の扱い方が、男性に依存的すぎてよくない、というので。これにたいするハイスミスの反論は、「女性は都合のよいところでは男性に依存しながら、男性からの独立を主張しているから納得できない。男性と同じだけの働きをした上でなら、そういう主張も認められる」というものなんです。ですからハイスミスは"Little Tales of Misogyny"をむしろ、ウーマンリブ支持の書と考えているんです[*20]。

ここで女性と動物を入れ換えて考えてみると、本来自由であるはずのものが不当に拘束されている状態が、両者とも共通のように思えます。

だから結局この『動物好きに捧げる殺人読本』は、ハイスミスの従来の作品と、それほど異なるものではないという気がしますね。そういう意味で考えると、たとえば豚にみられるような動物の極端な性格は、つまるところ、ハイスミスのキャラクターに特徴的な「どこか異常」な部分を、よりはっきりとさせたもののように思えます。

小山　ハイスミスがどういう意味で動物好きなのか、ということは、ぼくにもやっぱりわかりません。この本の中では象とか豚とか、一般にあまり馴染《なじ》みのない動物も扱われているわけですけれども、そういう動物についてブッキッシュな知識を持っている、という感じでもないんですよね。

でも、犬や猫といった、ごく身近な動物については、よく観察していると思いましたよ。「バブシーと老犬バロン」とか「最大の獲物」とか――。

ぼくが面白いと思ったのは、やはり「空巣狙いの猿」で――さっきちょっと出たミステリとしての工夫が凝らされていると思うんです。

猿の使い方はディクスン・カーばりの密室トリック、いや逆密室トリックと言ったほうがいいのかな、なかなか奇抜な発想ですね。それに猿が部屋から出られなくなるシーン、今にもその家の家族が帰ってきそうな雰囲気があって、なかなかハラハラしました。例によって人間対猿の闘いのシーンは迫力がありましたし、ラストは泣けますね。それにしても、猿を犯行に使うミステリの伝統というのは、ポオの「モルグ街の殺人」[*21]以来、連綿としてあるんですな。

菊地　「京鹿子娘道成寺」——[*22]。（笑）

小山　酒井嘉七ですか——（笑）。猿ミステリ傑作選ができますね。

それから、「ゴキブリ紳士の手記」がよかった。しみじみと共感してしまいました。

鶏の話は、ヒッチコックの『鳥』という感じで、怖かったですね。

戸川　ヒッチコックと縁が切れませんね。

小山　そうですね。ヒッチコックの『鳥』も、人間対鳥の壮絶な闘いでしたけれど、ハイスミスの動物ものの短編の骨格も、人間対動物の闘いですね。常に壮絶な闘いを迎えて、十中八九人間が負けてしまう。この短編集にはいっていませんけれど、「かたつむり」という作品があります[*23]。研究熱心な学者が、巨大なかたつむりを捜しに孤島へ出向く話です。当然のことながら、巨大なかたつむりが彼を襲います。それも集団で襲ってくる。へたな作家だと単なる怪獣《モンスター》小説で終わってしまうかもしれませんが、ハイスミスはやっぱり違うんですね。書き方が全然いやらしくないんです。だから生理的にあまり気持ち悪くない。しかも、かたつむりの人間にたいする攻撃を正当化するような書き方をしている。例によって学者はあっさりと殺されます。人間の敗北、当然の敗北なんです。ヒッチコックの『鳥』が、自然を壊す人間にたいする自然の復讐だったように、ハイスミスの動物小説の場合も、動物の人間にたいする復讐なわけです。意外とハイスミスという人、モラリストなのかもしれませんね。リップリーなんかを生かしておきたい、なんていうのも決して悪人が好きなわけではなくて、リップリーの「なんとしても生きる」という気概が好きなのかもしれない。人間対動物の闘いで動物が生き残るのも、彼らの生への執着から出たものかもしれませんね。ちょっと考えすぎかな。

菊地 ハイスミスは、自分の動物好きを分析されることにたいしては、あまりいい感情は持っていないみたいですね。短編“Snail Watcher”の主人公とは、かたつむりにたいする興味を共有している部分はあるらしいんですが、それについてぐだぐだ言った人を笑い飛ばしていますから。

これも個人的な趣味で言うと、この短編集、仔猫がたくさん死んでかわいそう。(笑)

小山 彼女、猫と暮らしているんでしょう？ 住んでいるところも、イギリスのあとがフランスで、そのあとスイス――？

菊地 そうです。フランス時代の生活のことがインタヴューでよくわかります。シャム猫を二匹飼っていて、週一回は猫のために凝った料理を作ってやる。人にはめったに会わず、仕事をしたり、庭いじりをしたり、絵を描いたりしている。仕事は一日に七、八時間。一冊書き終わるまでに二、三回は書き直すそうです。文体には凝るほうらしく、自分の文体が読みにくいことは理解しているようですね。[*24]

戸川 今はスイスで暮らしているんですが、『推理作家の発想工房』によれば、働くのは一日に五、六時間、午前中に買い物と掃除をしているそうです。

菊地　騒がしい人間から離れ、引き籠って静かに暮らして、自分の頭の中で展開する物語を丹念に書いている女流作家――というと、何か神秘的な感じがしますね。

小山　『殺人者の烙印』の主人公みたいだ。

戸川　グレアム・グリーンがハイスミスの作品を評して、われわれがよく知っているものとは違うけれども、それとごく近いために、ともすれば現実と思えてしまうような、生々しい不気味な圧迫感のある、非合理的な世界を創造した、と言っていますけれども[*25]、彼女自身もそういう世界に生きているのかもしれませんね。

（一九八五年十二月二十八日・地獄庵にて）

〔注〕

＊1　きくち・ちひろ。東京創元社のそばのアルバイトをやめて、ここ一年ほど職を転々としている。相変わらずの過程の主婦（注の注。『探偵小説の世紀 下』を参照）。自他ともに認める動物好き。太りぎみのトラ猫を養女にし、大量の〈別冊幻影城〉の上で寝かせている、ミステリ・ファンの風上にもおけない人間である。

＊2　おやま・ただし。慶応義塾大学法学部政治学科在籍。二十二歳。慶応義塾大学推理小説同好会所属。今ごろになって大学の出席日数とミステリの読書量が反比例関係にあることに気づいた。この分だと来年は……。ところで、どこか『猿ミステリ傑作選』を出してくれる出版社はないか。『豚ミステリ傑作選』、『箪笥《たんす》ミステリ傑作選』……もありますよ。

＊3　とがわ・やすのぶ。東京創元社編集部に勤めている。自宅でルパンという名の牝犬《めすいぬ》を飼ってい

る。リュパンではなく、そして牝である点に、ご注目。
＊4　チューリッヒのディオゲネス社から一九八〇年に刊行された“Über Patricia Highsmith”という
ハイスミスの研究書には、二十四ページにわたって幼少時から現在までの写真が掲載されている。
＊5　同書所収の「パトリシア・ハイスミスとの三日間」は、ノエル・ロリオが、フランス在住当時のハイスミスを訪ね、三日間、泊り込んで取材したという、迫真のルポである。なお、同書からの引用は菊地千尋の訳による。
＊6　文藝春秋刊。写真家の南川氏が、海外の推理作家を訪ね歩いたフォト・エッセイ集。ハイスミスのほかに、カトリーヌ・アルレー、エリック・アンブラー、セバスチャン・ジャプリゾ等の私生活が窺える。ミステリ・ファンなら、座右に置いておきたくなる本である。
＊7　前掲書のロリオによる。
＊8　同右。
＊9　〈週刊文春〉一九八五年八月二十九日号に掲載された「ミステリー・ベスト100」の座談会を参照のこと。
＊10　前掲書のロリオによる。
＊11　同右。
＊12　『レイモンド・チャンドラー語る』（邦訳は早川書房刊）による。
＊13　ヒッチコック／トリュフォー『映画術』（邦訳は晶文社刊）による。
＊14　ニコラス・ブレイク『血ぬられた報酬』（邦訳はハヤカワ・ミステリ文庫刊）。
＊15　前掲書所収のホーリー＝ジェーン・ラーレンスのインタヴュー記事より。
＊16　同書所収のヴィリー・ホッホケッペルのインタヴュー記事より。
＊17　邦訳は『幻想と怪奇』第一巻（ハヤカワ文庫）所収。
＊18　前掲書のロリオによる。

＊19　同右。
＊20　同書のラーレンスのインタヴューによる。
＊21　創元推理文庫『ポオ小説全集3』所収。
＊22　『鮎川哲也の密室探求』（講談社文庫）第一集に収録。歌舞伎の「京鹿子娘道成寺」上演中に、清姫役の役者が釣鐘の中で殺される。とんでもない話だが、上品な語り口が良い。
＊23　邦訳は『幻想と怪奇』第二巻（ハヤカワ文庫）所収。
＊24　前掲書のロリオによる。
＊25　同右。

検印
廃止

動物好きに捧げる
殺人読本

1986年3月28日　初版
2023年9月22日　8版

著者　パトリシア・ハイスミス
訳者　榊《さかき》　優子《ゆうこ》　中村凪子《なかむらなぎこ》
吉野美恵子《よしのみえこ》　大村美根子《おおむらみねこ》

発行所（株）東京創元社
代表者　渋谷健太郎

162-0814/東京都新宿区新小川町1-5
電話　03・3268・8231-営業部
03・3268・8204-編集部
URL http://www.tsogen.co.jp
DTP　旭印刷
暁印刷・本間製本

乱丁・落丁本は、ご面倒ですが小社までご送付ください。送料小社負担にてお取替えいたします。

ISBN978-4-488-22401-1　C0197

名探偵の優雅な推理

The Case Of The Old Man In The Window And Other Stories

窓辺の老人

キャンピオン氏の事件簿◆I

マージェリー・アリンガム

猪俣美江子 訳　創元推理文庫

◆

クリスティらと並び、英国四大女流ミステリ作家と称されるアリンガム。

その巨匠が生んだ名探偵キャンピオン氏の魅力を存分に味わえる、粒ぞろいの短編集。

袋小路で起きた不可解な事件の謎を解く名作「ボーダーライン事件」や、20年間毎日７時間半も社交クラブの窓辺にすわり続けているという伝説をもつ老人をめぐる、素っ頓狂な事件を描く表題作、一読忘れがたい余韻を残す掌編「犬の日」等の計７編のほか、著者エッセイを併録。

収録作品＝ボーダーライン事件，窓辺の老人，
懐かしの我が家，怪盗〈疑問符〉，未亡人，行動の意味，
犬の日，我が友、キャンピオン氏

貴族探偵の優美な活躍

THE CASEBOOK OF LORD PETER◆Dorothy L. Sayers

ピーター卿の事件簿

ドロシー・L・セイヤーズ
宇野利泰 訳 創元推理文庫

◆

クリスティと並び称されるミステリの女王セイヤーズ。
彼女が創造したピーター・ウィムジイ卿は、
従僕を連れた優雅な青年貴族として世に出たのち、
作家ハリエット・ヴェインとの大恋愛を経て
人間的に大きく成長、
古今の名探偵の中でも屈指の魅力的な人物となった。
本書はその貴族探偵の活躍する中短編から、
代表的な秀作７編を選んだ短編集である。

収録作品＝鏡の映像,
ピーター・ウィムジイ卿の奇怪な失踪,
盗まれた胃袋, 完全アリバイ, 銅の指を持つ男の悲惨な話,
幽霊に憑かれた巡査, 不和の種、小さな村のメロドラマ

名作ミステリ新訳プロジェクト

MOSTLY MURDER◆Fredric Brown

真っ白な嘘

フレドリック・ブラウン
越前敏弥 訳 創元推理文庫

◆

短編を書かせては随一の巨匠の代表的作品集を
新訳でお贈りします。
奇抜な着想と軽妙なプロットで書かれた名作が勢揃い！
どこから読まれても結構です。
ただし巻末の作品「後ろを見るな」だけは、
ぜひ最後にお読みください。

収録作品＝笑う肉屋，四人の盲人，世界が終わった夜，メリーゴーラウンド，叫べ、沈黙よ，アリスティードの鼻，背後から声が，闇の女，キャスリーン、おまえの喉をもう一度，町を求む，歴史上最も偉大な詩，むきにくい小さな林檎，出口はこちら，真っ白な嘘，危ないやつら，カイン，ライリーの死，後ろを見るな

ミステリ作家の執筆と名推理

Shanks on Crime and The Short Story Shanks Goes Rogue

日曜の午後は ミステリ作家と お茶を

ロバート・ロプレスティ
高山真由美 訳　創元推理文庫

◆

「事件を解決するのは警察だ。ぼくは話をつくるだけ」そう宣言しているミステリ作家のシャンクス。しかし実際は、彼はいくつもの謎や事件に遭遇し、推理を披露して見事解決に導いているのだ。ミステリ作家の“お仕事”と“名推理”を味わえる連作短編集！

収録作品＝シャンクス、昼食につきあう，
シャンクスはバーにいる，シャンクス、ハリウッドに行く，
シャンクス、強盗にあう，シャンクス、物色してまわる，
シャンクス、殺される，シャンクスの手口，
シャンクスの怪談，シャンクスの牝馬《ひんば》，シャンクスの記憶，
シャンクス、スピーチをする，シャンクス、タクシーに乗る，
シャンクスは電話を切らない，シャンクス、悪党になる

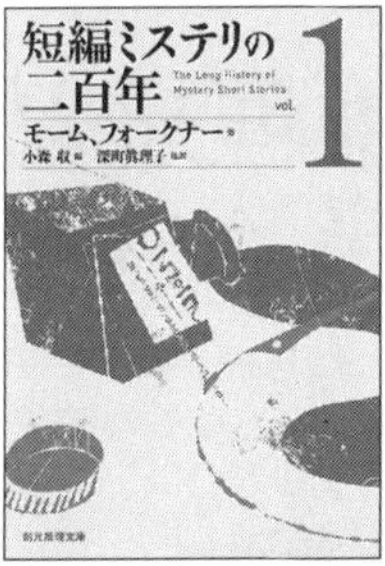
短編ミステリの
二百年
The Long History of Mystery Short Stories
vol.
1
モーム、フォークナー
小森 収
深町眞理子